U0740506

国家出版基金项目
NATIONAL PUBLICATION FOUNDATION

「七一勋章」获得者
全国优秀共产党员
时代楷模

HUANG
WENXIU

# 黄文秀

## 新时代的芳华

XIN SHIDAI DE FANGHUA

编剧◎林超俊

大音 广东大音音像出版社
Guangdong Dayin Audio-Visual Publishing House

黄文秀同志研究生毕业后，放弃大城市的工作机会，毅然回到家乡，在脱贫攻坚第一线倾情投入、奉献自我，用美好青春诠释了共产党人的初心使命，谱写了新时代的青春之歌。广大党员干部和青年同志要以黄文秀同志为榜样，不忘初心、牢记使命，勇于担当、甘于奉献，在新时代的长征路上做出新的更大贡献。

　　——据新华社 2019 年 7 月 1 日电，中共中央总书记、国家主席、中央军委主席习近平对黄文秀同志先进事迹作出重要指示

# 编委会 / Editorial Board

**主　　任**　陈开枝

**副 主 任**　应中伟　徐明曦

**编　　委**　（按姓名笔画排名）

卢家明　杨　俊　周应武　姚泽源　黄爱娟　谢文勇

**支持单位**　广西壮族自治区文学艺术界联合会

中共广州市荔湾区委宣传部

中共百色市委宣传部

中共乐业县委员会　　乐业县人民政府

广西百色市教育局

百色起义纪念园管理中心

百色市教育基金会

**封面题签**　卢家明

## 黄文秀

1989 年 4 月 18 日—2019 年 6 月 17 日

女，壮族，中共党员，出生于广西壮族自治区百色市田阳区巴别乡德爱村多柳屯。

2018 年 3 月 26 日，黄文秀来到广西壮族自治区百色市乐业县新化镇百坭村担任驻村第一书记。2019 年 6 月 17 日凌晨，黄文秀从百色市返回乐业县的途中遭遇山洪因公殉职，年仅 30 岁。2021 年 6 月 29 日，中共中央授予黄文秀"七一勋章"。

**提交入党申请书时，她说：** ·······················■

"只有把个人的追求融入党的理想之中，理想才会更远大。一个人要活得有意义，生存得有价值，就不能光为自己而活，要用自己的力量为国家、为民族、为社会做出贡献。"

**响应组织的号召时，她说：** ·······················■

"很多人从农村走了出去就不想再回去了，但总是要有人回来的，我就是要回来的人。"

**驻村期间，她常说：** ·······················■

"作为驻村第一书记，不获全胜，决不收兵！""每天都很辛苦，但心里很快乐。"

## 个人荣誉 ／ Personal Honor

- **2019 年 7 月 1 日**　被中共中央宣传部追授"时代楷模"称号
- **2019 年 9 月**　荣获第七届全国道德模范"全国敬业奉献模范"
- **2019 年 9 月 25 日**　被授予"最美奋斗者"称号
- **2019 年 10 月 10 日**　被追授"全国优秀共产党员"称号
- **2020 年 5 月 17 日**　被评为"感动中国 2019 年度人物"
- **2021 年 2 月 25 日**　被授予"全国脱贫攻坚楷模"称号
- **2021 年 6 月 29 日**　被中共中央授予"七一勋章"

......

你是大山的女儿

你走回了山里

却再也没有离开

正因为选择了留下

理想才开出了花

你的精神将永远

在人们心中熠熠发光

致敬！

# 序 /

## 向黄文秀同志学习

有人说我像一株蒲公英，在百色不停播撒爱的种子。

当年，那些接受帮扶的学生，如今都长大了。他们当中有很多人回到了百色，除了做好本职工作外，还纷纷投身公益，接过我教育扶贫的火炬。有的人捐款创办了"爱心助学传承班"，让我感到非常欣慰。我经常勉励大家："做好自己，关爱他人，爱心不一定是捐出多少金钱，有心就好。你们懂得感恩，现在反过来帮助别人，我很高兴。"

黄文秀也是他们中的一员。

"陈爷爷，我一直记得您。没有您就没有我的今天！"这是黄文秀在百色市田阳区那满镇跟我讲的话。

我和文秀的两次交集，都让我记忆犹新。

第一次是2007年至2008年间，当时文秀在百色祈福高中读书。她家庭经济困难，我为她发放助学金。后来她考取了山西长治学院，还专门给我打了电话。

第二次就是她在田阳那满镇挂职镇委副书记的时候。那天是2017年12月9日，是我"第二个100次"去百色的第一次出发。我带着企业家到该镇新立村广新家园生态移民新村举办捐赠活动，文秀一路向我介绍那满镇的情况。

在我印象里，她热情、开朗、大方，思维清晰，逻辑性强。我鼓励她努力工作，帮助更多的贫困户脱贫，帮助更多的失学儿童上学。

文秀还向我请教了扶贫工作的经验。"扶贫是一项长期工作，中国的反贫困斗争该怎么做？"这是她问我的问题。我跟她总结了"五要"："认识要高，感情要深，路子要对，措施要硬，作风要实。"她认真地记录下来，用以指导她的工作。

　　2019 年 6 月 17 日凌晨，黄文秀在扶贫路上不幸殉职。她的生命永远定格在扶贫路上。她生前说学习我的扶贫工作经验，现在我要向文秀同志学习，她的精神激励我更加奋发努力。而创办"文秀班"、培养"文秀式"的优秀人才，正是我的奋斗目标。

　　我坚信，到 2025 年底创办 200 个"文秀班"的目标一定能实现。

　　我为什么要坚持？是我的成长经历，让我深深认识到教育的重要性。"教育是强国振兴的重要基石"。教育可以让孩子走出贫困，改变个人命运。教育扶贫不仅仅是公益，更是为国家培养人才。

　　作为一名老共产党员，我将秉持"永不言倦"的誓言，继续牵线搭桥引来爱心资助，把"文秀班"办好，让黄文秀的精神在孩子们中传承下去，发扬光大。

2023 年 6 月

（作者系广东省老区建设促进会会长、百色市教育基金会名誉会长、全国扶贫状元、广州市政协原主席）

# 自 序／

## 我们都是追梦人

现实生活中，总有一些人，他们的一举一动在温暖着我们，感动着我们，鼓舞着我们。

2020 年 5 月 17 日晚，在 2019 年度感动中国人物评选颁奖典礼中，黄文秀——这个百色女孩光荣当选。她如清雅的兰花，幽谷遗芳远，神州传美名，她的事迹令人为之动容、为之震撼……

2020 年元旦前夕，在辞旧迎新之际，亿万听众、观众都在期待一个激动人心的声音。自 2013 年 12 月起，国家主席习近平已经连续 10 年向全国和世界人民发表新年贺词，这是美丽的"约定"，也是美好的相遇：

2014 年的"让老百姓过上更加幸福的生活"。

2015 年的"蛮拼的"。

2016 年的"让几千万贫困人口生活好起来"。

2017 年的"撸起袖子加油干"。

2018 年的"幸福都是奋斗出来的"。

2019 年的"我们都是追梦人"。

2020 年的"我们不惧风雨，也不畏险阻"。

2021 年的"平凡铸就伟大，英雄来自人民。每个人都了不起"。

2022 年的"让我们一起向未来"。

2023 年的"点点星火，汇聚成炬，这就是中国力量"。

这些话语平实而温暖，充满新气象、新希望。

习近平主席每年的新年贺词一经发布，其脍炙人口的金句就迅速走红，引发无数人的共鸣，并且成为激荡人心的奋斗旋律。

2019 年 12 月 31 日晚 7 点，习近平主席通过中央广播电视总台和互联网发布 2020 年新年贺词。这一年来，哪些人和事感动了我们？我们将为谁喝彩？我们被谁感动？我们仔细聆听习近平主席的新年贺词，他说道：

一年来，许多人和事感动着我们。一辈子深藏功名、初心不改的张富清，把青春和生命献给脱贫事业的黄文秀，为救火而捐躯的四川木里 31 名勇士，用自己身体保护战友的杜富国，以十一连胜夺取世界杯冠军的中国女排……许许多多无怨无悔、倾情奉献的无名英雄，他们以普通人的平凡书写了不平凡的人生。

习近平主席的 2020 年新年贺词中，满含深情地讲到了——"把青春和生命献给脱贫事业的黄文秀"。

2019 年，全国有 300 多个贫困县摘帽，1000 万人以上实现了脱贫，我们的脱贫攻坚事业取得了辉煌的成就。2020 年是全面建成小康社会收官之年，也是脱贫攻坚决战决胜之年。2021 年，站在"两个一百年"奋斗目标的历史交汇点，中国全面建成小康社会的盛景举世瞩目。

习近平主席牵挂着全国的脱贫攻坚事业，也牵挂着黄文秀这样的扶贫干部。1989 年出生、刚满 30 岁的黄文秀，在扶贫一线上不幸遇难。她的生命定格在 2019 年夏天的那个风雨之夜，她的事迹感天动地！

那是怎样的一个风雨之夜？她经受了怎样的人生考验？黄文秀是个怎样的人？为什么要号召广大党员和青年向她学习？

那么，请跟随我们，走进这位壮族姑娘的世界，仔细回望她的成长足迹，看看这位时代楷模是怎样"炼"成的……

# Contents／目 录

第一章 / **红土地上
献芳华**

像一滴水回归大海，
像一个游子扑向母亲的怀抱，
像大山里默默绽放的花朵，把美丽和芳香献给大地……

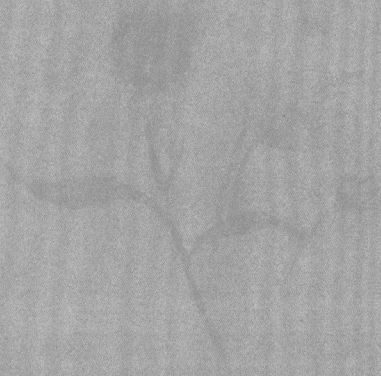

扫码听文秀的故事

| 出场人物 | 性别 | 人物形象 |
| --- | --- | --- |
| 男旁白 | 男 | 阳光热情 |

**男旁白：**2019 年 7 月 1 日，正值中国共产党成立 98 周年之际，新华社播发了一条关于习近平总书记对黄文秀同志先进事迹作出重要指示的消息，习近平总书记强调：

"黄文秀同志研究生毕业后，放弃大城市的工作机会，毅然回到家乡，在脱贫攻坚第一线倾情投入、奉献自我，用美好青春诠释了共产党人的初心使命，谱写了新时代的青春之歌。广大党员干部和青年同志要以黄文秀同志为榜样，不忘初心、牢记使命，勇于担当、甘于奉献，在新时代的长征路上做出新的更大贡献。"

**男旁白：**2019 年 7 月 1 日，中宣部追授黄文秀"时代楷模"称号。2019 年 10 月 10 日，中共中央追授黄文秀同志为"全国优秀共产党员"。此外，黄文秀还被授予"全国脱贫攻坚模范""全国道德模范""全国三八红旗手""中国青年五四奖章""全国五一劳动奖章""最美奋斗者""感动中国人物"

等荣誉。

2021 年 6 月 29 日，中共中央授予黄文秀"七一勋章"。

黄文秀是一个普普通通的青年党员，是一个平平凡凡的驻村干部，是一个勤勤恳恳的第一书记，但是她的事迹却感人至深，在全国各地引起了强烈反响。黄文秀因公牺牲之后，先后被《人民日报》、新华社、中央广播电视总台等中央媒体报道，在全社会引起了强烈反响。广大党员群众纷纷表示，要深入学习贯彻习近平新时代中国特色社会主义思想和党的十九大精神，增强"四个意识"、坚定"四个自信"、做到"两个维护"，深入开展"不忘初心、牢记使命"主题教育，广泛开展向黄文秀同志学习活动，以昂扬的精神状态和奋斗姿态，积极投身脱贫攻坚、决胜全面小康的伟大事业，勇做走在时代前列的奋斗者、开拓者、奉献者，在新时代的长征路上谱写新的华章，做出新的更大贡献。

深爱这片土地的人，这片土地将会给他丰厚的馈赠；为祖国事业甘洒热血的人，国家和人民将不会忘记他。这正如那首著名的诗篇《有的人》所写的：

**男旁白：**（较慢的）

他活着别人就不能活的人，

他的下场可以看到；

他活着为了多数人更好地活着的人，

群众把他抬举得很高，很高！

## 知识拓展 ●

"七一勋章"

"七一勋章"是中共中央用于表彰全国优秀共产党员、全国优秀党务工作者和全国先进基层党组织的荣誉。2021年6月29日，以中共中央名义首次颁发，授予29名同志"七一勋章"。

"七一勋章"是以朴素、庄重为主要设计理念，以红色、金色、白色为主色调，使用冷压成型、花丝镶嵌、彩丝织锦等工艺制作。章体采用党徽、五角星、旗帜、丰碑与光芒、向日葵、大山大河、如意祥云等元素。党徽体现党的领导和核心地位，五角星象征共产主义崇高理想与薪火相传，丰碑与光芒寓意党的辉煌历程与丰功伟绩，向日葵象征全党全国紧密团结在党中央周围，大山大河体现党员的理想和追求，如意祥云寓意祖国繁荣昌盛、和谐发展，旗帜寓意在党的领导下，为实现革命理想而永远奋斗。

"七一勋章"及证书（黄爱娟供图）

黄文秀的画作《向日葵》（黄爱娟供图）

# 第二章 / 壮家少女

红艳艳的木棉在南疆开放，
壮家的少年在红旗下成长。
……
啊～壮家的少年像春天的花朵，
像茁壮的秧苗，
沐浴着灿烂的阳光。
……

歌曲《壮家少年在红旗下成长》

# 一个女孩名叫文秀

| 出场人物 | 性别 | 人物形象 |
|---|---|---|
| 旁白 | 女 | 知性姐姐 |
| 黄彩勤 | 女 | 33岁，文秀母亲，开朗、敦厚 |
| 奶奶 | 女 | 55岁，热情、热心 |
| 男村民 | 男 | 40岁，老实 |
| 黄忠杰 | 男 | 40岁，文秀父亲，坚韧 |
| 爷爷 | 男 | 65岁，坚强、豁达 |
| 黄爱娟 | 女 | 7岁，文秀姐姐，热情 |

**旁白：**在广西一个偏僻的大石山区里，有一个深藏在石头山中的乡镇——巴别乡，我们的故事要从这里说起。

说起"巴别乡"这个地方，它位于广西的革命老区——百色。在百色市田阳县*的南部山区，东邻坡洪镇，西接德保县巴头乡，南连德保县那甲乡，北挨洞靖镇。巴别乡、德爱村、多柳屯，这些地名从文字上虽然看起来很美，充满了诗意。然而现实中的巴别乡，却是处在大山的深处，这片石头山重重

---

\* 2019年，撤销田阳县，设立田阳区。

叠叠、连绵起伏、云雾缭绕，属于典型的喀斯特地貌。即便在雨水充沛的季节，落在地上的雨水也会迅速在地面消失，加上这里没有地表河流，严重缺水，自然条件非常恶劣，以至于这里的生存条件也十分糟糕——地方荒僻、百姓贫穷，在这里生活的人们，需要常年背着背篓、低着头在石头密布的山地里劳作。

**旁白：**（高兴）1989 年 4 月 18 日，在这座深山的一个壮族杆栏式老屋里，这天传来一个婴儿的啼哭声，她就是黄文秀。文秀是这个家的第三个孩子，她还有一个大哥黄茂益，一个姐姐黄爱娟。

广西，这个神秘而美丽的八桂大地，数千年来在民间一直流传着花界人间的传说。花，灿烂而美好，在自然万物中象征鲜美的生命和喜悦的生活。壮家女孩黄文秀从出生那一刻起，生命就像花朵一样灿烂盛开。按照当地风俗，女孩出生后都有一个小名，当然文秀也不例外，她的家里人都亲昵地喊她"依秀"。

**黄彩勤：**（宠溺）依秀——依秀——

**旁白：**妈妈黄彩勤看着怀里的孩子，轻轻跟她说话。奶奶在家里也会照顾文秀。她把文秀放在摇床里，一边做些家务活，一边轻轻哼唱壮家歌谣，不时地唤一声。

**奶奶：**（高兴）依秀——依秀——

**旁白：**依秀安静乖巧地躺在摇床里，嗦着自己的小手指，也伴着奶奶的歌谣咿咿呀呀地哼着。

**旁白：**妈妈每天忙着田间地里的活儿，傍晚一进家门，就唤一声"依秀哟"，把她从摇床上抱起来，亲了又亲。

**黄彩勤：**（溺爱）依秀哟，妈妈回来啦，我的宝贝依秀。

**旁白：**妈妈身上总有一股子汗水与玉米叶子、泥土混杂的味道，这是妈妈的气息。小小文秀喜欢依偎在妈妈的怀里，骨碌骨碌地转着眼珠冲妈妈笑。

**旁白：** 巴别乡环境恶劣，这里可以耕种的土地极少，而水田更是稀缺。山上三分石头一分泥，只能种些粗粮。农民们往往得付出十分劳力，才只有一分收成，常年广种薄收，咀嚼着贫苦与艰辛。而文秀一家，不仅要供养三个孩子，上头还要赡养两个家的四个老人，作为一家之主的黄忠杰，越来越感到生活的艰难。

**旁白：** 黄文秀的父亲黄忠杰是一个有想法的人，和在贫穷的大山里过日子的村里人不太一样，他一心想着走出巴别乡，搬到田阳县城去。

后来，在党的扶贫政策关怀下，这个梦想就要实现了！

**男村民：**（好奇）真要搬出大山吗？

**黄忠杰：**（高兴）哈哈哈，我要回去跟爸爸商量一下才行。

**旁白：** 村里人见到黄忠杰都这样问，而他只是笑笑，他要征求自己父亲的意见。

**旁白：**（柔和）在巴别山的半山腹上，牛儿正在吃草，文秀的爷爷站在山崖边不住地往山下看。只见多柳屯就藏在这群山之中，村庄周边的山路，他走了几十年，再熟悉不过了。黄忠杰从山下走上来，陪着文秀的爷爷在山崖边站着，一起看山下的村庄，看着自己的家。

**黄忠杰：** 爸爸，我们想搬出去县城里住，这样孩子们能有更好的环境。

**爷爷：**（坚定）老七啊，你先出去闯一闯，探探路吧！

**旁白：**（柔和）就这样，在大山里生活了四十多年的黄忠杰第一次走出了大山，他在亲戚的帮助下来到县城务工，还在城郊开垦了一块荒地。第二年，黄忠杰动员全家搬迁，心里有美好追求的他，要让自己三个孩子到县城来读书，让孩子接受良好的教育。

**黄忠杰：**（兴奋）孩子们，走哟，我们搬家咯！

**旁白：** 妈妈背起背篓里的小文秀，回头看着老屋，心里万般的不舍。

**黄彩勤：**（不舍）这一走，也不知什么时候再回来啊！

**黄忠杰：** （安慰）我们只是搬到外面去住，又不是不回来了。这里还是我们的家，爷爷还在家里，我们要常回来的。

**旁白：** （柔和）那一年，文秀一岁左右。在爸爸黄忠杰的引领下，一家人牵着牛和马，勇敢地跨出山寨门，走过弯弯曲曲的山间小道，翻过高高的大石山，来到了田阳县城绢纺厂附近。他们自己搭建了一间窄小简陋的民房，就这样安家落户了。从此，这里就是他们的家了。这里，已经不是原来山区老家的"开门见山"，而是开阔的右江两岸，是文秀父母盼望的有水有路有学校的理想栖息地。

在这里，"依秀"度过了她美好的童年。后来，"依秀"长大了，非常乖巧伶俐，一双水灵的大眼睛，人见人爱。到了准备报名上小学的时候，老师需要填报学名，家里人才着急要给"依秀"起个大名。

**黄彩勤：** （商量）爸爸，对于"依秀"的名字，你有什么想法吗？

**黄忠杰：** （思考）嗯……让我想想啊。

**旁白：** 起名字也是有学问的，比文秀年长7岁的姐姐黄爱娟十分爱学习，翻了字典，想给她妹妹起名"文秀"，寓意"文文静静，秀丽聪慧"。

**黄爱娟：** （高兴）我来，我想给妹妹起名字，你们觉得"文秀"怎么样？

**黄彩勤：** （高兴）文静、秀丽，挺好挺好！

**黄忠杰：** （高兴）想不到爱娟取的名字挺不错啊，以后"依秀"有大名了。

**旁白：** 得到父母的认可后，小"依秀"有了自己的全名——黄文秀。

**旁白：** 都说穷人的孩子早当家，在父母的严格管教下，黄家的三个孩子从小独立自强，感情融洽。文秀读书一向刻苦，很少让父母操心，她从小学开始的每个学期末，都得到不少奖状，这些奖状贴满了家里的墙。

这个贫困的家庭，虽然生活依然清苦，但是家风良好，全家人和睦相处、乐观向上。爱唱山歌的父亲常常教他们唱山歌，哪怕是农忙时节，夜晚的家里依然歌声不断……

# 学做五色糯米饭

| 主要角色 | 性别 | 人物形象 |
|---|---|---|
| 旁白 | 女 | 知性姐姐 |
| 黄彩勤 | 女 | 40岁，文秀母亲，开朗、敦厚 |
| 黄爱娟 | 女 | 14岁，文秀姐姐，热情 |
| 黄文秀 | 女 | 7岁，开朗、天真 |

**旁白：**（欢快）农历三月三是壮族一年中最隆重的节日。按照百色壮家人的习俗，这天过节，家家户户都要做五色糯米饭，包彩色的糯米粽，蒸热气腾腾的艾糍粑。当香艾草散发出淡淡的清香时，家里顿时有了过节的气氛。

**旁白：**（欢快）清晨，村子的木楼上头，还笼着几团雾纱，春寒仍残留于山林草木之中。妈妈黄彩勤叫姐姐黄爱娟跟她去山上采点植物。

**黄彩勤：**（高兴）娟儿，一会儿和我去山上走一走。

**黄爱娟：**（高兴）好嘞，妈妈。哟，上山咯。

**黄文秀：**（高兴）妈妈，我也去。

旁白：（欢快）文秀说着，赶紧跳下了床，穿好鞋子，背着背篓跟在妈妈和姐姐的身后。她们一出门，没走多远就进入了弯曲的山道，而这时，晨露的水汽还很重，山中也是云雾缭绕，鸟鸣声声。她们一路走过，树叶上的露珠随着晃动的树枝洒落了下来，有些洒落在山地上，有些却打湿了她们的衣裤。

妈妈放下背篓，拿起一把长柄砍刀，轻轻拍了拍枫树的树干，这时凝在树叶上的晨露纷纷洒落下来，瞬间就像飘落了一场小雨。文秀跑到枫树下，仰望着那纷纷洒落的晨露雨花。那些露水就像一颗颗水晶一样闪亮，落在了文秀的小手上。

黄文秀：（高兴）下雨咯，下雨咯，哈哈哈。

旁白：（欢快）欣赏完露珠后，大家要开始干活了。妈妈和姐姐负责把比较嫩的枫树枝砍下来，文秀年纪还小，还不能拿刀，她就负责接过妈妈和姐姐给的枫树枝，把它们抱到一边堆起来。随后，妈妈一边用草叶捆扎枫树枝，一边给姐妹俩讲做五色糯米饭的技巧。

黄彩勤：（高兴）你们知道为什么要用到这些枫叶吗？

黄文秀：（高兴）不知道，这是染色用的吗？

黄彩勤：（高兴）秀儿猜对了，五彩糯米饭里面，黑色最难做了。我们要把枫叶和最嫩的茎皮捣烂，风干后加入一定量的水，浸泡一天一夜后把叶渣捞出来过滤，就能得到一些黑染料汁。我们把这些黑染料汁倒入锅中，用文火煮到半沸，再把糯米倒进去浸透，黑色的糯米饭就做好了。而黄色的染汁，我们可以用花迈、黄栀子这些植物的果实、块茎提取……

旁白：（欢快）妈妈经常重复着染汁的获取方法和制作步骤，因为壮家人都要学会做五色糯米饭，文秀也很用心地记在了心里。

黄文秀：（高兴）1、2、3、4…21扎。今天收获了21扎枫叶呢！

黄彩勤：（高兴）够了够了，我们去采点其他植物吧！

**黄文秀、黄爱娟：**（齐声）好！

**旁白：**（欢快）妈妈带着姐妹俩来到了山脚下，这里长着一种很神奇的植物——红蓝草。这种植物就和它的名字一样，同一株植物却长有两种形状的叶子，不同的叶子分别可以做不同颜色的染汁。

**黄彩勤：**（高兴）你们看，红蓝草有两种叶子，一种叶片长一点，颜色也深一些，煮出来的水颜色就会浓一点，能泡出紫色的米。另一种叶片圆一点，颜色浅一点，煮出来的水颜色就会淡一点，能泡出鲜红色的米。做红色糯米饭和紫色糯米饭所用的红染汁和紫染汁就是用这种植物的叶子制作而成的。

**旁白：**（欢快）妈妈边走边给姐妹俩讲解着，很快，她们来到了一片草地上。那里生长着一丛一丛的红蓝草，它们矮矮的、成堆挤在一起。仔细观察，红蓝草的叶面上有一层灰白色的绒毛，它们开着黄色的花团，乍一眼看过去很不起眼，甚至还会觉得有些土气，但细看之下就会觉得它们很美。

**黄文秀：**（惊喜）红蓝草，这里有好多红蓝草呢！哈哈哈。

**旁白：**（欢快）文秀凑到草丛里，摘了一朵小黄花夹在耳朵上，仰起脸给妈妈和姐姐露出一个灿烂的微笑。大家看着小文秀调皮可爱的模样，再辛苦的劳作也觉得有趣。

**黄彩勤：**（高兴）秀儿，我们要快点摘咯！

**黄文秀：**（高兴）妈妈，这边还有好多呢！

**旁白：**（欢快）说罢，妈妈蹲下身来，小心地把红蓝草连根拔起，然后拍去了根部的泥土，而姐姐则用镰刀小心地割着红蓝草。

**黄文秀：**（高兴）还要采摘做艾糍粑用的艾草呢。

**旁白：**（欢快）庆幸的是艾草遍地都是，文秀蹲在地上挑选着最绿最嫩的那一株，用这样的艾草提取出来的青汁色彩特别鲜亮，做出来的青艾团也最有青草的香气。

在大家的共同努力下，很快，妈妈和姐姐的背篓都装得满满的了。随后她们又各自往文秀的小背篓里装了一把植物，这些是要带回家自己用的，因为文秀还小，想着让她少背一点儿，可是文秀却总是抢着要多背一点。在回去的路上，她们又采摘了一些植物，到家了就开始忙碌着提取染汁，浸糯米。

五色糯米饭

**旁白：**（欢快）很快，农历三月三那天到了，一家人开开心心地过节，吃着香喷喷的五色糯米饭、彩色的糯米粽，还有艾糍粑。吃过饭之后，奶奶还会带些五色糯米饭，和家人一起走到田野和山地间，一路上随意地往地上放些糯米饭。原来奶奶这是在跟大自然的小动物分享喜悦，一起过节呢！天真活泼的文秀也跟着奶奶在田里走着，这里放一点儿糯米饭，那里也放一点儿糯米饭，她还开心地对田野里的动物说话。

**黄文秀：**（高兴）田鼠哟，狐狸哟，鸟儿哟，都来尝尝吧！

**旁白：**（欢快）这真是一个五彩的节日，文秀的童年就是在这样的文化熏陶下度过的，那独特而充满爱的壮族节日一直滋养着小文秀温暖的内心……

## 知识拓展

### 五色糯米饭

五色糯米饭也叫五色饭，因糯米饭呈黑、红、黄、白、紫五种色彩而得名，是壮家人的传统食品。每逢清明节、端午节、牛王节（农历四月八）和农历三月三等民间传统节日，壮家人都喜欢做五色糯米饭，把它看作吉祥如意、五谷丰登的象征。

扫码听文秀的故事

# 香喷喷的大米饭

| 主要角色 | 性别 | 人物形象 |
|---|---|---|
| 旁白 | 女 | 知性姐姐 |
| 奶奶 | 女 | 63岁，热情、热心 |
| 黄彩勤 | 女 | 40岁，文秀母亲，开朗、敦厚 |
| 黄爱娟 | 女 | 14岁，文秀姐姐，热情 |
| 黄文秀 | 女 | 7岁，开朗、热情 |

**旁白：**（欢快）秋风送爽，田阳县城郊外的稻田金灿灿的，一派丰收的景象。捡稻谷的日子就要到了，秋风把谷子成熟的气味吹开，天地间洋溢着收获的喜悦。

种田的农民在收割完水田的稻谷后，紧接着还要脱谷、晒谷、晒禾秆，忙得团团转，他们无暇再返回去捡遗落在田里的谷子了。而这时，附近村民的鸡群就成群结队地来到田里觅食，当然，小鸟、田鼠这些野外的小动物也会赶来这里享受美味的大餐。

在文秀一家人的眼里，这些遗落在田里的谷粒，每一粒都是珍贵的，因为文秀家里没有水田种不了稻谷，所以每年的收割季节，捡谷也就成了文秀一家最重要的事。

**奶奶：**（高兴）秋风吹，禾叶黄。孩子们，准备去捡谷了。

**旁白：**奶奶站在田埂上，轻风吹动着她的白发和黑布衣衫。早些天前，爸爸去山上砍了些竹子，削成了细条的竹篾，把箩呀筐呀的小洞都补好了，他还编了三四个新的小竹箩，让文秀兄妹三人都可以提着去捡谷子。

**黄文秀：**（欢呼）哟呼，这是我的新竹箩。

**旁白：**文秀挑了个竹箩，开心地在家里走来走去。她觉得很称手，巴不得能快点提着去捡谷子呢！

**奶奶：**（宠溺）不用急，等太阳再晒一晒，秋风再吹一吹，谷壳就更干爽、更坚硬。明后天就会有人收割了。

**旁白：**奶奶是很有捡稻谷经验的。

**黄文秀：**（疑惑）奶奶，我们为什么总是去捡别人家不要的稻谷呢？

**奶奶：**（耐心）因为我们以前一直住在巴别大山里，山里没有水田，只能种玉米，总是喝玉米粥，很少吃到大米饭，吃上米饭是要等到过年才能实现的。现在搬出来了，这里都是种水稻的，但我们家没有水田，只有开荒的地，所以要吃大米还得花钱去买。我们家穷，买不起高价粮，只能去捡啊！

**黄文秀：**（欣然）哦，奶奶我明白了，原来我们家的大米饭是这么来的！我放学了，也要去捡稻谷！

**奶奶：**（心疼）文秀乖，你还小，这是大人干的活！

**黄文秀：**（高兴）奶奶，我已经7岁了，懂事了！我放学回家的时候，发现附近的那片水田收割后，遗留的稻穗会更多一些，我带您去捡。走吧！

**旁白：**文秀提起竹箩就要出发。奶奶却依然按兵不动，沉稳地摇了摇头。

**黄文秀：**（疑惑）不去吗？

**旁白：**（温柔）大哥和姐姐也看着奶奶，等奶奶发话。

**黄彩勤：**（微笑）秀儿，不急，让别人先收割，等半天后，我们再去。

**黄文秀：**（疑惑）为什么？

**奶奶：**（耐心）那是别人种的稻谷。我们要等人家收割完了，回头检查过没有遗落的谷串、农具什么的才行。只有稻田的主人全部撤离了，我们才能去捡他们那些不要的、留在稻田里的谷粒。我们太早去捡谷，就好像去偷、去抢别人的粮食呀。

**黄忠杰：**（缓慢）捡谷捡谷，只有别人不要了的谷粒，我们才能去捡。

**旁白：**大家认真地把家长的话都听进心里。到了中午的时候，姐姐先去田里探了一圈，发现又有好几块稻田已经收割过了，而且主人也已经全部撤离，有些人已经提着竹箩来捡谷了，这时她才赶回家告诉大家这个消息。

**黄爱娟：**（欢快吆喝）妈妈、奶奶，有人在捡谷啦！我们可以去捡谷了吗，奶奶？

**奶奶：**（高兴）去吧。

**旁白：**现在，文秀一家可以去捡谷了。

**黄文秀：**（高兴、兴奋）去捡稻谷喽！

**旁白：**快到黄昏的时候，文秀跟着妈妈、奶奶和姐姐一起去别人家的稻田捡遗落的稻谷。文秀提起竹箩，跑在最前头，一个劲儿地奔向田野。

**旁白：**在收割过的稻田上，通常会留着些禾头，有些田里只留很少一部分，而有些田却仍留着很高的禾头，一把一把的，好像很用力地生长着。可能是农民故意留在田里吧，因为烧禾头留下的火灰，可以给稻田蓄肥。

**旁白：** 一些田草特别喜欢挤在禾头脚下生长，这时的禾头上还有一两片半枯的禾叶，禾叶和田草凌乱地纠缠着，这样的禾头被绕成了绿莹莹的一团。泥田里有一窝窝的浅坑，那是人们在插秧时留下的脚印，现在这些地窝儿都散落着谷粒。奶奶最有经验，她蹲下身来，轻轻地撩开笼罩在地窝儿上的禾叶和田草，就能发现聚在地窝儿里的谷粒。每一窝谷粒，少的有七八粒，多的时候能有小半碗呢！

田里总是落有谷子的，当田鼠咬断了谷穗，把它们拖回洞的时候，有些谷子就会掉落在田里。不过，在收获的季节里，满田地都是成熟的谷子，田鼠也不愁米粮，一出洞，随便爬上哪棵稻苗都能咬回一串谷子，而对于落在地上的那些，它们都看不上了。

文秀一家人每天都会出去捡谷，他们提着大大小小的竹箩来到田里，捡满一小箩就倒到爸爸带来的大箩里。等大箩差不多满了，爸爸就立刻把谷子运回家去，倒在门口铺好的垫子上晒。

这样早出晚归捡了七八天谷子，积少成多也能有不少收获。晒谷的时候，文秀和姐姐守在边上，她们一人拿着一根棍子，驱鸟赶鸡，免得它们来偷吃谷子。

**黄文秀：**（开玩笑地念叨）这是我们捡回来的，你们不能来偷吃。你们要是想吃，自己去田里捡去，那里还有呢。

**旁白：** 小文秀一本正经地跟小鸟、小鸭、小鸡念叨着，好像它们都能听得懂似的。

**旁白：** 很快，谷子晒了有些天了，爸爸抓起一把谷子闻了闻，再撒落在谷堆上，当他听到干爽的声音时，就知道谷子终于晒干了。晒干的谷子装一半在谷缸里收着，另一半拿去脱谷壳。米缸里很快便装入了新米。

**旁白：** 炊烟袅袅时，金黄的稻谷已经完成了脱粒、去壳，碾成了白花花的米粒，再经过清水蒸煮后，米饭就煮好了。哇！香喷喷的米饭，全家人吃起来很是开心！整个家里都弥漫着米饭的香味，这是文秀一家人最幸福的时刻。

艰辛的劳作，让文秀从小就懂得劳动的意义和价值，更珍惜每一粒粮食。"谁知盘中餐，粒粒皆辛苦"！她后来读大学喜欢一首叫《稻香》的歌曲，这首歌勾起了她童年的记忆，唱出了她的内心情感：

多少人为生命，在努力勇敢地走下去

我们是不是该知足

珍惜一切，就算没有拥有

还记得，你说家是唯一的城堡

随着稻香，河流继续奔跑

微微笑，小时候的梦我知道

不要哭，让萤火虫带着你逃跑

乡间的歌谣，永远的依靠

回家吧，回到最初的美好

不要这么容易，就想放弃

……

稻穗在逐渐成熟

# 04

## 学会微笑面对困难

| 主要角色 | 性别 | 人物形象 |
| --- | --- | --- |
| 旁白 | 女 | 知性姐姐 |
| 黄文秀 | 女 | 6岁，勇敢、大方 |
| 黄忠杰 | 男 | 46岁，文秀父亲，慈爱、坚强 |
| 小男孩1 | 男 | 11岁，调皮 |
| 小男孩2 | 男 | 10岁，霸道 |

**旁白：** 每天文秀最快乐的事情就是去上学，她迎着朝阳出发，蹦蹦跳跳地像只快乐的小鸟。她即将要上的小学是当时全县条件最好的小学，这里的一切，对她来说都是新鲜、有趣的。

**黄文秀：**（欢快歌唱）太阳当空照，花儿对我笑，小鸟说早早早，你为什么背上小书包……我来县城上学啰！我太喜欢我的学校了，我是小学生啦！

**旁白：** 在这所县城学校里上学的同学，绝大多数都是周边的居民和附近工厂职工的孩子，像她这样从农村搬迁来的学生极为罕见。果然，不久以后，令文秀不开心的事情发生了。放学的路上，总有一些年纪比她大的孩子拦住她的去路。

**旁白：** 1996 年，文秀搬到了县城的新家。在那时，周边的很多居民已经用上了电灯照明和自来水，可只有文秀家所住的旧房子里，用的还是煤油灯，而且也没有通自来水。因此文秀每天放学以后，还要和哥哥姐姐一起到离家不远的水池里，挑水做饭、洗衣服。为此，她遭到了不少同学的嘲笑。

这天，又有高年级的同学拦住了文秀的去路。

**小男孩 1：**（大声、嚣张）喂！站住！你就是那个新搬来的黄文秀？

**小男孩 2：**（凶巴巴、大声）喂！你这个外地来的穷乡下人，有什么资格来我们学校上学？

**小男孩 1：**（嫌弃、不屑）你快走开，乡下人，身上一股子味道。

**旁白：**（略委屈）每次碰到这样的孩子，文秀都不想和他们发生矛盾，只好左躲右藏甚至绕道而行。可是这天，那些欺负文秀的同学还是拦住了她，他们把文秀包围在中间，不断地嘲讽她，甚至还揪她的小辫子。

**小男孩 1：**（凶巴巴）哈哈哈，快看啊，乡下人来啦！

**小男孩 2：**（嘲笑）乡下人、乡下人、乡下人！

**黄文秀：**（害怕、挣扎）你放手，我不是乡下人，放开我！

**旁白：**（略委屈）文秀被弄得生疼，她只好奋力反抗。无奈对方的人实在是太多了，她有些势单力薄。这时幸好有人路过，那些高年级的学生不敢放肆，她才趁机逃掉。回到家里，文秀怕父母难过，不敢把自己被人欺负的事告诉他们，就算在学校也不敢告诉老师。

**黄文秀：**（苦恼）哎，我要想个办法才行……

**旁白：** 为了躲开那些欺负自己的人，文秀只好早早就去上学，晚上很晚才回家。过了一段时间，她的异常举动还是被父亲黄忠杰发现了。

**黄忠杰：**（耐心）秀啊，最近为什么这么晚才回家呀？

**黄文秀**：（支支吾吾）爸爸，我、我……

**黄忠杰**：（严肃但有耐心）文秀，发生了什么事，你要如实告诉爸爸。

**黄文秀**：（委屈、后带哭腔）爸爸，有些大孩子在路上欺负我，他们嘲笑我是从大山里搬出来……

**旁白**：说着说着，文秀的眼泪都快掉下来了。父亲捧起女儿的小脸蛋，十分心疼地看着她。

**黄忠杰**：（心疼）傻孩子，你为什么不早点告诉爸爸和老师呢？

**黄文秀**：（哭腔、委屈）阿爸，我怕给你们惹来麻烦，呜呜……

**旁白**：父亲心疼地一把把女儿揽在怀里，轻轻地抚摸她的头，对她说起了自己的经历。

**黄忠杰**：（轻声、温柔）秀啊，爸爸小时候也遇到过这样的困难啊。现在我们全家都搬迁到田阳县城了，我们想在这里开荒种地一定会遇到很多类似的困难，你猜猜爸爸是怎么面对的？

**旁白**：小文秀眼泪汪汪地看着父亲，一脸疑惑。

**黄忠杰**：（轻声、慈祥）面对这些困难的时候，爸爸一直保持微笑。你知道吗？你越是哭泣、逃避，困难就越大。当你微笑去面对它，困难反而就越来越小，甚至你还会战胜这些困难呢！

**黄文秀**：（疑惑）阿爸，真的是这样吗？微笑能战胜困难吗？你不要骗我。

**旁白**：父亲做了个示范，露出一张灿烂的笑脸。

**黄忠杰**：（高兴）是的，秀儿。来，笑一个，哈哈哈哈。

**黄文秀**：（被逗笑）哈哈哈。

**旁白**：小小文秀此刻还不能理解父亲的话，但她早就被父亲的乐观豁达给感染了，她的眼角里还挂着眼泪，嘴角却露出了一丝笑容。父亲见她笑了，便继续鼓励她。

**黄忠杰**：（高兴）秀儿，笑得再开心一点！

**旁白**：在父亲的影响下，文秀露出了灿烂的笑容，也就是后来大家所看到的，她那标志性的开心微笑。

从这以后，文秀一直保持着微笑，她笑对老师、笑对同学。那些曾经欺负她的同学，似乎也被她那善良和友好的笑容给感染了，渐渐地不再欺负她了，反而成了她的朋友。

黄文秀（左一）在绢纺厂小学就读时，和好朋友们的合影。（中共百色市委宣传部供图）

在往后的成长过程当中，文秀牢牢地记住父亲的话，她总会抹干眼泪、微笑面对，去战胜一个个学习、生活、工作上的困难。

### 知识拓展

#### 广西田阳区

百色市田阳区地处广西西部，右江河谷中部，东至南宁，西通云南、贵州，南经德保、靖西直至越南，北过巴马、东兰进入河池市。总面积2394平方公里。

田阳区，在古代是中国南方沿海一带古越族人分布的地区。秦始皇二十六年（前221年），于岭南设桂林郡、南海郡和象郡，今田阳区属象郡。

田阳区由南部石山区、北部土山区、右江河谷平原三类不同区域组成。有平原台地、丘陵、山地三种地形，中间低、南北高、东西狭、南北宽，素有"两山一谷"之称。田阳区地处低纬度，靠近北回归线，属南亚热带季风气候。冬暖夏长，光照充足，热量丰富，植被以森林、草甸和农作物植被为主。

# 05

扫码听文秀的故事

## 小小刘三姐

| 主要角色 | 性别 | 人物形象 |
|---|---|---|
| 旁白 | 女 | 知性姐姐 |
| 黄文秀 | 女 | 7岁，勇敢、大方 |
| 女观众 | 女 | 35岁，热情 |
| 黄忠杰 | 男 | 47岁，文秀父亲，慈爱、坚强 |
| 黄爱娟 | 女 | 14岁，活泼 |
| 主持人 | 女 | 25岁，热情、大方 |
| 男同学 | 男 | 10岁，好奇 |

**旁白：** 在右江河畔，一所小学正在举行六一儿童节演出活动。这时候，一个穿着朴素的小女孩走到了台前，她接过主持人交给的话筒，紧张极了，紧张得忘记了事先准备的自我介绍，开口就唱，她唱的是《刘三姐》的片段。

**黄文秀：** 唱山歌来唉，这边唱来那边和，那边和……山歌好比春江水唉，不怕滩险弯又多，弯又多……

**旁白：** 慢慢地，她唱得越来越轻松，完全忘记了原来的紧张。可爱的笑容，甜美的嗓音，活脱脱一个小小刘三姐，博得了现场观众的阵阵掌声，老师和家长们交头接耳地议论起来。

**女观众**：这是谁家的孩子呀？你看她，多大方得体呀！

**旁白**：小女孩唱完之后，认真地给大家鞠躬，然后一溜烟跑下台，一个劲地扑向了舞台旁边等候的父亲和姐姐。

**黄文秀**：（害羞）老爸，我刚才好紧张哦！给你这个山歌王丢脸咯！

**黄忠杰**：（宠爱）哈哈哈，挺好的，挺好的！

**旁白**：父亲连连竖起大拇指，一把抱起了女孩，站在旁边的姐姐黄爱娟笑眯眯地对妹妹说。

**黄爱娟**：（赞扬）阿秀，我听到他们都夸你是小小刘三姐哦！

**黄文秀**：哈哈，我们家出刘三姐啦！谢谢老爸！是老爸从小教得好！

**旁白**：当三人还在说笑时，节目主持人跑过来找他们。

**主持人**：文秀爸爸，老师和家长们都夸文秀唱得好，希望文秀同学能再上台多表演一个节目。

**黄文秀**：（诚恳）报告主持人老师，我唱得还不是很好，我爸爸唱得更好，他是山歌王哦！我姐姐也唱得好。

**主持人**：哦？那好啊！那请你和你爸爸，还有姐姐一起上台演出吧！

**旁白**：说完，主持人领着他们三人一起走到了台上。

**主持人**：这位就是刚才唱《刘三姐》的黄文秀同学，我们邀请她和她的爸爸、姐姐一起给我们表演节目，大家掌声欢迎！

**黄文秀**：（害羞转大方）刚才我太紧张了，忘记自我介绍了。我的名字叫黄文秀，是刚刚入校的一年级学生，我们是从巴别山区搬迁来的，是附近居住的搬迁户，我爸爸是山歌王，我从小就是听他的山歌长大的。这位是我的姐姐黄爱娟，我的名字是她起的。

**旁白**：台下的人们听到文秀这么一说，顿时吃惊起来，原来他们是从山里搬出来的农民家庭，于是大家都期待着这一家人会表演什么节目。

**主持人：**下面你们给大家带来什么节目呀？

**黄忠杰：**我们家能有今天，要感谢党和政府的关怀，所以我们就唱那首《唱支山歌给党听》吧！

**黄文秀、黄爱娟：**（两人齐声）好！

**旁白：**接着，三个人配合默契地唱着，台下的观众打着节拍，拍起手，也跟着唱起来。熟悉的旋律、动听的歌声，回荡在校园里。就这样，喜爱唱歌的文秀成为师生们喜欢的"小小刘三姐"，她也在这里度过了她的童年时光。

**旁白：**在小学同学小丹的印象中，文秀是个爱学习、爱看书的女孩，每天都是她最早来到教室，而且也最爱坐在前排听课。放学后，文秀就会拉着小丹往校外的书店跑，虽然那时她们家里都没有钱买书，但是文秀总会和她到广场的书店看书。文秀看的书比较多，记性又好，懂的东西很多，小丹凡是有问题问文秀的，文秀总是有问必答；当然，其他同学的提问她也一样会耐心解答，久而久之，她便成为了班里的"智多星"。

**旁白：**（欢快）文秀的老家在德爱村多柳屯，那是田阳、田东与德保三县交界的偏远山乡。爸爸到县城务工后，他们全家也跟着搬迁出来，居住在县城绢纺厂附近的村子里，文秀和哥哥姐姐也才能到县城就近入学，也是这场搬迁彻底改变了他们兄妹三人的读书环境。

在文秀心里，虽然父亲只有小学文化，但他是很有眼光的人。这个全家搬迁的决定，让爱读书的文秀有了一个相对好的读书环境，就像春天的花朵得到了阳光的照射、雨露的浇灌，让她得以茁壮成长。她非常珍惜这样的上学机会，所以每天都早早来到教室。

**男同学：**文秀，你怎么这么勤奋呀？

**黄文秀：**（开心、爽朗）哈哈，好好学习，天天向上！

**旁白：**看到同学们跟着哼唱，文秀接着又唱起了那首父亲在她小时候经常教她唱的歌——《壮家少年在红旗下成长》。

**旁白：**这也是文秀最喜欢哼唱的歌曲之一，她觉得这首歌曲仿佛是为她谱写的一样，每一句歌词都唱出了她的心声。唱着这首歌，她仿佛就像是歌里唱的"红艳艳的木棉"，又像是"茁壮的秧苗"，沐浴着灿烂的阳光，在美丽的壮乡，肩负着人民的重托与希望在红旗下长大。

聪明可爱的文秀被老师同学们誉为"小小刘三姐"，放学后她和同学们一起高唱的歌声，在右江河畔的校园上空回荡……

## 知识拓展

### 歌曲《刘三姐》

《刘三姐》的歌曲创作来源于民间传说，它是流传于广西壮族自治区河池市宜州区的地方传统民间歌曲序列，使用口传诗体语言演唱，是第一批国家级非物质文化遗产之一。《刘三姐》这首歌充满了壮族生活韵味的浪漫气氛，以及朴素真挚的情感基调。

歌名中的"刘三姐"，原名刘三妹，是唐朝的一位壮族女子，出生在广西，是一位优秀的民歌手。刘三姐天资丽质，机智过人，什么活都不用学，一看就会；而她最厉害的本领则是能够出口成歌，因此人们曾把她誉为"歌仙"。

# 06

扫码听文秀的故事

## 心中有爱的女孩

| 主要角色 | 性别 | 人物形象 |
| --- | --- | --- |
| 旁白 | 女 | 知性姐姐 |
| 黄文秀 | 女 | 12岁，勇敢、大方 |
| 小小松 | 女 | 13岁，胆小 |
| 小松 | 女 | 35岁，有爱心 |
| 老奶奶 | 女 | 60岁，独居老人 |
| 小群 | 女 | 35岁，聋哑人士 |

**黄文秀：**（开心、爽朗）哈哈哈，怕啥？我是打不死的小强！

**旁白：**这是文秀经常说的一句话，很多同学们都记得。小松是文秀的初中同学，她和文秀同在一个宿舍，是上下铺。记得一天上晚自习时，天气转冷，小松身体发冷不舒服，肚子还隐隐作痛，她想回去拿点衣服，但因为宿舍楼道太黑，她不敢回去。细心的文秀知道后，就趁着下课时间，悄悄跑回宿舍拿衣服给小松。让她很是惊讶。

**小小松：**（惊讶）大晚上的宿舍这么黑，你不害怕吗？

**黄文秀：**（微微一笑）哈哈哈！这有什么好怕的，不怕呀！

**旁白：** 可文秀真的不害怕吗？当时，文秀的家就建在一个荒坡上，附近是荒山野岭，有很多野坟堆。她家旁边有一条通往山上的小路，这条小路是村里通往坟山、平时出葬的必经之路。所以文秀每次经过的时候总会走得很快，渐渐地连平日走路也都是带着小跑，因此就被一些调皮的小男孩开玩笑说她"鬼上身"，也有些女同学为此不敢靠近她，甚至贬损、排挤她，可文秀从不生气，依然把微笑挂在脸上。

**旁白：** 如今的小松已经是两个孩子的妈妈，当她回忆起这些往事时，心里对文秀依旧有着深深的思念，也满怀由衷的敬佩。

**小松：**（回忆、感慨）其实我知道，那次文秀为我回宿舍取衣服，是因为心里装着我。每次同学有求于她的时候，她都会想尽办法去帮助别人。她就是这样，始终保持着一颗火热和友善的心。

**旁白：** 在文秀小时候居住的村里，山脚下有一个孤零零的老奶奶长期都是自己一个人生活。细心的文秀发现后，就组织同学一起去那个老奶奶家里，有时去给老奶奶打扫房间卫生，有时去帮老奶奶挑水洗衣服。

有一次，细心的文秀发现老奶奶很久没吃上一顿肉菜了，她就决定跟几个同学一起凑钱给老奶奶买肉。

**黄文秀：**（担忧）一毛、两毛、三毛……唉，这里加起来就只有两块钱，可能不够拿去买肉呢，这可怎么办啊？有了，我回家去找我爸爸！你们先在这等我，我很快就回来！

**旁白：** 就这样，文秀缠着父亲要了一块钱，一个叫小莹的同学又多拿出了一块钱，最终她们买了四块钱的猪肉，送到了老奶奶的家里。

**黄文秀：**（俏皮）奶奶！这肉是我们几个小伙伴的一点小小心意，您今天可不能再吃素了哦！

**老奶奶：**（震惊、心疼）哎哟！这肉那么贵，你们哪来的钱啊……

**黄文秀**：（安慰）奶奶，不用担心，这钱都是有合法来源的，您放心吃肉吧！

**老奶奶**：（欣慰）好好好，谢谢你们来看我，我真的很高兴！

**旁白**：那天，老奶奶高兴得不得了。只是，后来由于各种原因，同学们很少去看望老奶奶了，只有文秀依然坚持经常去，安静地倾听老奶奶聊着过去的事情。她希望能和老奶奶多说说话，不让老人家感到孤单。

**旁白**：文秀从小就有爱心，十分关爱身边的人。在她老家的村子附近，有一个砖瓦厂，厂里的老陆家有一个叫小群的聋哑孩子，现在已经成家当了妈妈。每当想起文秀，她心里总是充满了感激，正是因为文秀热情的鼓励和陪伴，才让她有了继续前行的勇气和希望。

**小群**：（回忆、感慨）当时，我们住的乡镇没有聋哑学校，每天我只能一个人孤零零地待在家里，眼巴巴地看着同龄人高兴地去上学。只有文秀没有嫌弃我这个聋哑人，她放学后经常抽空约上同班的小丹来我家，陪我一起玩。

**旁白**：起初，文秀和小丹都不会手语，文秀就自创了一套手语和小群交流。

**小群**：（回忆、感慨）经过和她们一段时间的交往，我的心情也慢慢变好，连爸爸妈妈也觉得我变得开朗了。这一切，都得感谢文秀和小丹。没有她们，我可能真的失去对生活的期盼了。

**旁白**：后来，小群正式去聋哑学校学习，学会了标准手语。文秀就跟着她学起了标准手语，还教会其他同学用简单的手语来和小群进行沟通。

扫码听文秀的故事

# 班主任的评语

| 主要角色 | 性别 | 人物形象 |
| --- | --- | --- |
| 旁白 | 女 | 知性姐姐 |
| 宋老师 | 女 | 30岁，文秀小学班主任，有耐心、爱心 |

**旁白：**这是一本收藏在文秀老家的学生学籍证书，上面记录着文秀真实的小学学业档案。

**旁白：**1995年，6岁的文秀入读田阳绢纺厂的子弟小学。那本学籍证的第一页登记了以下信息：

| 学　　校 | 田绢小学 |
| --- | --- |
| 姓　　名 | 黄文秀 |
| 学 籍 号 | 199514022210031 |
| 发证机关 | 田阳县教育局 |
| 入学时间 | 1995年9月5日 |
| 年　　级 | 一 |

旁白：（温柔）当我们翻到六年级那页时看到，在上学期那一栏的成绩单里是这样写的。

| 六年级上学期成绩登记 | | | | | | | | | |
|---|---|---|---|---|---|---|---|---|---|
| 品德 | 语文 | 数学 | 自然 | 历史 | 地理 | 美术 | 音乐 | 体育 | 劳动 |
| 92 | 95 | 90 | 85 | 80 | | 90 | 85 | 70 | 70 |
| 班主任评语 | 该生天资聪敏，学习热情高，方法正确，效果佳，成绩居前列。美术有特长。<br><br>2001 年 6 月 20 日 | | | | | | | | |

旁白：班主任宋老师的评语，让我们看到了一个真实的、努力的黄文秀。

一个来自贫困农家的小小女孩，在父亲千方百计的努力下，才得以进入这个工厂子弟小学读书。她每天穿行校园，进出教室，活跃在操场各处。跻身在众多来自绢纺厂干部职工家庭的子弟当中，但她并没有感到自卑，更不会放任自己。她牢牢抓住这个子弟小学较好的条件，好好把握这个人生中难得的第一次学习机会，充分发挥自己的聪明才智、学而有方、满怀热情，终于学有所得，并且培养了自己的兴趣爱好，她的努力也为后来的学习和自己的人生道路打下了坚实的基础。

文秀的小学老师回忆道。

宋老师：（回忆、赞美）小学阶段的文秀，在学校各方面的表现都是很不错的，是一个聪明善思、勤奋好学、品学兼优而且还有美术特长的好学生。

旁白：（温柔）自古英雄出少年啊，年纪轻轻就已经德才出众的黄文秀，后面能够成长为一个新时代优秀的青年楷模，也是情理之中的事了。

第三章 ／ **文秀的中学生活**

她的顽强与坚忍、
理想与激情、
责任与担当，
一步一步地朝着目标前进。

# 文秀的梦想

| 出场人物 | 性别 | 人物形象 |
|---|---|---|
| 旁白 | 女 | 知性姐姐 |
| 黄文秀 | 女 | 13岁，勇敢、有计划、理想远大 |
| 女生1 | 女 | 13岁，有梦想 |
| 女生2 | 女 | 13岁，有梦想、有计划 |
| 女生3 | 女 | 13岁，腼腆 |

**旁白：**上了初中，文秀出落成一个花季少女，越长越漂亮，脸上总绽放出动人的微笑。

一个阳光暖暖的冬日，文秀和班里几个要好的女同学在校园的草地上晒太阳、看书。青春年少的初中生，正是爱做梦的年纪。她们躺在草坪上，仰望着校园上空湛蓝而开阔的天空，目光放远，遥想未来。

**黄文秀：**（开心）你们将来想做什么？

**女生1：**（思考）嗯……我想考上我们田阳县最好的高中。

**女生2：**（附和、高兴）我也是，我也是！我想考到百色去，以后当个医生。

**女生 3：**（稍微腼腆）我、我成绩不好，我就回村里当农民了！

**旁白：**几个同学分享着各自将来的梦想。同学反问她。

**女生 1：**（好奇）文秀，你呢，你将来想做什么？

**旁白：**听到这句话，黄文秀的脑海里浮现了家里的一个画面：那是她家里的一面墙，上面贴了很多奖状。这面墙壁上的奖状，都是让爸爸妈妈骄傲的"宝贝"。文秀的父母无数次站在"奖状墙"的前面，默默地看着那一张张鲜亮的奖状，那些奖状仿佛散发着温暖的光芒似的，他们期待着这些奖状能拼成一条路，载着他们的孩子通向大学校园。

**黄文秀：**（内心默念）这些奖状就是将来我走入大学的脚印。

**旁白：**黄文秀如实说。

**黄文秀：**（开心）我要考上大学，以后当一名老师！

**女生 1：**（吃惊）考大学？

**女生 2：**（疑惑）现在我们才上初中呀，就想着考大学，好像远了些吧？

**黄文秀：**（坚定）同学们别见笑了，虽然距离考大学还很远，但这是我们的求学之路，要提前谋划，不能灰心。

我大学毕业以后，真的想当老师，让所有爱读书的农村孩子，从幼儿园开始，都能和城里的孩子一样，接受良好的教育。

**旁白：**黄文秀勇敢地表达自己心里的想法，坦诚而率真。

**旁白：**一头短发，爱打排球，浑身充满活力的她，性格就像她的笑容那般，阳光、乐观、自信。她的这份乐观自信也感染了同学们，受她的影响，同学们也有了把梦想放飞到更远处的勇气。

# 爱提问的学生

| 出场人物 | 性别 | 人物形象 |
|---|---|---|
| 旁白 | 女 | 知性姐姐 |
| 黄老师 | 男 | 40岁，文秀初中班主任，有能力 |
| 黄文秀 | 女 | 15岁，好奇、好学 |

**旁白：**（温柔）2001年9月，文秀小学毕业了，她进入田州镇一中读初中，直到2004年7月毕业。

**旁白：**（温柔）黄老师是文秀的初中班主任兼化学老师，他当了多年的班主任，积累了丰富的班级管理经验。他所带的班级，师生关系自然融洽，同学之间团结互助，班风正、学风浓。他把"学会做人，懂得感恩"作为班级的座右铭，并以此为出发点，开展对学生的思想教育工作。

**黄老师：**（回忆、赞美）文秀是一个特别勤学好问的学生，她总有问不完的问题。（转哭笑不得）这些问题五花八门，有跟学科相关的，也会好奇一些课外知识。有一次班会课后，她追着我到办公室来问我问题。

**黄文秀**：（好奇）黄老师，我想请教您一个问题。我妈妈老是跟我说，在学校要努力学习，要多积点"阴功"。可是，什么叫"阴功"呢？

**旁白**：（温柔）听到这个问题，黄老师感觉很诧异。才读初中的小姑娘，却在思考这样的问题，可见她父母是怎么教育她的。他思考了片刻，耐心地给文秀作了解释。

**黄老师**：（耐心、思考）嗯……"阴功"又叫"阴德""隐德"，通常是指默默地为国家、集体、人民大众做有利的事情。这是从自己内心和本分为出发点去做的，而不是为了获得个人名利。如果做了好事，就大肆宣扬，让很多人知道了，这叫"显德"。"隐德"比"显德"的功德要大。

**旁白**：（温柔）黄老师担心文秀不能理解那个意思，他就举了个例子。

**黄老师**：（耐心）嗯，就像医生。他们不辞辛苦、无私奉献，小到门诊，大到手术，他们奉献的是最宝贵的青春，换来的是千家万户的幸福和人们的健康安祥。危难关头，他们挺身而出、救死扶伤，用自己的坚守和执着，担起生命的重担，这就是大"阴功"。还有为国家科学发展而奋斗一生的科学家、教书育人的老师，各行各业的人做好自己的分内事情也是积"阴功"。对于你们学生来说，尊重老师，发奋学习，掌握文化知识和科学技术，将来建设祖国，更好地为人民服务，同样也是积"阴功"。

**旁白**：（温柔）听了老师的解答，加上这些实实在在的例子，文秀茅塞顿开，她终于明白了妈妈那句话的含义。

**黄文秀**：（高兴）黄老师，这下我总算明白了，谢谢老师。

**旁白**：（温柔）又有一次，文秀在教室的走廊里拦住了黄老师，她问了这样一个问题。

**黄文秀**：（疑惑、小心翼翼）黄老师，每逢过节我妈都要拜祭祖宗和天地，您说这是不是迷信呀？

旁白：（温柔）黄老师听完不禁笑了出来，他觉得文秀真是个单纯、可爱的孩子，也是好奇心强、爱思考的学生。

黄老师：（温柔）哈哈哈，傻孩子，祭拜祖先和迷信，那是有区别的！

黄文秀：（疑惑、天真）不一样吗？那具体有什么区别呢？

黄老师：（温柔）祭拜祖先是我们中国老百姓表达感恩的一种方式，是一代一代传承下来的优良传统，这跟迷信完全不同呀。你想想看，祖宗给了我们生命，让我们得以来到这个世界，他们还教我们做人做事，他们多不容易啊。我们作为后辈不能忘记祖宗的恩德，所以会通过祭祀这种方式来表达对他们的感恩和怀念。同样，我们也要感谢天地。因为我们吃的、穿的都是从天地而来，没有了天地的赐予，我们人类怎么能够生存到现在呢？而我们中国人也是通过祭祀的方式，把感恩的美德传承下来了。

旁白：（温柔）文秀睁着大眼睛，似懂非懂地认真听着黄老师的讲解。黄老师仿佛看透了文秀的心思，他不慌不忙地继续说着。

黄老师：（温柔）秀儿，我们都应该用一颗感恩的心去对待。而感恩需要一种仪式感，祭祀就是老百姓最重要也是最常用的方式之一。

黄文秀：（高兴）哦，原来是这样啊，太感谢老师了！

旁白：（温柔）文秀听完这些解释，给黄老师深深鞠了一躬，然后满意地离开了。

不久之后，黄老师就注意到文秀有了新的变化。她周末从家里回到学校后，有时会拿来糍粑分给同学们，有时会带一把青菜送给老师们，教师节还会自己动手做一些小玩意送给科任老师。他还发现文秀带了一袋学校食堂蒸的馒头回家，说是觉得好吃，要带回去给奶奶、爸爸妈妈和哥哥姐姐尝尝。

看来那次以后，文秀是明白了黄老师的解释，在用属于自己的方式去感恩身边的人呢！

# 03

扫码听文秀的故事

## 用英文写信

| 出场人物 | 性别 | 人物形象 |
|---|---|---|
| 旁白 | 女 | 知性姐姐 |
| 黄文秀 | 女 | 15岁，好奇、好学 |
| 黄爱娟 | 女 | 22岁，热心、宠爱文秀 |

**旁白：**（温柔）2003年，黄文秀升上了初三，而且被分在了初三(9)班尖子班，可随之而来的是，她的学习越来越紧张，升学压力也越来越大。

当时文秀的姐姐黄爱娟在柳州职业技术学院上学。文秀经常向姐姐汇报学习情况和家里情况，生活上的烦恼，甚至和同学的交往等等，她都会向姐姐诉说。

**黄文秀：**（高兴）姐，上个星期我带了点糍粑回去跟大家分享，他们都好喜欢妈妈做的糍粑呢！（转沮丧）姐，上周的小考，我考砸了，我感觉我考不上高中了。

**黄爱娟：**（鼓励、打气）文秀，没事的，在这个关键时期，必须抛下思想包袱，你才能全身心地迎接中考。

**旁白：**（温柔）就这样，姐姐会不时地用轻松的语气为文秀减压。两姐妹还时不时地用英语进行交流。在姐姐的眼里，文秀是一个既调皮可爱又乖巧懂事的孩子。

那个时候，网络通讯还不是很发达，文秀没有电脑，也没有手机，更没有钱去电话亭打电话，她和姐姐的通讯基本上都是靠那一封封的书信。

**旁白：**（温柔）2003年10月18日的晚上，文秀下了晚自习后，用英文给姐姐写了一封信。这信纸上印着青青的小草和可爱的漫画，还配了英文的彩色卡片。文秀还在信封上洒了点跟老师借来的香水，既浪漫又温馨。书信的字里行间还用蓝墨水画了一排又一排的横线，书写的字体也非常端正、娟秀。

**旁白：**（温柔）姐姐黄爱娟收到文秀的这封"别样的信"，感到非常激动，同时也很欣慰。想不到妹妹现在能够用英文写信，甚至能写作文了啊，真是了不起呢！当然，在上大学的姐姐读这封英文信也是"小儿科"了，她还转换成中文念给舍友们听。

**黄爱娟：**（读信）

姐姐：

你好吗？我很好！不知道你收到这封信的时候，是早上、中午还是晚上？所以我要祝你早上好、中午好、晚上好。你是不是在笑我呢？没门，我可是你的家人。我想现在你那边一定很冷了，记得要添衣保暖，不要感冒了，一定要保重身体。

顺便问一下，你可以帮我个忙吗？帮我买两本书，这两本书在市面上应该都有的。一本是《高材生怎样学好初中代数》，另一本是《高材生怎样学好初中几何》。这两本书没有其他版本，那个出版社叫作"北京教育出版社"。这两本书都不算贵，等你回来的时候，我

会给你书费的。另外，电
脑用得怎么样，它坏了吗？
应该没有吧？记得回信答
复我这些问题。

　　希望尽快给我回信！
给你地址。

黄文秀（右一）和姐姐黄爱娟（黄爱娟供图）

　　　　　　你的妹妹黄文秀
　　2003 年 10 月 18 日晚

**旁白：**文秀还在信的最后附带一句。

**黄文秀：**（高兴）买到书后，请用包裹邮寄回来。不管是否买得到，先
对你说声谢谢。对了，这两本书都是初中以上学生使用的。

**旁白：**在信中，文秀提醒姐姐要懂得穿衣保暖，要注意自己的身体，她
还不忘调侃姐姐几句。当写完这几句"调皮"的话，文秀自己也抿着嘴笑了。

　　平时，姐姐黄爱娟对文秀可是疼爱有加，可以说是"有求必应"了。于
是，收到信的那个周末，姐姐就带着同学跑了好几家书店，终于找到了妹妹
心心念念的那两本书，当天就给她寄了过去。文秀收到姐姐的包裹和书信以后，
简直如获至宝、爱不释手，学习劲头更足了，也更用功了。

# 学会感恩

| 出场人物 | 性别 | 人物形象 |
|---|---|---|
| 旁白 | 女 | 知性姐姐 |
| 黄文秀 | 女 | 16 岁，坚强、好奇、好学 |
| 李老师 | 男 | 35 岁，文秀高中班主任，温和、睿智、和蔼 |
| 女邻居 | 女 | 40 岁，热心 |
| 男邻居 | 男 | 45 岁，热心 |
| 黄忠杰 | 男 | 56 岁，文秀父亲，坚强、感恩 |

**旁白：**（温柔）2004 年中考，黄文秀以 559 分的优异成绩结束了初中生活，并且考入了全县最好的田阳高中。从此，文秀的高中生活也拉开了帷幕。

在文秀老家的储物柜里，有一本她高中的学籍证。随着学籍证一页一页地翻开，一个思想上进、信念坚定、尊师守纪、勤奋努力、热爱学习、热爱集体的优秀高中女生形象便展现在了我们面前。

**旁白：**（温柔）因为家境贫寒，文秀从小就养成了艰苦朴素的习惯。在学校，她吃得简单、穿得朴素，学习用度上也尽可能地节约。这一切，她田阳高中的班主任李老师都看在眼里。

**李老师：**（心疼）文秀这孩子过得真苦啊，我得想想办法帮帮她。

**旁白：**李老师想帮帮这个品学兼优的学生，在一次助学活动中，他填上了黄文秀的名字。不久以后，文秀就领到了500元助学金。

**黄文秀：**（疑惑）怎么会有助学金？我没有申请啊，奇怪了。

**旁白：**她感到有些疑惑，因为她从来没有和老师同学提起过自己的困难。于是文秀噔噔地就跑去找班主任，并且递上500元的助学金。

**黄文秀：**（自信坚定）报告，李老师，有些同学比我还困难，这钱应该给他们。

**旁白：**听完这些话，李老师有些惊讶。因为有的同学还专门找他，说明家里的困难情况，希望得到助学金。可眼前的文秀却从不主动提家庭困难，还不要助学金，品德实在可嘉。

**李老师：**（心疼、劝阻）文秀，这钱你拿着吧。你的情况老师了解，希望这个助学金对你的学习和生活有所帮助。

**旁白：**可是文秀一直都记得父亲黄忠杰的嘱咐，遇到任何困难，都要靠自己的努力去战胜。因此，无论李老师怎么劝说，她依然十分坚定地谢绝了。

**黄文秀：**（坚定）老师，我可以克服困难的。

**李老师：**（和蔼）文秀，你记住，现在你有困难，你应该得到帮助，这是为了让你将来有能力去帮助更多的人。

**旁白：**听了李老师的这句话，文秀若有所思地点了点头，收下了这500元助学金。

**黄文秀：**（内心独白）李老师说得对，我将来会帮助更多的人。

**旁白：**（心疼）2002年的一天，一场大灾难落在了文秀的家中。真是屋漏偏逢连夜雨，这下，她家的处境就更加困难了。

**旁白：**（着急）那天晚上，年迈的奶奶去猪圈喂猪，一不小心点燃了茅草。当时家里只有奶奶一个人，只能眼睁睁地看着火势越来越大，最后连猪圈和三间房间都被烧毁了。

**女邻居：**（大喊）来人啊，着火啦！

**男邻居：**（着急）喂，"119"吗？绢纺厂这边着火啦，地址是……

**旁白：**（心疼）邻居发现后，赶紧打了"119"报警，消防员火速赶来，才把大火扑灭。黄忠杰赶回来后，看到满目疮痍的家，难过地蹲在地上，久久没有站起来。

**旁白：**（心疼）这是他从巴别乡出来务工，好不容易才建起来的房子。现在被烧掉了一大半，真是欲哭无泪。过了很久之后，黄忠杰才缓缓起身，他在心里告诉自己。

**黄忠杰：**（坚强，内心独白）悲伤只会让情况越来越糟糕，勇敢面对才能战胜困难。

**旁白：**于是第二天，黄忠杰就对烧毁的房子开始了修整。历经半个多月，房子才慢慢恢复了以往的模样。可为此，他花光了家里所有的积蓄，还向别人借了些钱。而这一切，他都没有告诉在外读书的儿女。

直到文秀放假回来，看到家里的变化，才知道家里曾经遭受的灾难。看着瘦了一圈的父亲，她既难过又心疼。

**黄文秀：**（责怪、心疼）阿爸，你怎么都不告诉我？

**黄忠杰：**（安慰）你在学校上学，不能分心，家里有爸爸。

**黄文秀：**（心疼）我回来也能帮帮你呀，你看看你的手。

**旁白：**文秀心疼地摸着父亲粗糙的手。

**黄忠杰：**（安慰）秀啊，你们不在家，旁边的叔叔帮了很多忙，以后记得要感谢人家。

旁白：当黄忠杰提到住在隔壁的邻居，言语中充满了感激。面对生活的磨难，黄忠杰很少向人求助。而这一次，邻居们都主动过来，和他一起起早贪黑，不计回报地帮他把烧坏的房屋重新建了起来，对此他很是感动。从那以后，每次黄忠杰说到房子的修缮时，总要提到邻居的善行，并教育子女要知恩图报。

旁白：在父亲的影响下，文秀也始终把感恩的种子埋在心里。班主任李老师发现，文秀在得到助学金后，比以前更勤快了。她努力帮老师管理好班级，帮同学补习英语，还帮着大家打扫卫生。其实她是在通过自己的实际行动，来表达自己的感恩。

后来，文秀参加工作了，她还始终惦记着父亲和老师的话，要做个知恩图报的人，去帮助身边的人，去回报养育她的家乡。

扫码听文秀的故事

# 运动场上的"疯子"

| 出场人物 | 性别 | 人物形象 |
|---|---|---|
| 旁白 | 女 | 知性姐姐 |
| 黄文秀 | 女 | 18岁，坚强、爱运动 |
| 乒乓球阿姨 | 女 | 55岁，和蔼 |
| 乒乓球阿叔 | 男 | 60岁，耐心、热心 |

**旁白**："文秀"，这个名字听起来就给人感觉文文弱弱、秀秀气气的。的确，在学生时代，文秀的身体还比较单薄和消瘦。上初中时，尽管回家只有七八公里的路程，但她知道哥哥姐姐忙着干农活，所以周末回家从来没喊过他们来接，而是自己沿着大街小巷步行回去。

**黄文秀**：（开心）走路回家，既可以锻炼身体，又可以沿途看看美丽的风景，还能观察街上的人和事，找找写作文的题材和灵感呢。

**旁白**：文秀考上田阳高中以后，学习科目增加了，难度增大了，她的学习压力也就更大了。在学校，每天早上6点打响起床铃，但文秀会在5点50分准时爬起来，错开用餐高峰期。吃完早餐后，她会和班上几个同学一起绕

黄文秀参加"2017 徒步中国·全国徒步大会"百色站的活动（覃蔚峰 / 摄）

着体育场跑步，一边跑一边戴着 MP3 听从网络上下载的英语单词，一遍一遍地跟着读。

**黄文秀**：（略微喘气）bloom, bloom; in particular, in particular; minister, minister.

**旁白**：学校体育场一圈有 400 米，她们每天坚持跑四五圈，即使在最冷的天气也会跑得汗流浃背。跑道是由煤渣铺成的，人一跑过就会扬起浓浓的灰尘，鼻孔、眼睛全都会蒙上了一层煤灰，但这丝毫没有影响到她们的兴致。几圈跑下来，身体发热了，比较难记的英语单词也背得差不多了。

**旁白**：（温柔）晨读铃响后，文秀赶紧回宿舍洗了把脸，冲进教室坐下，预习当天政治、语文、数学等 5 节课的内容，默读或回忆跑步时朗读过的英语单词，一边认真做笔记，开启了一天的学习生活。

**旁白**：（温柔）在高中阶段，文秀迷上了乒乓球。她每天下午放学后，都要和同学一起到体育馆去打乒乓球。

在练习乒乓球时，文秀看到了一对夫妇。他们每晚 6 点 30 分会准时来到球台边，热身、练球，日复一日，周而复始。文秀和他们经常一起练球，久而久之相互之间渐渐地熟悉了起来。

**黄文秀：**（赞扬）阿叔，你的水平这么好、功力这么深，我好佩服你。阿姨呢，刚开始我见你水平一般般，后来水平也提高得很快。你们能告诉我，这有什么秘诀吗？

**乒乓球阿姨：**（谦虚）哈哈哈，过奖了，秀儿。

**乒乓球阿叔：**（耐心）秀儿啊，做事贵在坚持，学习如此，打球也是如此。

**旁白：**是啊，文秀不禁想到，在学习累了一整天后，打打球跑跑步，劳逸结合，何尝不是一种健康的运动方式呢。只要坚持下来，相信大家都会呈现出饱满的精神状态，重新投入学习当中。就这样，文秀坚持跑步和打乒乓球，还参加了校运会的接力赛，取得了骄人的成绩。通过锻炼，她的身体素质提高了，精神更加饱满，性格更加开朗，学习也变得更加刻苦了。

### 知识拓展

#### 广西的气候

广西的气候主要分为：亚热带气候和热带季风性气候。广西地处低纬度地区，南濒热带海洋，北为南岭山地，西延云贵高原，境内河流纵横，地理环境比较复杂。

广西的气候类型多样，夏天长冬天短，全年平均气温 16~23℃。用均温来衡量，北部地区夏天长达 4~5 个月左右，但是冬季只有短短 2 个月左右。南部地区从 5~10 月都是夏季，冬季还不到两个月，沿海地区更是几乎没有冬季。

# 06

## 爱操心的学习委员

| 出场人物 | 性别 | 人物形象 |
|---|---|---|
| 旁白 | 女 | 知性姐姐 |
| 黄文秀 | 女 | 16岁，勇敢、大方 |
| 李老师 | 男 | 55岁，文秀高中班主任，睿智 |
| 韦老师 | 男 | 55岁，数学老师，有爱心 |
| 黄老师 | 女 | 30岁，政治老师，知性 |
| 男同学 | 男 | 16岁，有志气、有梦想 |
| 女同学 | 女 | 16岁，善良、有梦想 |

**旁白：**生活中的文秀善良、友爱，而学习上的文秀同样品学兼优。李老师是文秀高中时的历史老师兼班主任，他对文秀的印象十分深刻。

**李老师：**（回忆、沉思）在我的印象里，虽然学生带了一拨又一拨，但是文秀我仍然记得，她开朗、乐观、友善、勤奋，很会替别人着想，还是一名尽心的学习委员，总之，这个孩子给我留下很深刻的印象。

**旁白：**如果问文科生最怕哪一门功课，估计大多数学生的回答都是"数学"。那么文秀的数学学得如何呢？文秀高中时的数学老师韦老师是这么说的。

**韦老师：**（回忆）当时文科班的数学成绩相对较差，但是文秀的数学还是挺棒的，在班里算是冒尖的，所以她被选为学习委员。让我印象最深的是文秀不仅仅关心自己的成绩，也很操心全班同学的成绩。她对于学好数学有自己的思考和见解，也分析了文科生数学成绩不理想的原因。

**黄文秀：**我们文科生数学成绩不好的原因是缺乏信心，缺乏对数学的兴趣。

**旁白：**于是，她向老师提出了关于怎样提高全班的数学成绩、怎么让文科生爱上数学的一些想法。

**黄文秀：**（认真）老师，我有几点想法：一是建议老师们在课堂上多激发同学学习数学的兴趣，多请数学成绩优异的同学进行发言交流，讲解自己的学习方法，通过提高同学们的兴趣来提高数学成绩。二是有针对性地上课，不要单一地搞题海战术，更不能单纯地看测试分数与排名，而是有针对性地对同学进行辅导。三是通过课代表收集错得较多的题目，对这些题目进行重点难点分析，同时建议老师们讲评试卷时让数学成绩优异的同学当"小老师"，成绩好的同学与成绩差的同学结成对子"一帮一"，通过这些方法提高大家的学习积极性。

**旁白：**文秀的这些见解得到老师们的认同，因而也解决了长期困扰文科生学好数学的难题。


**旁白：**黄老师是文秀高中时的政治老师，她的责任心很强，所以文秀高中时喜欢上政治课，而且政治成绩优异，这些都和黄老师的引导和授课方式有很大关系。

**旁白：**有一次，黄老师在政治课上提出了一个讨论题。

**黄老师：**今天，我们来讨论一个话题：大家觉得，梦想要怎样才能化为理想呢？同学思考一下，讲讲自己的看法和见解。

**男同学：**将来我要到外面赚大钱。

**女同学：**我想离开家乡去其他地方发展。

**黄文秀：**（思考、认真）我是个山里的孩子，将来想回到家乡工作，想把家乡建设好，提高这个地方的教育素质和文化水平。

**旁白：**下课后，文秀仍然意犹未尽，继续和黄老师深入交流。

**黄文秀：**（认真）老师，我觉得山里的贫穷、教育不发达是因为受教育的机会少，孩子们没机会、没能力走出大山。

**旁白：**黄老师感到很震惊，震惊文秀这么小的年纪却有这么多成熟的思考。而文秀之所以有这么多想法，是因为她在学习政治课时，总是伴随着对家乡现状和未来的思考。

**黄文秀：**（内心独白）当代青年的人生坐标在哪里？如何搞好民族团结实现共同繁荣？怎样才能把贫困地区的经济搞好？……

**旁白：**对于这些问题，文秀下课之后还会继续跟老师们进行交流并寻求答案，所以黄老师非常喜欢文秀这个学生。后来，文秀也没有辜负老师们的期望——她凭借自己的努力考上了大学，而且就读的正是思政专业！

# 祈福女孩

| 出场人物 | 性别 | 人物形象 |
|---|---|---|
| 旁白 | 女 | 知性姐姐 |
| 黄忠杰 | 男 | 58岁，文秀父亲，坚强、有担当 |
| 农老师 | 男 | 40岁，文秀祈福高中班主任，耐心、热心 |
| 黄文秀 | 女 | 18岁，坚强、刻苦、好学 |
| 众人 | 女＋男 | 18岁高中生 |
| 数学老师 | 男 | 40岁，耐心 |
| 英语老师 | 男 | 35岁，有耐心、惜才 |
| 黄彩勤 | 女 | 51岁，文秀母亲，开朗 |
| 男领导 | 男 | 50岁，慈祥 |

**旁白：**（温柔）"祈福"指的是百色市的祈福高中，是文秀复读一年的高中母校。

**旁白：**（惋惜）2007年高考，黄文秀遭遇挫折，仅仅差几分，没能考上理想的大学。

**黄忠杰：**（安慰）秀，没关系，三本我们也读，出来同样找得到工作。你看你姐不是大专嘛，照样过得挺好。

**旁白：**黄文秀把父亲推出房门。

**黄文秀：**（压抑）老爸，去去去，不用你安慰我，让我一个人安静几天。

**旁白：**经过几天之后的黄文秀，恢复了原来开朗的样子，她笑着对父亲说。

**黄文秀：**（试探）阿爸，我决定不上三本院校，宁愿再复读，再考一年。阿爸您赞成吗？

**黄忠杰：**（心疼、为难）可你今年已经考上了，三本学校也行的，何必还要再多读一年？这个……

**黄文秀：**（耐心）老爸，家里有困难，我理解您的难处，但我了解过，现在国家对少数民族的孩子读书是有补助的，百色的祈福高中更是减免学费的。我要去百色的祈福高中补习，我要给自己一个再努力拼搏的机会。

**黄忠杰：**（安慰、理解）老爸没文化，就靠你们自己努力了，现在国家有扶持政策，那太好了！你就安心去吧！

**黄文秀：**（高兴、开心）老爸，您就为我祈福吧！

**旁白：**就这样，18岁的黄文秀背起行囊，踏上了复读之路，她鼓足勇气走进百色祈福高中，做起了一个继续追梦的祈福学子。


**旁白：**（温柔）2007年9月，文秀简单收拾了行李，告别父母，搭上班车来到了位于百色市环岛一路的祈福高中复读。刚踏进学校不久，文秀就被这里自强、自律、勤学、奋进的学风所吸引了。她在心里暗暗下决心，一定要从这所高中考上心仪的大学。

**黄文秀：**（自我打气，内心独白）加油，黄文秀，你一定能考上大学的！

**旁白：**（温柔）9月1日的晚上，文秀和同学们端坐在教室里，聆听着班主任农老师的第一堂班会课。农老师望着他们，语重心长地说。

**农老师：** （语重心长）人不怕失败，怕的是不能正视失败。（转高昂）大家有没有信心重新上战场，打一场漂亮的胜仗？

**旁白：** （温柔）教室里的100名同学铿锵有力地回答。

**众人：** （有力）有！

**旁白：** （有力）此时，文秀的内心充满了重新奋斗的力量，她要在来年的高考战场上，为自己赢得胜利。


**旁白：** （温柔）田阳县距离百色仅有38公里，但文秀以前很少来百色。这回，是她第一次长时间地待在百色。可是，她无暇去逛那些繁华的街道、商场和公园，她每天的路线就是宿舍—教室—饭堂。

每天早上，文秀5点50分准时起床，6点洗漱完毕离开宿舍。为节省时间，她小跑到饭堂买下两个包子，又跑到操场一边跑步一边大声读英语单词，由此开始一天的学习。到了晚上10点10分，晚自习结束了，她还要待到睡觉铃响起，才依依不舍地离开教室。

**黄文秀：** （苦恼嘟囔）太少了，时间太少了，如果一天有48个小时可以用，就好了。

**旁白：** 为把每个学科的知识点都吃透，文秀成了一个"难缠"的人。记得有一次，她为了弄懂一道数学题，下晚自习后还一直"缠"着数学老师。

**黄文秀：** （积极）老师，这题我解题的方法是不是不对？按你所说的方法，我还是算不出来。

**旁白：** 睡觉的铃声在响第三次了，文秀还是不"放过"老师，求他继续讲。数学老师不忍心打断这个好学的学生，直到最后一声铃声已经结束了，他不得不赶她回宿舍休息。

**数学老师：** （劝阻）文秀，你先回去休息，我们明天继续讲。

**黄文秀：** （无奈）好吧，为什么要打铃，我可以不睡觉的。老师，那我们明天继续吧。

**旁白：** 第二天的课间，文秀又抱着模拟试卷冲进数学老师的办公室，直到老师把她想知道的解题方法讲完才罢休。

**旁白：** 从初中开始，文秀的英语成绩就一直很不错。为了能在复读的时间里，让英语成绩变得更好，她买了一本厚厚的英汉词典。

**英语老师：** 在高考中，我们要尽可能地认识试卷上的每个单词。

**旁白：** 于是，文秀利用每天早起跑步的30分钟，一个个地朗读、背诵单词。

为提高大家的成绩，英语老师专门成立了单词默写小组。默写出单词最多的小组，会获得一定的奖励。文秀积极报名，也成了她小组里的组长，她主动上讲台默写单词，赢得了不少分数。有一次，英语老师亲自和她比赛默写单词。

**英语老师：** 文秀，你是全班默写单词最多的小组组长，我想挑战你，我们来比试一下吧！

**黄文秀：** （谦虚）老师，你过奖了，我会尽力的。

**旁白：** （温柔）文秀拼写的速度快、正确率高，赢得了同学们的阵阵喝彩声。

**旁白：** 经历过一次高考，文秀更加珍惜眼前的机会，充分利用每一分钟时间。虽然，她偶尔也会感到疲惫，但她欣慰地发现，通过查缺补漏，自己的各科成绩都有了不小的进步。

每次月考或是模拟考过后，文秀都会打电话回家，把成绩告诉父母。

**黄文秀：** （高兴）妈妈，这次月考，我比前次进步了20分。

**黄彩勤：** （欣慰、高兴）好啊，秀儿，妈妈为你的进步高兴哦！

**黄文秀：** （担心、嘱咐）妈妈，你要劝劝爸爸，别让他那么辛苦。你的腰不好，不要去干重活。等我高考结束了，我回来帮你们干活。

**黄彩勤：** （安慰）好好好，我们知道啦，你只管努力学习就好了！

**旁白**：文秀担心父母的身体，挂电话前还不忘嘱咐着他们。

**旁白**：2008 年 6 月 7 日，高考又一次来了。黄文秀充满了信心，无论如何她要打一场漂亮仗。可是，第一天下午考数学的时候，她就遇到了拦路虎。

黄文秀（中）在祈福高中与同学留影（黄爱娟供图）

这次的数学题目非常难，是她从未遇到过的难度。

**黄文秀**：（着急，内心独白）糟了，数学怎么那么难做？深呼吸，黄文秀，深呼吸！

**旁白**：后来她才知道，那是 5 年来最难的一次。

**旁白**：出了考场后，文秀发现很多同学都垂头丧气，有的甚至趴在桌子上哭泣。她定了定神，尽量克制消极情绪，不去想最差的结果。高考还没有结束呢，要坚持把接下来的科目考好才行。

**黄文秀**：（自我安慰，内心独白）文秀，后面还有几科还没考呢，考完的就不要再想了。

**旁白**：慢慢地，她的心平静了下来，并为第二天的文科综合和英语做足了准备。经过两天的奋战，她终于完成了第二次的高考。

高考结束后，文秀和老师同学们一一道别，然后回到了田阳。因为家中的芒果准备上市了，那些芒果意味着她大学的学费，她要回去帮忙采摘和售卖。

**旁白**：文秀在忙碌中等待了半个月，终于等来了高考成绩，她的分数远远超出二本线 53 分。这一次，她战胜了自己！

**旁白：**祈福高中本是爱的结晶，黄文秀仿佛就是为传承爱而来的。同学们说，黄文秀是专门为拯救他们而来的，是他们的"祈福女孩"。

在同学们的记忆里，黄文秀为人随和、重情重义，并极富幽默感，她跟班里的每个同学都相处得很好，是大家的"开心果"。她跟所有同学都相处融洽，同学们都乐意和她交往，当然也是因为文秀乐于助人的性格，时常愿意帮助其他同学。由于班上人数多、教室大，值日生的工作量相对也比较重，所以她经常主动帮值日生打扫卫生、擦黑板；平时同学有一些小病小痛，她也主动关心照顾。

文秀总是那样活泼开朗，先前高考的失利并没有使她消沉。她始终面带笑容，给人一种自信、从容、乐观的印象。

正如学校领导评价所说。

**男领导：**（赞扬）黄文秀是一个有理想追求的人，她把所走的每一步都看成是对自己的挑战，把做任何事情都当作自己的分内之事来做好，她有一种"是我自己要做，不是谁叫我做"的主动作为。

## 知识拓展

### 百色祈福高中

百色祈福高中，创办于 2000 年，经时任广州市政协主席陈开枝引荐香港祈福国际投资集团董事长彭磷基先生，先后得到了 3000 多万元捐资建立的高级中学。建校以来，各级党委、政府和社会各界十分关心支持学校的发展。广大师生员工也不负众望，齐心协力克服了重重困难，取得了优异的办学成绩，赢得了社会的高度信任。

第四章 / **文秀的
大学时光**

她是大山里飞出的金凤凰，却恋林而归。
生于大山长于大山，她不曾有选择的权利；
当她拥有了许多人梦寐以求的选择权利时，
却毅然选择回到了她热爱的那片土地。

扫码听文秀的故事

# 文秀的"家庭会议"

| 出场人物 | 性别 | 人物形象 |
|---|---|---|
| 旁白 | 女 | 知性姐姐 |
| 黄文秀 | 女 | 19岁，坚韧、热情 |
| 黄忠杰 | 男 | 59岁，文秀父亲，慈爱、坚强、有担当 |

**旁白：**（欢快）2008 年是中国农历戊子鼠年，这一年中国发生了好几件大事，可以说是极不平凡的一年。而就在这一年，文秀家中也发生了两件大事：一是文秀大哥结婚；二是文秀考上了大学！这对于革命老区田阳县的这个贫困家庭来说可谓大喜事，这两件事让他们全家老少都乐坏了！但也在这时，聪明的文秀看到了父母高兴表情背后隐藏的忧愁。

**黄文秀：**爸爸……

**黄忠杰：**（安慰）没事，文秀，今天是好日子。

**旁白：**（忧心）作为一家之主的父亲黄忠杰这时很烦恼，别说上大学的学费，连去山西的路费都还没影子。家里原本就穷，这下几项重大开支都集中到一块，真的让这位当家的犯愁了。

**黄忠杰：**（内心独白）年近三十的大儿子马上要成亲，需要钱！小女儿去外省上大学，需要钱！年逾古稀的父母和体弱多病的妻子，也需要钱！低矮、破旧的老屋冬不避寒、夏不遮雨，早该翻修了……这些，都需要钱啊！

**旁白：**好在天无绝人之路，这一年他们家种植的二十亩芒果获得了大丰收，并卖出了好价钱。一车车成熟的芒果运走后，换回了一张张人民币，这对于文秀一家来说是一笔可观的收入。文秀的父母省吃俭用，他们平时在地里干活，渴了也舍不得买一瓶矿泉水，更舍不得去市场割几斤肉来犒劳自己。文秀的母亲体弱多病，但她也舍不得去买一粒药来吃……父母就是这么一分一毛地把钱积攒起来，几个月后他们仔细清点，发现自家竟然从之前揭不开锅的贫困人家，第一次成为了"万元户"，全部收入达到了1.1万元！

然而幸运之神并没有一直眷顾他们，喜上眉梢的同时，文秀的父亲因为各方面的巨大开支，又不得不叹气，手长衣袖短啊！都说穷人的孩子早当家，从小就会替父母干活分忧的文秀自然也看出了父亲的苦衷。

**黄文秀：**（担忧）阿爸，那我就……不去读大学了吧！

**旁白：**可没想到文秀的这一番话激怒了父亲，一向温和的父亲发火了！

**黄忠杰：**（生气、稍大声）你说什么话！再穷也要读书！这个大学你考上了一定要去读！钱的事我来想办法！

**旁白：**父亲就是父亲，在大是大非面前有时显得独断一些，但总能做出正确的选择，就像当初从偏僻的巴别乡搬迁出来那样，一咬牙，一狠心，为了孩子的教育和成长，来到了现在居住的这个新环境。现在，在这入不敷出、捉襟见肘的时刻，他又到了抉择的关头，老父亲只好痛下决心。

**黄忠杰：**（内心独白）建新房，暂时停止！大儿子结婚，新事新办，节约开支！小女儿文秀上大学，刻不容缓，举全家之力支持！

**旁白：**这次的"家庭会议"，老父亲的果断化解了家中的三大难题，而且都让大家都欣然接受，毫无怨言。

## 知识拓展 •

### 百色芒果

百色芒果是广西壮族自治区百色市的特产，具有核小肉厚、香气浓郁、肉质嫩滑、纤维少、口感清甜爽口等特点。

百色芒果在百色种植历史已有三百多年。《广西通志》卷二十记载"芒果田州土州（今田东、田阳）出树扶疏直上枝叶秋冬不凋每二月另抽嫩枝细花丛生色淡黄结实五月熟大如桃黄色味甘香"。《横州志》（1899）记载：南宁、镇南、田南（右江区）出产扁桃（柳叶芒）"冬不凋"，最好的食用方法为"熟则自落，藏一二日，肉成膏液，味甜而甘，如摘食之则酸"。

# 02

扫码听文秀的故事

## 人生第一次远行

| 出场人物 | 性别 | 人物形象 |
|---|---|---|
| 旁白 | 女 | 知性姐姐 |
| 黄文秀 | 女 | 19岁，坚韧、好奇 |
| 黄忠杰 | 男 | 59岁，文秀父亲，慈爱、坚强 |
| 杨老师 | 女 | 35岁，和蔼 |
| 李同学 | 男 | 19岁，文秀本科同班同学 |
| 王同学 | 女 | 19岁，文秀本科同班同学 |
| 程书记 | 男 | 66岁，长治学院政法系党总支原书记 |

**旁白：** 2008年的秋天，文秀即将离家去上学，在临行的前夜，父亲语重心长地叮嘱文秀。

**黄忠杰：**（耐心教导）你第一次离开家到北方，那么远，苦就苦一点吧，但要开心地去读书，学本事！

**黄文秀：**（内心独白）我这次出门身上带的钱都是家里省吃俭用挤出来的，爸妈为了节约开支没法陪同自己远行，这也没办法，自己已经19岁了，往后的一切全靠自己了。

**黄文秀：**（转坚定）阿爸，请放心吧，你的女儿一定能行的！

**旁白：**（欢快）19岁的文秀第一次走出百色，跨过右江、邕（yōng）江、湘江，北上越过长江、黄河，从红土地的百色来到黄土地的山西，第一次离家出远门，第一次来到长治学院，成为这个学校政法系思想政治教育专业的一名大学生。

文秀从百色田阳老家来到山西长治市，她跨越了两千多公里的行程，就这样，不知不觉地完成了自己人生中的第一次远行。

**旁白：**文秀在课余时间会跟大家聊广西的生活环境，她自豪地向老师同学们介绍：

**黄文秀：**（自豪）广西的山美水美，广西人都很好客。

**旁白：**（欢快）文秀开朗爱笑，似乎永远不知疲倦和烦恼。她的同班同学也这样夸赞她。

**王同学：**山里来的姑娘，不羞涩，很大方。

**李同学：**她不是校园里的风云人物，但每次活动她总是第一个报名。

**旁白：**除此以外，学院政法系的杨老师对这位广西来的大学生印象同样深刻：

**杨老师：**文秀是个懂礼貌的学生，每次远远地看到我们老师，她都会大声地打招呼。

**旁白：**（欢快）刚踏进大学校门，作为一个南方来的学生，文秀对长治这座北方城市充满了好奇，后来她逐渐了解到这是一个历史悠久的地方。让文秀更感兴趣的是，这座城市和老家百色有一个共同之处，这两个地方都和她崇敬的邓小平爷爷有关。现在已经退休的长治学院政法系党总支原书记程书记，还清晰记得这个班里唯一的广西学生。

**程书记：**文秀，你的高考成绩还是不错的，可以去读更好的大学，为什么选择来长治？

**黄文秀：**（大方自信）报告程老师，长治市为太行山、太岳山所环绕，构成高原地形，又称"上党盆地"，我的老家百色也是盆地，称为"右江盆地"，两者地形地貌相似。更重要的是我们百色是革命老区，长治也是革命老区，都是邓小平爷爷战斗过的地方，我做梦都想来到这个地方，现在终于美梦成真了！

**旁白：**文秀的回答大方得体又透着自信，让老师和同学们都觉得这个来自广西的小姑娘与众不同。

**旁白：**南方人来北方生活，多少是会有些水土不服的，文秀也不例外。作为一个地地道道的南方人，她喜欢吃大米，可学校食堂的主食以面食为主；她习惯独立的宿舍浴室，可学校是集体的大澡堂。尽管有很多不一样的地方，但后来文秀也渐渐适应了，她习惯了大澡堂，爱上了山西面食，学校的茄子面也成了她的"最佳美食"。

# 壮乡百灵鸟

| 出场人物 | 性别 | 人物形象 |
|---|---|---|
| 旁白 | 女 | 知性姐姐 |
| 黄文秀 | 女 | 20 岁，坚强、热情好客 |
| 吃货舍友 | 女 | 20 岁，善良、喜欢美食 |
| 旅游舍友 | 女 | 20 岁，善良、喜欢旅游、好奇 |
| 服装舍友 | 女 | 20 岁，善良、时尚 |
| 黄忠杰 | 男 | 60 岁，文秀父亲，坚强、敦厚 |

**旁白：**（温柔）文秀的大学宿舍有 6 个人，分别来自不同的地方。初次见面，文秀就热情地做了自我介绍。

**黄文秀：**（热情）大家好，我叫黄文秀，来自美丽的壮乡广西百色，是一个壮族姑娘，很高兴和大家成为舍友。

**旁白：**在宿舍里，只有文秀来自南方，而且还是少数民族，大家对她都很感兴趣。

**吃货舍友：**（好奇）文秀，你们广西有什么好吃的？

**黄文秀：**（热情）我们广西好吃的可多了，有糯米饭、粽子、米粉等等，我们百色的芒果也特别好吃。以后有机会到广西去，我请客。

**旅游舍友：**（好奇）文秀，你们广西有什么好玩的地方？

**黄文秀：**（自豪）大家都知道广西桂林山水甲天下，但其实广西处处是桂林，好玩的美景可多了，连人民币上都印着广西的风光!

**服装舍友：**（好奇）文秀，听说你们壮族的服饰很好看，给我们说说呗。

**黄文秀:**（自豪）对，广西的壮族分不同的支系，每个支系的服饰都有差别，比如百色那坡县的黑衣壮崇尚黑色，他们的衣服颜色多以黑色为主，妇女会戴着双角形头巾。而我的家乡右江一带的壮族就属于黑衣壮，服饰是一身蓝黑，裤脚有点宽，头上包着彩色印花或提花毛巾，腰间系着精致的围裙。

**黄文秀：**（兴奋）我们壮族的山歌也很好听。

**旁白：**说着，她即兴唱了一段《刘三姐》。

**黄文秀：**（欢快）

哎——

什么水面打跟斗，什么水面起高楼，

什么水面撑阳伞，什么水面共白头，

什么水面撑阳伞，什么水面共白头，

哎——

鸭子水面打跟斗，大船水面起高楼，

荷叶水面撑阳伞，鸳鸯水面共白头，

荷叶水面撑阳伞，鸳鸯水面共白头。

……

**旁白：**文秀的歌声婉转优美，有情有义，打动了舍友们的心，赢得了阵阵掌声。在文秀的介绍下，她的舍友们对广西以及她的家乡百色有了一些认识，同时也期待着有一天能到广西走走，看看山山水水，体验一回壮家的民风民俗。

**旁白：**2009 年 3 月 29 日，这是广西壮族的传统节日"三月三"，文秀第一次在外乡度过了这个盛大的节日。"独在异乡为异客，每逢佳节倍思亲。"这时，黄文秀有些想家了，她拨通了家里的电话，爸爸接听了。

**黄文秀：**（思乡）阿爸，家里还好吗？你们的身体怎么样？

**黄忠杰：**（安慰、嘱咐）家里一切都好，你在外面要注意身体。

**黄文秀：**（思乡）妈妈呢？

**黄忠杰：**（安慰）她在做五色糯米饭，可惜你不在家，你妈妈刚才还说到你呢。

**黄文秀：**（回忆、心酸）是啊，以前我在家的时候，每到"三月三"，妈妈总会张罗着做五色糯米饭。记得有次学校放假，我还陪着妈妈到山上采摘枫叶、紫草、黄姜，用来泡制糯米，给糯米染色……

**旁白：**如今，文秀在山西上学，和家人隔着2500公里，想念家人的时候只能通过电话来问候。想到这些，她的鼻子有些酸了，又怕爸爸在电话里听出来，就匆匆嘱咐几句挂断了电话。

**旁白：**"三月三"这天，文秀因为思乡导致心情不太好，平时爱笑的她，脸上也没多少笑容了。那天是星期日，她本想在图书馆待到傍晚，可她接到舍友的一通电话，临时改变了主意。

**吃货舍友：**（急匆匆）文秀，你快回来。

**黄文秀：**（疑惑）怎么了，出什么事了吗？

**旁白：**（温柔）舍友没有回答便急忙挂断了电话。文秀以为发生了什么急事需要她回宿舍帮忙，于是赶紧回宿舍。没想到推开宿舍门的那瞬间，她惊呆了，桌子上摆满了各种各样好吃的。大家看她进屋，齐声道。

**吃货舍友、旅游舍友：**三月三快乐！

**旁白：**（温柔）文秀愣愣地站在原地，一时间她不知道该说些什么。

**吃货舍友：**（高兴）文秀，之前听你说过，今天是你们广西壮族的"三月三"，是一家团圆欢乐的日子。你一个人在山西一定想家了，我们大家陪你过节吧。

**旁白：**（温柔）文秀感动得红了眼眶，她用歌声表达了对大家的感谢。

**旁白：**（温柔）文秀热爱壮族文化，想通过各种方式把壮族文化传播出去，包括研究生的毕业论文。毕业前夕，她利用两个月的时间深入百色以及柳州、来宾、河池的壮族乡村，展开调查，并撰写了硕士学位论文《广西壮族优秀传统文化中德育资源的开发》，深度地挖掘和传播了壮族的优秀传统文化。

## 知识拓展 ●

### 广西壮族"三月三"的经典传说

"如今广西成歌海，都是三姐亲口传"。

相传附近有个财主莫怀仁想强抢刘三姐与他成亲，刘三姐誓死不从，莫怀仁叫人把刘三姐抛入河中。刘三姐顺水漂流到柳州，幸被搭救，生活在鱼峰山下。乡亲们闻讯，纷纷赶来学歌。后来她与一青年猎人结为夫妇，就一直在这里传歌。莫怀仁得知后，又勾结官府，把刘三姐夫妇抛入鱼峰山下小龙潭。半夜，月明星稀，当乡亲们把他们两个打捞上来时，忽然一阵清风，只见刘三姐和青年猎人骑在一条鱼背上，一边唱歌一边腾空而去。自此，人们都说刘三姐成仙去了，便把刘三姐称为"歌仙"。

后世的人为了纪念这位歌仙，便在每年农历三月三，刘三姐"成仙"的日子，唱山歌三天三夜，歌圩就此形成。

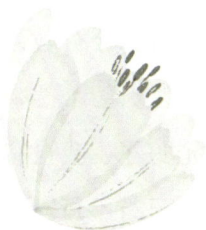

扫码听文秀的故事

# "上课永远坐在第一排"

| 出场人物 | 性别 | 人物形象 |
|---|---|---|
| 旁白 | 女 | 知性姐姐 |
| 黄忠杰 | 男 | 59岁，文秀父亲，坚强、敦厚 |
| 黄彩勤 | 女 | 52岁，文秀母亲，开朗 |
| 黄茂益 | 男 | 31岁，文秀哥哥，老实 |
| 黄文秀 | 女 | 19岁，坚强、坚韧 |
| 女同学 | 女 | 20岁，热心 |
| 男同学 | 男 | 21岁，开朗 |
| 郭老师 | 男 | 40岁，山西长治学院老师，和蔼、睿智 |

**旁白：**（温柔）2008年，黄文秀高考结束，她以高出二本最低控制分数线53分的成绩，报考了山西长治学院。只是学院离家的距离实在太远，文秀的家人为此担心着。

**黄忠杰：**（担心）秀啊，你一个女孩子跑那么远去读书，我们怎么能够放心？

**黄彩勤：**（担心）秀啊，我不是很放心你去那么远的地方。

**黄茂益：**（劝阻）小妹啊，凭这个分数，你完全可以就近上大学。没必要跑到那么远，到大西北去读书吧？

**黄文秀：**（安慰）你们放心好了，我自有主张。什么样的环境都要体验一下才好嘛，不然我怎么知道自己行不行？以后出来工作了怎么适应不同的环境呢？

**旁白：**从南到北，从亚热带的广西到北温带的山西，从一种气候到另一种气候，两地的生活习惯、历史文化背景都大不同，文秀分明是有意给自己的生活出难题，给人生一个新的挑战。

**旁白：**（温柔）走进长治学院，平展的校道、成荫的绿树、错落有序的建筑布局，清新、宁静、文明、和谐的园林化环境，给人的感觉很不错。"求真、求实、求善、求美""团结、严谨、敬业、创新"的校训校风赫然入目。

在长治学院，文秀的勤奋好学是大家公认的。

**女同学：**（回忆）黄文秀吗？我知道她，她上课经常坐在最前排。

**男同学：**（高兴）对对，我们都叫她"撒切尔夫人"。

**旁白：**在老师和同学们的印象里，她是那个经常坐在教室最前排的女学生。有同学给她起了个绰号，叫她"撒切尔夫人"，很多同学都知道这个绰号后面的典故。

**男同学：**（解释）是这样的，撒切尔夫人是英国历史上第一位女首相，并且成功连任三届，被称为"铁娘子"。此外，她也是20世纪后期对世界产生了重大影响的著名政治家。在那个时代的国际舞台上，撒切尔夫人让英国唐宁街的地位提升到可以与美国白宫、俄罗斯克里姆林宫相提并论的高度。撒切尔夫人举世瞩目的成就，得益于她从小受到的严格的家庭教育。父亲要求她必须做到，无论做什么事情都要力争一流，即使是坐公共汽车也要永远坐在第一排。

**女同学：**（解释）"永远坐在第一排"成为"撒切尔夫人"的人生信条，在以后的工作中，她总是抱着一往无前的斗志和必胜必赢的信心，尽自己最大努力排除阻挠、克服险难，以铁腕手段施行她的"撒切尔主义"。

**旁白：**（温柔）文秀知道同学们的善意，她笑笑之后，继续坐到她的"最前排"，专心投入自己的学习和训练中去了。事实上，她真的像撒切尔夫人一样，样样事情都要去尝试，而且都要做到最好。

文秀在学习上非常积极，对待其他活动也同样认真。刚入长治学院，她就主动提交了入党申请书；院里搞运动会，她在班里第一个带头报名参赛；学生会组织慰问福利院等公益活动，她忙前忙后；勤工俭学的队伍中，也少不了她的身影……

**旁白：**（温柔）李老师对文秀的记忆尤其深刻，因为在她的课上，文秀从来不迟到，经常是来得最早、走得最晚的那个学生。每次下课后，文秀都会利用坐在最前排的有利位置第一时间喊住老师。

**黄文秀：**（虚心）老师，为什么这个逻辑关系是这样的？为什么搞好民族团结才能实现共同繁荣？怎样运用经济学原理指导贫困地区的经济建设呢？

**旁白：**文秀接二连三地把问题抛给了李老师。除了问一些听课中悬而未决的问题，她有时还会延伸到其他话题。

**旁白：**当然，对文秀记忆深刻的，还有刘老师。刘老师是文秀的本科毕业论文指导老师。和一些得过且过、应付了事的同学不同，为了圆满完成毕业论文的写作任务，文秀从选题、立论到构思、编写提纲，再到收集第一手材料、撰写成文，每个环节都去征求老师的意见，请老师帮忙参考。提交之后，还根据老师的修改意见，认认真真修改了6遍才罢手。文秀还真有一股"不获全胜，决不收兵"的干劲。

旁白：多年来，长治学院形成了一种浓厚的考研氛围，文秀自然也受到了这种气氛的感染。她原本打算读完本科之后回家乡当一名中学教师，直到一次课间谈心时，她把自己的想法告诉了辅导员郭老师。

**黄文秀：**（坚定）郭老师，我想考研。

**郭老师：**（鼓励）好啊，文秀，很高兴你有这样的想法。我们的人生追求越高以后，对社会的贡献越多，人生的价值也会越大。

**旁白：**郭老师知道她是壮族学生之后，就建议她报考北京师范大学少数民族研究生专项计划。也是从这时起，文秀有了更高的目标，学习也更加刻苦了。

只要功夫深，铁杵磨成针，文秀勤奋的汗水终于有了可喜的回报。2012年，文秀成功考上了北京师范大学哲学学院，成为了哲学与社会学专业的硕士研究生。

## 知识拓展

### 撒切尔夫人语录

注意你的思想，因为它将变成言辞；注意你的言辞，因为它将变成行动；注意你的行动，因为它将变成习惯；注意你的习惯，因为它将变成性格；注意你的性格，因为它将决定你的命运。

只要我最终能到达自我的目的，我就会有超常的耐心。

# 大学里的"打工妹"

| 出场人物 | 性别 | 人物形象 |
|---|---|---|
| 旁白 | 女 | 知性姐姐 |
| 黄文秀 | 女 | 20岁，坚强、节制、有想法 |
| 秦栋艳 | 女 | 20岁，文秀闺蜜，热心 |
| 女同学1 | 女 | 21岁，热心 |
| 女同学2 | 女 | 22岁，热心 |
| 女老师 | 女 | 35岁，和蔼 |
| 萍儿 | 女 | 21岁，开朗 |
| 小艳 | 女 | 20岁，善良 |
| 男同学 | 男 | 20岁，高傲 |

**旁白：**（温柔）文秀在山西长治学院上大学的时候，经常利用节假日出去打工。寒暑假期间，为了节省车费，文秀也很少回家。班里家庭困难的学生有不少，但文秀却从不谈自己的困难。"求真、求实、求善、求美"——长治学院的校训在潜移默化地影响着这位农村女孩。

**黄文秀：**（坚定，内心独白）爸爸妈妈身体不好，收入不稳定，家里面开支又大，现在自己已经成人了，就不要再让家里操心太多了。

旁白：（温柔）于是，文秀从大一开始就在外面做兼职了，一心想着减轻家里的负担。那时，她做得最多的是家教，为中小学生辅导作文、英语和数学。她发过传单、推销电话卡、卖牛奶，甚至还做过咖啡厅服务员。

旁白：（温柔）那么多次的兼职经历当中，让文秀和舍友秦栋艳记忆最深刻的事要数推销护肤品了。那一次，她们去批发店里，拿了很多的护肤品和洗发液。

秦栋艳：（为难）这么多东西，我们怎么走啊？要不，我们打车吧？

黄文秀：（思考）打车太贵了，我们做完这单才赚多少钱。看来，我们只能放在自行车上推回去了。

旁白：（心疼）从批发店到学校非常远，文秀又舍不得花钱打车。于是她们只好推着自行车，把东西放在后架上，一前一后缓缓地推着前进。等她们回到学生宿舍楼下时，两人已经累得满头大汗，气喘吁吁了。为了卖出这些产品，文秀和舍友秦栋艳就一个宿舍一个宿舍地敲。

黄文秀：（真诚）请问，你们需不需要洗发液或护肤品，我们觉得好用的，价钱也不贵。

秦栋艳：（友善）是啊，洗发液 15 元一瓶，很便宜的啦！可以试试看。

女同学 1：我要一瓶洗发水。

女同学 2：护肤品我也要一盒。

旁白：（开心）同学们都被她们的真诚和物美价廉的产品所打动了，大家你一盒我一瓶地买。两人虽然累得筋疲力尽，但销售成果让她们非常满意。

旁白：（开心）2013 年，黄文秀从山西长治学院考进北京师范大学哲学学院，攻读硕士研究生。

刚踏入北师大的瞬间，一股暖流便慢慢地从心底升起，那时的文秀犹如一只刚出笼的小鸟，活蹦乱跳地活跃在校园的各个角落，对校园的一草一木、一桌一椅都充满了好奇，校园的一切都是那么的新鲜。

9月份，北京师范大学研究生工作处发出了勤工助学岗位招新简章，简章上写道。

旁白：（较正式）也许你的家庭经济状况并不是很宽裕，作为研究生，你更应该勇敢地承担起照顾自己和家庭的责任。所以，在此我们提供多种可在读书之余参与的勤工助学和兼职实践方式，为你提供有保障的平台和条件，让你可以通过自己的努力缓解经济压力。现在就有一个机会摆在你们面前——研究生报纸杂志递送小组招新开始啦！

当时文秀对勤工助学还不是很了解，她跑去找老师咨询。

黄文秀：（疑惑）老师，什么是勤工助学？

女老师：（耐心）勤工助学是学校在不耽误学生正常学习情况下，让学生做些力所能及的公共事务，并得到相应报酬的一种社会福利事业。大学把勤工助学作为对贫困生补助的一种方式，也就是帮助需要的同学们。

黄文秀：（高兴）谢谢老师，我明白啦。


旁白：（温柔）了解情况之后，文秀露出了欣喜的笑容。她通过学校勤工助学中心的网上报名渠道，填写了申请表，如愿成为了一位勤工助学者。当时她的学号是20122102070，服务的岗位就是送报小组。当文秀得到她的第一份工作后，就明白这不仅仅是一份工作，更是一个锻炼的平台，是一份对美好生活的希望，所以她格外地珍惜。

旁白：（温柔）文秀的勤工助学生活过得充实且有意义。她和萍儿、小艳一起分在了送报组，负责学校16楼报栏的报纸张贴工作。

黄文秀：（商量、建议）萍儿、小艳，我们三人每天都一起分报、贴报，这样做费时又费力。不如我们协调分工好时间，每人负责两天，轮流送报和贴报。你们觉得怎么样？

**萍儿：**（高兴）好啊，这样我们可以有时间去做别的事情。

**小艳：**（难过）是啊，有时候作业我还没写完就到点出来贴报了。

**旁白：**（温柔）文秀的建议得到了两位同学的积极响应。送报工作要求人细致认真，责任心强，自立自信，还要拥有一定的交往能力和协调能力。这也许对部分同学来说不是一件值得高兴的事情，在他们的眼里，这点微薄的劳动报酬并不算什么，一个月的辛勤付出还不够买件名牌衣服，不够一次请客吃饭。

但对文秀而言，却意义重大。文秀来自农村，家庭比较困难，每月勤工助学所得的费用至少解决了她的部分生活费，更能让"脸朝黄泥背朝天"的父母放下手中的农具休息一会儿，为他们减轻了一点经济负担，给他们送去文秀温馨的慰藉。

**旁白：**（温柔）到了文秀送报的日期，每天下午放学后，文秀都要把当天的报纸按时张贴到报栏上。每天重复性的工作，一个人匆匆忙忙，跑上跑下，有的人不禁会问：

**男同学：**（疑惑、不屑）文秀，你那么忙碌地折腾自己，图啥呀？

**黄文秀：**（微笑）谢谢关心，这不算什么，反正闲着也是闲着，何况还可以锻炼身体呢，这样做一举两得。

**旁白：**（温柔）文秀对这份兼职工作感到很满意，她也很用心地在做，每天都能按时完成任务。她体会到劳动乐趣的同时，也品尝到了劳动带来的成果，磨炼了自己的意志。这份工作让文秀认识了很多朋友，明白了很多做人的道理。在学校对"勤工助学"各组出勤情况、工作态度、工作质量等方面的考核中，总分值 100 分，文秀就得了 95 分，被评为优秀。

扫码听文秀的故事

## 福利院里的"知心姐姐"

| 出场人物 | 性别 | 人物形象 |
|---|---|---|
| 旁白 | 女 | 知性姐姐 |
| 黄文秀 | 女 | 20岁，有爱心、热情、有干劲 |
| 系部老师 | 男 | 30岁，热心 |
| 男同学 | 男 | 21岁，热心 |
| 女同学 | 女 | 22岁，热心 |
| 闫老师 | 女 | 35岁，和蔼 |
| 福利院领导 | 男 | 40岁，善良 |

**旁白：**（温柔）文秀家里经济很困难，但却从来不提这事，她的心里想着更困难的同学，包括那些更困难的弱势群体。

文秀在校期间，经常和同学们约好去福利院，看望老人和孩子，给老人们唱歌梳头，和孩子们玩游戏，逗他们开心。孩子们都把文秀当成自己的姐姐，和她玩得很开心。文秀也从不见外，她并不嫌弃孩子们和老人们身上的那股"怪味道"，也从不厌烦孩子们的残疾和笨拙。文秀经常和孩子们手拉手地唱歌游戏，甚至簇拥在一起……

旁白：（温柔）福利院里有一个胖胖的小女孩，她已经十几岁了，但是智力显然只有五六岁的水平，看起来呆呆傻傻的样子，平常也不和大家玩。

很多志愿者有点怕，都躲着她，怕她做出什么"出格"的事情来。文秀一开始也有点担心，不过，她还是鼓起勇气和小女孩打招呼。

黄文秀：（开朗、亲切）宝贝，我叫文秀。哎……

黄文秀：（开朗、亲切）嗨，我叫文秀，我今天又来啦。哎，又跑了……

旁白：（温柔）慢慢地，文秀和小女孩打招呼的次数多了，小女孩的内心也打开了，愿意和文秀一起玩了。到后来，小女孩一见到文秀来就显得非常高兴！其他同学看见文秀"成功"了，也都纷纷学了起来，胆子也慢慢地变大了。他们的到来渐渐让福利院的孩子感受到了亲情和关爱。

文秀就是这样，并不把自己想得有多么的高尚和脱俗，她更容易在最平凡、最困难的群众中间寻找到自己的价值，和他们在一起，哪怕就是最简单的游戏玩乐，她也愿意倾心去做，这让她很充实、很满足。

2010年5月，黄文秀（左二）加入长治学员青年志愿者服务队（黄爱娟供图）

**旁白：**（温柔）大二那年，班里的其他同学看到文秀为了福利院的老人和孩子，这么用心地付出时间和精力，他们的热情也被点燃了，大家纷纷表示想和文秀一起去福利院慰问那些老人和孩子。系部老师得知之后，也十分赞同和支持同学们的决定，他还建议在全校范围内进行专项募捐活动。

**系部老师：**（热心）同学们，这次募捐活动，我们主要是捐赠衣物和鞋帽。

**旁白：**（温柔）由于学生自己也没有收入，系部老师不建议捐赠钱财，而是主要收集学生们已经不穿，但比较完整和干净的衣物、鞋帽进行捐赠。文秀当时很高兴，她说：

**黄文秀：**（高兴、耐心）福利院的老人和成年人，身上的衣物确实都比较破旧了。而且，有些人患有疾病和智力障碍，他们经常随地坐和躺，身上的衣物也会比较脏。如果能有衣物及时更换，对他们的身心健康都是有很大好处的。

**旁白：**（高兴）文秀他们说干就干，班委带头设计活动方案，安排具体流程，进行各项分工，他们还制作条幅、租借音响，大家风风火火地行动起来。

**旁白：**（高兴）第二天，校园的广场中央就摆好了桌子，准备了登记本、编织袋……

**黄文秀：**（大声喊）募捐、募捐，为了福利院的老人，请您来看看吧！

**男同学：**（拉拢、耐心）这位同学，这是本次募捐的宣传单，请您看看。

**旁白：**（高兴）渐渐地，同学们都围拢过来了解情况，大家都很踊跃，"赠人玫瑰，手留余香"，为需要的人服务是当时在场每一个人的心声。

**女同学：**（热情）这是我的一份心意，希望能帮到他们。

**黄文秀：**（高兴）谢谢您的参与，我们会帮您转达的！

**旁白：**（高兴）不一会儿，桌子旁边就堆满了各种衣物和鞋帽，有的同学还专门对衣物进行了熨烫；有的同学拿来了自己很新的衣物；有的同学没有可捐赠的旧衣物，甚至把自己买了没多久的鞋子也捐了；有的同学捐了衣物之后，还热情地帮助班里的同学进行衣物整理和捆扎……

文秀是班里最活跃的一个，每当有一个同学过来捐赠，她都连声感谢。同学们有什么需要帮助的，她马上赶过来解决：有的同学在情绪上有抱怨，她连忙劝解；有的同学做累了，她接过来继续干……看着越来越多的捐赠衣物，文秀的脸上笑开了花，收着收着，大家都看到文秀的眼睛里闪烁着泪花，她这是发自内心的感动啊！

**旁白：** （高兴）一天下来，大家都累坏了，只有文秀还在忙碌着。

**黄文秀：** （自言自语）这个怎么捆得歪歪斜斜的？这里怎么还有几件没有收？这几件衣服真好啊！

**旁白：** （高兴）文秀时不时惊呼一下……同学们都笑盈盈地看着她，感觉她就像福利院里派来的工作人员一样，快乐地忙前忙后。

**旁白：** （高兴）第二天，全班同学在系领导和老师的带领下，浩浩荡荡地赶赴福利院去进行捐赠。这时，班主任闫老师边招手边喊。

**闫老师：** （向远处喊）文秀，给大家介绍一下福利院的情况吧！

**旁白：** （高兴）听到这，文秀连忙引见福利院的负责人给大家，并介绍了福利院的现状。

**福利院领导：** （感动）文秀啊，太感谢你们了，我代表孩子们谢谢您！

**黄文秀：** （激动）院长，我们都想给老人和孩子们，献出一份爱心。

**旁白：** （高兴）福利院的人们非常感激文秀和学生们的到来，也接受了他们的捐赠物。大家也为能办妥这件好事，而感到由衷的欣慰。

**旁白：** 当天下午回去后，班里就此召开了班会，及时总结并积极表彰了在此次活动中表现突出的学生，尤其表扬了文秀。

**闫老师：**（赞美）文秀在这次活动中，表现出来的不是简单的一腔热情，而是真正地表现出了对福利院老人的热爱和关心。这是大家以后做事情要持有的心态和态度。当你心里装着人民时，你就不会喊苦喊累，这也是思政学生的一种应有的心理状态。以后大家无论从事哪行哪业，都要心存善念，心存人民。当了老师，要从内心和孩子们在一起，关爱学生，让学生身心健康地学习和成长；当了公务员，要从心里关爱群众，想人民之所想，真正为人民排忧解难；去了企业，要能处处把关产品质量、最大限度地保障顾客利益。

**旁白：**同学们听完纷纷鼓掌和点头，更加增强了对思政专业的认可，也展现出了更加积极的处事态度。

## 知识拓展 •

### 福利院

福利院是国家、社会及团体为救助社会困难人士、疾病患者而创建的用于为他们提供衣食住宿或医疗条件的爱心福利院场所，可以分为儿童福利院、社会福利院和老年社会福利院。儿童福利院主要负责孤残弃婴收养制度和相关社会福利政策措施的贯彻落实，为孤残儿童提供收养、照料、特殊教育、医疗、康复、送养、家庭寄养等服务。

# 07

扫码听文秀的故事

## 明星宿舍

| 出场人物 | 性别 | 人物形象 |
|---|---|---|
| 旁白 | 女 | 知性姐姐 |
| 黄文秀 | 女 | 22 岁，坚强、刻苦、好学 |
| 秦栋艳 | 女 | 22 岁，文秀的闺蜜，热心 |
| 小燕子 | 女 | 22 岁，善良 |

**旁白：**（温柔）之前，文秀从没有想过自己会考研。高考能顺利考上本科，对她来讲已经是一件很骄傲的事情了。刚上大学时，文秀一心想早点毕业，早点挣钱，回到家乡进入中学当老师。老师的工作稳定，待遇也可以，但是文秀越来越发现做一名老师对她来说不是终极目标。

上大三之后，文秀决定向更高的目标迈进——考研。

**黄文秀：**（微笑）艳，我们考研吧！

**秦栋艳：**（诧异、为难）啊？考研？让我考虑考虑。

**黄文秀：**（微笑）那小燕子，你呢？

**小燕子：**（高兴）好啊，我们一起跟着文秀考研吧！

**旁白：** （温柔）那个时候，对于文秀和同学们来说，生命中唯一重要的事情就是考研了。她们宿舍 6 个人中，全都报考了研究生，而文秀报考的是北京师范大学。

**小燕子：** （高兴）我们的房号是 301，就把这个数字当作奋斗的起点吧。就让 4 年本科再加上一次考研经历吧。

**黄文秀：** （高兴）好啊，我们一起考研吧！哈哈哈。

**旁白：** （温柔）文秀深知这一决定的后果，考研绝不是一件轻松的事情。那时她们考研的科目中，政治、英语是公共科目，文秀报考北师大的哲学与社会学专业，除了这两门外还有思想政治和马克思主义哲学两门专业课。

**旁白：** （温柔）在那段日子里，文秀和同学们天天就往自习室和图书馆跑，在里面看书、学习，查阅资料。一般同学们中午会回来短暂休息一下，然后再去学习和看书。而文秀特别刻苦，一般中午都不回宿舍，她在图书馆啃几块面包，去水龙头下洗把脸就继续看书。困了，就在图书馆暂时眯一会儿。到了晚上，文秀从图书馆回到宿舍已经 10 点多了，她一番洗漱后准备上床睡觉，睡觉之前还会和宿舍的人背背英语单词，彼此之间互相提问，真正睡觉的时候已是 12 点了。

**旁白：** （温柔）第二天早上 6 点钟起床后，文秀还要去操场跑步，边跑边背英语单词，背政治和专业课。因为那阵子大家的压力都挺大的，她们需要用跑步来释放压力。

**黄文秀：** （提议）最近我们的复习压力挺大的，还是要坚持跑步，跑步能锻炼身体还能缓解压力。

**秦栋艳：** （赞同）是啊，我看书都看得头昏眼花了。

**旁白：** （温柔）文秀还蛮能跑的，绕着操场跑七八圈都不感觉到累。节假日学习累了，她们也相约着一起出去逛逛街、购购物，缓解一下紧张的情绪。

**旁白：** （温柔）室友们报考的学校不同，学习的专业课不同，应试的内容也不同，但相同的是她们学习都非常用心、卖力。301室被班上同学称为考研"明星宿舍"。这样的命名，既是一种鼓励，也是一种鞭策，她们也乐于接受。

**旁白：**（温柔）2012年1月，对于文秀来说是个难以忘怀的日子，因为7日、8日这两天正是考研的时间。第一天考政治和英语，第二天考专业课。几个舍友的考点虽然都在长治，但不是在长治学院。

**黄文秀：**（鼓励）艳，祝你考试顺利。

**秦栋艳：**（鼓励）秀啊，我们要一起考上研究生。

**旁白：**（温柔）6日下午，文秀和同学们就带上行李住进了离考点很近的一个旅馆，晚上早早地睡下了。第二天早上，文秀起了个大早，匆匆吃过早餐，直奔考点。考场上，文秀冷静答题，沉着应战，发挥相当好。考试结束后，文秀又经过了一段漫长的等待时间，后来她屏住呼吸，拨通了查询台的电话，得到的结果是，各科成绩都还理想。

**黄文秀：**（自我鼓励）成绩还行，机会还是有的。

**旁白：**（温柔）之后几天，文秀天天上网到考研论坛里看最新消息，着急的心情难以言表。终于确切的消息传来，文秀上线了！

**黄文秀：**（兴奋、高兴）艳，我成功了！

**秦栋艳：**（高兴、开心）秀，我也上线了！我们可以一起去读研究生了。

**黄文秀：**（兴奋、高兴）还有复试呢，我们不能掉以轻心！

**旁白：**（温柔）文秀高兴得手舞足蹈，接下来的复试、录取应该是顺理成章的事情了。好消息一个又一个传来，文秀的其他5位室友全都考上了研究生，小燕子和文秀一起考上了北京师范大学，秦栋艳考上了南京师范大学，而另外三位也考上理想的学校。

寒窗苦读，梦想成真。接到录取通知书那一刻，爱笑的文秀流下了激动的泪水。

扫码听文秀的故事

# 感恩无锡亲人

| 出场人物 | 性别 | 人物形象 |
|---|---|---|
| 旁白 | 女 | 知性姐姐 |
| 黄文秀 | 女 | 27 岁，坚强、好奇、好学 |
| 大吴先生 | 男 | 45 岁，包容、热心、有爱心 |
| 老板 | 男 | 45 岁，咖啡馆老板 |
| 秦栋艳 | 女 | 27 岁，文秀的闺蜜，热心 |

**旁白：**（温柔）2010 年初，吴先生\* 来到山西长治做一个新能源项目，他是无锡市惠山区堰桥街道一家骨干企业的老总。当时，山西长治原来产煤的一家煤矿想转型成新能源企业，就请吴先生过去帮忙筹建新项目。

**旁白：**（欢快）闲暇之余，吴先生常去一家咖啡馆喝咖啡，去的次数多了，就和老板慢慢熟络了起来。

**大吴先生：**老板，如果有比较优秀的贫困大学生，你帮我们推荐一下，我们想资助他们。

---

\* 吴先生就是第十章中所提到的资助人"凤"。

**老板：**（疑惑）哦？怎么那么突然？

**大吴先生：**（回忆）以前，我家里也是很穷的，在初中毕业后，就去上了中专。现在回想起来，没读过大学是我人生中最大的遗憾。

**老板：**（打趣）原来，吴先生也是学霸啊！

**大吴先生：**（笑）你可别笑话我了，现在条件好了，就想给这些贫困大学生提供一些帮助。

**旁白：**吴先生所在的城市无锡有一个机构，是专门帮助贫困学子的爱心助学机构。机构的组织人是俞斌老师，他一辈子从事慈善事业，当地一些企业家也在俞老师的感召下纷纷加入了这个大家庭，吴先生就是其中之一。

当时，在读大二的文秀就在这家咖啡厅里打工，老板就将她的情况跟吴先生说了一些。当了解到文秀的情况，吴先生被她自强不息的精神所感动，于是决定结下资助帮扶对子，以减轻她的学习和生活压力。

**大吴先生：**（佩服）都说"梅花香自苦寒来"，文秀这孩子面对生活的不易，却依旧乐观坚强，将来一定会有所作为。不能让她被困境所束缚，我们应该帮帮她。

**旁白：**（温柔）很快，文秀就收到了吴先生的资助，她把吴先生当作长辈来看待，而且还十分尊敬他。吴先生也经常给她提供些指导，包括学习、人际交往、社会实践等。文秀非常感激，她给吴先生打了个电话。

**黄文秀（20岁）：**（尊敬）喂，吴先生您好。您的年纪比我爸爸小，以后我就叫您吴叔叔吧，我一定加倍学习，来报答您的恩情。

**大吴先生：**（婉谢）文秀啊，吴叔叔不求你的报答，只希望等你以后学业有成，回馈社会，去帮助一些需要帮助的人，这就是对我们最大的回报了。

**旁白：**（温柔）在吴先生的帮助和鼓舞下，文秀的生活负担减轻了很多，她把更多的精力放在学习上，并积极参加校园活动，努力向党组织靠拢，最终实现了在大学期间成为一名中共党员的梦想。

旁白：（温柔）很快，时间来到了文秀大三的下半学年，她在考研和就业之间犹豫不决。她热爱学习，想要继续深造提升自己，同时又觉得应该早点工作，可以早点为家里添一份力，于是她拨通了资助人吴先生的电话。

黄文秀（20岁）：（犹豫、为难）吴叔叔，我今年大三了，很快我就毕业了。我想快点参加工作，减轻家里的经济负担，可是我又想继续学习……

旁白：（温柔）吴先生听得出文秀的为难，想了想就鼓励她说。

大吴先生：（鼓励、温柔）文秀啊，你继续考研吧，后面学习的费用方面，你不用担心，吴叔叔会一如既往地支持你，你放心去读书吧！

旁白：（温柔）听到吴先生的一番鼓励和帮助，这下，文秀没有了后顾之忧，下定了考研的决心。她埋头苦学了一年，最终拿到了北京师范大学的研究生录取通知书，没有辜负吴先生的厚望。

就这样，吴先生对文秀的资助一直持续到她的研究生毕业，其间他们一直通过微信、短信、电话等形式，保持着紧密的沟通联系。

文秀从本科到研究生、从毕业到就业，她的每一次考试成绩、每一个重大决定都会向吴先生汇报，征求他的意见与建议。一次次的交流拉近了他们的距离，两人几乎无所不说、无话不谈。

大吴先生：（温柔、回忆）哈哈哈，文秀啊，我拿她当自己的半个女儿看待了。我们一般1个月交流一次，有时候一两天也有一次微信、QQ交流，我一直把她当作自己的女儿来教育，说当作半个女儿一点也不为过。

旁白：（温柔）多年来，吴先生一直保存着"父女"俩的微信记录。

旁白：（温柔）2016年12月21日。

黄文秀：（祝福）今天是冬至，晚辈祝您及家人冬至大吉。文秀敬上。

旁白：（温柔）2017年1月27日。

**黄文秀：**（祝福）今天是大年三十，团聚的节日，文秀借此机会向您拜年了，感恩相遇，谢谢您在文秀困难的时候给予我帮助和鼓励。祝愿您及家人在鸡年里大吉大利，财源广进，身体健康，天天开心。

**大吴先生：**（温柔）也祝你全家新年快乐！

**旁白：**（温柔）文秀一直心存感恩，多次提出要和无锡这位亲人见面。

**黄文秀：**（尊敬）吴叔叔，文秀想来无锡看望您。

**大吴先生：**（婉拒）文秀啊，你不用惦记吴叔叔，还是专心在学习上吧，将来会有机会的。

**旁白：**（温柔）吴先生知道文秀是个善良热情、知恩图报的好孩子，怕见面会加重文秀的心理负担，而且北京到无锡路途遥远，所以一再婉拒文秀的请求。但其实，在吴先生的内心深处，文秀就是自己的女儿，看着她在不断地成长和进步，变得越来越优秀，吴先生感到很欣慰，也引以为豪。

**旁白：**（温柔）没能见到吴先生当面表达感恩之情，让文秀心里多少有点遗憾，但是吴先生的谆谆教诲，她始终铭记在心。

**黄文秀：**（尊敬）努力学习，回馈社会！

**旁白：**（温柔）学习之余，文秀经常去看望敬老院的老人们和孤儿院的孩子们。她给老人们唱歌，帮他们洗衣做饭；她和孩子们一起玩耍，帮孩子们洗手擦鼻涕；她还利用假期时间，去山区支教。

北师大校园里住着一位俄罗斯老奶奶，她的老伴去世得早，常年一个人生活。为了方便照顾老奶奶，文秀就搬去和老奶奶一起住，帮老奶奶做饭收拾屋子，陪老奶奶聊天解闷。感恩的种子，在文秀心里渐渐生根发芽、开花结果。

**旁白：**（温柔）2016 年夏天，文秀从北师大毕业了。她买好了回老家百色的火车票，抱着知恩图报的想法，再次提出与无锡恩人见上一面的请求。

**黄文秀：**（尊敬）吴叔叔，我很快就要回百色工作了，在回去之前，我想来无锡看望您！

**大吴先生：**（为难）文秀，你让我想一想。

**旁白：**（温柔）虽然，还没有得到吴先生的回应，但是文秀想着去无锡之前，顺道去南京看望在那读研究生的闺蜜秦栋艳。当时南京已经很热了，文秀就冒着酷热去买了扇子、墨水，还有很多宣纸，一直在同学的宿舍反复练字。

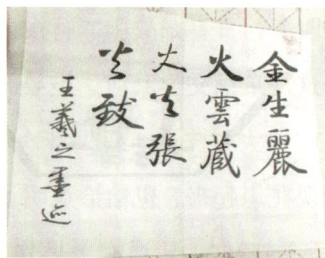
黄文秀练字书法（黄爱娟供图）

**秦栋艳：**（疑惑）文秀，练这么多干吗呀，你的毛笔字已经很好了哦。

**黄文秀：**（开心）我要好好练一练，今晚我要拿我的"真迹"送给一位贵人。

**旁白：**（温柔）文秀就反复练习，找到感觉后就开始写那把扇子，第一把扇子写出来后她不满意，又写了第二把扇子。这回，她觉得还行，写好以后，秦栋艳还给她拍了张照片。

**旁白：**（温柔）另一边，吴先生也终于答应见一见这位吃苦耐劳、善良朴实的姑娘，但因忙于业务、内心也不愿张扬宣传自己，于是想到了一个两全其美的方案，他决定将文秀介绍给"中国好人"俞斌。

**旁白：**（温柔）2016年7月3日，文秀从南京赶赴无锡，在无锡火车站下车后，吴先生让儿子开车来接她。吴先生在堰桥举行了一场别开生面的家人宴会，还特意邀请俞斌老师及工作室的几位志愿者一起参加。

**黄文秀：**（开心）吴叔叔，我总算见到您了！

**大吴先生：**（开心）文秀，欢迎你来无锡！

**旁白：**（温柔）第一次见到文秀，吴先生觉得她就是自己久别重逢的亲人。吴先生的儿子、妻子见到文秀后也很是热情、亲近。当着全桌人的面，文秀拿出一把用心题写的折扇送给了吴先生。

**黄文秀：**（开心）吴叔叔，这是我送给您的扇子，折扇正面是："庄子曰，善人者，人亦善"；背面是我用毛笔抄录的《别诗》：（转朗诵）"朝云浮四海，日暮归故山。行役怀旧土，悲思不能言。悠悠涉千里，未知何时旋。"这是东汉文学家应场被委派守卫边疆前写给家人的诗作。

**大吴先生：**（回味）文秀精选的词和诗，反映出她的一种境界与情怀，现在想起来，也恰恰点明了她返乡扶贫不获全胜、决不收兵的志向与初心吧。

**旁白：**（温柔）吴先生回味文秀赠扇题诗时的心思，感悟到了她折扇留诗的蕴意。后来得知，文秀为了准备这把扇子，她一遍一遍地练字了好久，吴先生感动不已。

这是吴先生与文秀多年以来唯一的一次见面，没想到竟成了诀别。

## 知识拓展

### 俞斌公益助学爱心工作室

吴先生是俞斌公益助学爱心工作室的成员之一，他从黄文秀大二开始，一直资助文秀到硕士毕业。

俞斌，无锡市某高中的退休教师，他的"爱心长跑"从1994年开始。近30年来，他三到西藏、五进新疆、九下陕川、十余次去云贵，近200次走进鄂豫皖大别山，足迹遍布全国20多个省份180多所学校，寄送爱心包裹820多个、衣物上百吨，个人结对资助学生600余名。后来，他成立俞斌公益助学爱心工作室，带动更多爱心人士扶贫助学，援建爱心书屋17个、爱心旗杆平台及旗杆52个，累计价值近40万元，被誉为贫困学子的"爱心使者"、失学儿童"最亲爱的爷爷"。

# 入党初心终无悔

| 出场人物 | 性别 | 人物形象 |
| --- | --- | --- |
| 旁白 | 女 | 知性姐姐 |
| 黄文秀 | 女 | 20岁女孩，坚韧、有理想 |
| 小琴 | 女 | 32岁，文秀同学 |
| 男老师 | 男 | 45岁，文秀老师 |

**（画外音）黄文秀：**（认真、疑惑）老师，为什么这个逻辑关系会是这样？为什么搞好民族团结才能实现共同繁荣？学习经济学，怎样才能把贫困地区的经济搞好？

**旁白：**思政专业的课程对于很多年轻人来说非常枯燥，但文秀却甘之如饴。每次下课，同学们离开教室后，文秀还在和老师交流。

**旁白：**刚刚结束入学军训，文秀就马上写了入党申请书，郑重地交给了辅导员老师。

**黄文秀：**（认真）老师，我想申请加入中国共产党，只有把个人的追求融入党的理想之中，理想才会更远大。一个人要活得有意义，生存得有价值，就不能光为自己而活，要用自己的力量为国家、为民族、为社会做出贡献。

旁白：在那之后，文秀每个月都向组织提交思想汇报和心得体会，她越来越坚定心中的信念。

旁白：这个出身农家的女孩深知，幸福都是靠双手奋斗出来的。大一刚开始，文秀便利用周末或课余时间勤工俭学。她和几个家庭贫困的同学一起去发传单、做家教、做销售……只要力所能及的工作她都去尝试。生活中的文秀同样节衣缩食、省吃俭用。在读大学期间的寒暑假，她为节约路费，很少回广西。文秀就这样把困难埋在心里，默默努力着。

小琴：我是文秀的大学同学，我对她印象很深刻，以前班里开展慰问福利院的公益活动时，文秀总是忙前忙后，捐物出力。她从不谈自己的困难，班里推荐贫困生，她也总是坚持把名额让给其他同学。

旁白：一次偶然的机会，文秀得到了一个企业家的学费资助，才缓解了她不少经济上的困难。

旁白：2011 年 6 月 11 日，22 岁的黄文秀如愿以偿，加入了中国共产党。她在鲜红的党旗下，举起右手、庄严宣誓。

黄文秀：（认真）我志愿加入中国共产党……

旁白：入党当天，文秀对老师和同学们表明了心迹。

黄文秀：（诚恳）我从百色老区来到长治老区，时刻受到革命先烈精神的洗礼和浸润。没有党和政府的帮扶资助，没有热心人士的捐助，我很难读完大学。我选择读思政专业，选择加入党组织，都是由衷的、无悔的。

旁白：（赞美）百色和长治都有着革命老区的红色基因，而这些基因潜移默化地熔铸了文秀坚定的信仰。毕业后，她更是用自己灿烂而短暂的一生，诠释了一名共产党员爱党敬业、忠诚担当的品格。

在大学校园四年的生活中，长治学院也记录着这个广西来的姑娘的足迹。

**男老师：**这四年来，文秀从刚入学时成绩平平，到大三时成绩进入班级前 10 名，再到大四临近毕业时考上北京师范大学研究生，通过自己的努力，文秀在这里完成了一次次新的跨越。

**旁白：**（赞美）在这四年一千多个日日夜夜里，老师和同学给这位来自壮乡姑娘的评价是：开朗、活泼、勤奋、坚韧。

在长治学院，文秀度过了四年的青春岁月；

在长治学院，文秀光荣加入了中国共产党；

在长治学院，文秀考取了北京师范大学硕士研究生；

在长治学院，文秀心中深深种下了一颗报效祖国的种子！

## 知识拓展

### 百色起义

1929 年 12 月 11 日，邓小平、张云逸、韦拔群等同志创造性地执行中共中央的决定，发动和领导了百色起义，建立了中国红军第七军和右江苏维埃政府，创建了全国瞩目的右江革命根据地，推动了全国革命形势的发展，在中国革命史上谱写了光辉的篇章。

百色起义的胜利是中国共产党在边疆少数民族地区实行"工农武装割据"的伟大壮举，是对中国特色革命道路的成功探索，是党的统一战线工作的重要实践，为邓小平理论的形成提供了丰富的实践经验。

# 10

扫码听文秀的故事

## 在北师大的历练

| 出场人物 | 性别 | 人物形象 |
|---|---|---|
| 旁白 | 女 | 知性姐姐 |
| 黄文秀 | 女 | 24 岁，坚韧、刻苦 |
| 郝海燕 | 女 | 46 岁，文秀研究生导师，耐心、慈爱 |

**旁白：** 2013 年，在北京的一个初秋早晨。一位身材匀称的姑娘，身穿洁白的裙子，拉着行李箱，迎着北京初秋的风，高兴地来到北京市海淀区新街口外大街 19 号。她走进学校的大门，径直来到报到处。当她领到研究生的学生证时，心里无比激动，欣喜地对着手机来了一个自拍。这位开心的姑娘，就是刚刚考上研究生的广西籍同学——黄文秀，来到了她一心向往的北京师范大学，心中的"北师大"！

**旁白：** 北师大的研究生教学，如今采取的是"双向选择"制，学生可以根据自己的情况选择导师，而学院里有硕士研究生导师资格的老师，他们也会根据自身情况选择学生。2013 年秋季学期开学后，学院安排了一次"双向选择"，那是郝海燕和文秀的第一次正式见面。这天，文秀落落大方地来到郝海燕面前，笑得很灿烂。

**黄文秀：**（高兴）老师，我看着您就觉得很亲切，看到您我就不紧张了。

**郝海燕：**哈哈，文秀啊，欢迎你报读北师大。从今天开始，我们就一起来做研究吧！

黄文秀（右）和导师郝海燕的合影（黄爱娟供图）

**旁白：**身为文秀的导师，郝海燕教授第一次看见文秀时，便觉得这个孩子白净、清秀、聪慧，外表柔美，性格热情爽朗，品行善良。

从此，她们成了师生，开始了她们亦师亦友又情同母女的亲密关系。

**旁白：**文秀第一次担任助教实践，是在郝教授主持的"人文教学论坛"活动。为办好这个"人文教学讲坛"，郝教授邀请了北京各高校以及研究机构的人文学科方面的专家学者，邀请他们到北师大给刚入校的学生上通识课。

**郝海燕：**文秀，这次的通识课很重要，我想你帮我找找相关的老师资料，然后还要做一份详细的课程表。

**黄文秀：**（认真）好嘞，老师，您把名单发我，我这就去整理资料。

**旁白：**就这样，文秀按照导师的指点，首先去了解了计划邀请的老师的情况，再做出一个能反映每位老师特点的详尽情况介绍表，最后还不厌其烦地和每位老师沟通确定上课的时间、地点、内容，并多次提醒、接送老师到校上课，向他们介绍学生的情况。文秀的细心周到，受到大家的广泛好评，这门课后来也被评选为北师大的"优质通识课"。

**旁白：** 过了不久，郝教授承担了一门向全国开放的网络课程，需要一个帮手，文秀知道了就主动申请去帮助老师。有了良好的开端，文秀的第二次助教锻炼，做起来就更有底气了。

**黄文秀：**（自信）老师，这次的网络课程，请您让我当助手吧，我保证会像第一次一样顺利完成任务的。

**郝海燕：** 文秀，这次是线上的课程，除了安排课表以外还会有很多细致的事情，这都要用电脑来完成。

**黄文秀：**（自信）我没问题的，老师，放心交给我吧！

**郝海燕：**（回忆）那是一项细致的活儿，需要用电脑操作来传输文件，就算是一遍遍地重复，文秀也毫无怨言。她事先请教了我，在了解网络课程各个环节的要求后，按期上传一些课程资料，及时收集反馈学生的学情。

**旁白：** 因为文秀的努力，她为老师和同学们搭建了一座沟通的桥梁。临近毕业时，她又把每年添加的新内容整理留档传给下届学生，并教会他们工作技巧和方法。她对师弟师妹们向来不急不躁、耐心沟通、循循善诱。经过大家的努力，这门课获得了国家发展改革委颁发的"网络课程开发二等奖"。


**旁白：** 当然，郝教授对文秀的喜爱不仅是因为她的聪明能干，还因为她那认真刻苦的学习精神。文秀向郝教授请教，并探讨道德教育领域急需解决的三个问题："立德树人""塑造灵魂"，以及她最关心的如何"古为今用、洋为中用"这方面的问题。

**黄文秀：**（认真）老师，我觉得在道德教育领域同样存在"古为今用、洋为中用"的问题。德育需要有宽广的国际视野，所以就要继续借鉴世界各国的德育资源，但也更应该下大力气研究中国的优秀传统文化，在其中挖掘我们党领导中国人民艰苦卓绝的奋斗史。同时，还要开发我国 56 个民族文化传统中的宝贵德育资源，以应对和有效解决德育资源开发中的妄自菲薄和盲目崇洋问题。

**旁白：** 文秀的用心钻研，得到了导师的肯定。

**郝海燕：**（回忆）她说得很对，德育工作的关键是"人"，而对于德育工作者来说，他们的心理健康问题又是关键中的关键。

**旁白：** 这个话题的探讨，对文秀后来的下乡工作产生了良好的作用，正如郝教授后来所说的。

**郝海燕：** 文秀，你做得很好，在百坭村的工作中，你真正做到把人民的工作放到首位，想人民群众之所想、急人民群众之所急，心系老百姓的喜怒哀乐，切实为老百姓做实事，为老百姓排忧解难，全心全意为人民服务。

**旁白：** 在郝教授的书房里，还存留着文秀的论文《广西壮族优秀传统文化中德育资源的开发——以传扬歌校本课程开发为例》，这篇近4万字的论文就是紧扣"德育"和"传统文化"来展开的。看着学生的论文，郝教授眼前又浮现出文秀刻苦钻研撰写论文的情景。

文秀从不需要导师提醒、催促，自觉主动地去想、去写论文。做选题时，她会主动去征求导师的意见。

**郝海燕：**（鼓励）文秀，你要从自己的学术兴趣中找自己最关心的及最擅长的问题来做。

**旁白：** 导师的这个建议，给了她很大的启发和信心。作为一名从广西来的壮族学生，她打算从广西壮族传统文化的德育资源入手，从而进行剖析和研究。毕业前夕，文秀回顾三年深造，对郝教授充满了崇敬和感激，她写道。

**黄文秀：**（感恩）郝海燕老师，我在她的身上感受到了一名现代女性的伟大，学校的工作和家庭她都能协调得很好，在她身上我收获了许多女性当有的美好品格。此外，学习上她也一直砥砺着我，受她启发，我对道德教育非常感兴趣，是她一点点地帮助我，使我超越了表面肤浅的认识，深入事物实质性的认知。

# 11

扫码听文秀的故事

## 毕业的选择

| 出场人物 | 性别 | 人物形象 |
| --- | --- | --- |
| 旁白 | 女 | 知性姐姐 |
| 黄文秀 | 女 | 27 岁，坚韧、真诚 |
| 郝海燕 | 女 | 49 岁，文秀研究生导师，耐心、慈爱 |
| 男研究生 | 男 | 27 岁，北师大研究生 |

**黄文秀：**（内心独白）等毕业了，我想回去，把希望带给家乡的父老乡亲。

**旁白：**有人说，中国农村是"三亿人出走后的世界"，可文秀说，"走出去之后肯定有部分要回来的"。

**男研究生：**（佩服）文秀就是那个"走出去，又坚定地回来的人"。

**旁白：**三年的相处，郝教授视文秀如女儿，文秀待恩师如母亲，师恩难忘。在即将毕业之际，懂得感恩的文秀回想自己和导师三年来的难忘往事，她写道：

**黄文秀：**（感恩）回望过往，诸多变化，但犹如初见，现如今即将离开，留恋与不舍满溢，在北京师范大学的研究生学习时光，终要结束。

旁白：临近毕业时，郝教授很关心文秀的毕业选择。

郝海燕：（关心）文秀，以你的能力，去一家大型国企或者留在北京，都是没问题的。对于你的将来，你可要考虑清楚呀！

旁白：文秀非常感谢自己的导师，她也向导师郝海燕如实祖露了自己内心的想法。

黄文秀：（真诚）老师，我们北师大历来倡导"学为人师，行为世范"，从您身上我学到了很多做人的道理。我是从广西的贫困山区考出来的，我想回去，把希望带给家乡的父老乡亲。

旁白：每当文秀和导师谈起家乡广西的壮族民俗文化、家乡的风土人情和风物特产时，那种打从心底里的骄傲自豪溢于言表，而目前学校的德育课程中对这些宝贵教育资源的利用却几乎缺失，文秀为此感到万分惋惜。

郝海燕：（回忆）正是文秀对这种教育状况的担忧，以及对家乡、对民族文化的热爱与执着，她那改变现状的雄心与决心、她的勇气与努力，无不深深地感染着我、打动着我。

旁白：通过多次的促膝谈心，郝教授发现文秀的志向和当下的一般学子有所不同，她能感受到文秀想返回家乡、建设家乡、

黄文秀（右一）的研究生毕业留照（黄爱娟供图）

改变家乡的强烈愿望与决心，是坚定的、真诚的和迫切的。

郝海燕：（回忆）文秀这孩子常常思考的事情和同龄的学生就是不一样，她一直牵挂着她的广西老家。

旁白：拜别老师和同学之后，文秀立即收拾行囊，毅然离开了北京。这位从北京师范大学哲学学院思想政治教育专业毕业、取得硕士学位的高材生，在 2016 年 7 月辞别老师和同学，选择当一名定向选调生，回到养育她的老家——广西百色！

第五章 / **老区新青年**

只为了那曾经的芬芳誓言，
她回到了她热爱的那片土地，
义无反顾，
踏上了扶贫的新长征之路。

# 宣传部来的年轻人

| 出场人物 | 性别 | 人物形象 |
|---|---|---|
| 旁白 | 女 | 知性姐姐 |
| 黄文秀 | 女 | 27 岁，坚韧、有抱负 |
| 男同学 | 男 | 27 岁，文秀研究生同学 |
| 女老师 | 女 | 40 岁，学识渊博 |
| 老乡民 | 男 | 70 岁，憨厚农民 |
| 播报员 | 女 | 列车乘务员 |
| 男领导 | 男 | 45 岁，热心、惜才 |

**旁白：**（轻快）这是凤凰花开的时节，也是一年一度的毕业季。2016 年 7 月，文秀如愿获得了硕士学位，可远在北京求学的她，毕业以后该去哪里？她的去向引来了大家的关注，同学们都在议论纷纷。

**男同学：**文秀胸怀大志，她会不断去寻找她的诗和远方。

**女老师：**（感叹）文秀学业优秀，为人豁达、乐观、阳光，毕业后留在大城市，前途无限！

**老乡民：**（疑惑）文秀这个妹子读了这么多书，吃了这么多苦，毕业了还会回穷山区工作吗？

**旁白：**（坚定）但其实文秀心里早就有了答案。

**黄文秀：**（坚定）毕业了，我选择回家乡百色去！

**旁白：**（轻快）这是她最终的选择，也是她内心里最热切的盼望。

**旁白：**（轻快）炎炎夏日，文秀乘上了从北京返回广西的列车，文秀望着车窗外飞驰而过的景色，感慨万千。

**黄文秀：**（内心独白）再见了，北京！再见了，老师同学们！

**旁白：**（轻快）她的心绪早就飞回了家乡。故乡的风、故乡的云，在不停地向她召唤……高飞的大雁，总有飞回的日子；茂密的树叶，总有归根的时节。

**黄文秀：**（较平淡，内心独白）百色，我热恋的故土，你的女儿回来了！

**黄文秀：**（较激动，内心呼喊）家乡，我亲爱的家乡，我亲爱的父老兄弟姐妹，你们的文秀，回来了！

**旁白：**（轻快）一想到自己即将回到家乡，文秀的心里很是激动。而她的家乡百色，右江水泛起层层清波，也在热切期盼这个归来的游子。

**播报员：**乘坐 D3901 的乘客，前方站点是本次列车的终点站——百色，请拿好您的行李物品……

**旁白：**（轻快）终于，文秀回到了百色！当她踏上家乡的这片红土地时，眼睛一下便湿润了。自从 19 岁第一次离开家乡田阳，文秀几乎 8 年都一直在外求学，为了节省费用，她很少回家，而现在她终于可以回到自己心心念念的故乡了。

**旁白：**（高兴）这天一大早，文秀穿着她喜欢的白裙子，欣然地走在百色市委所在的中心区，也就是右江区的向阳路上。夏日的微风吹来了家乡熟悉的味道，让她更加兴奋。很快，她落落大方地走进百色市委大院，径直来到市委宣传部报到，她领到了她人生的第一本工作证，她的身份也由一名北京的硕士研究生变成了今天的干部，正式由"同学"变成了"同志"。

**黄文秀：**（较激动）报告领导，新入职的同志黄文秀来报到了。

**男领导：**（爱惜）文秀，欢迎你这样的高材生学成归来，投身家乡的建设！从今天开始，你就是百色市委宣传部的年轻干部了，祝贺你！你是党员，我们党内称"同志"。文秀同志，在昨天，你的学业很优秀！希望明天，你的一切都更加优秀！

**旁白：**文秀把领导的话记在了随身带的笔记本上，别致的欢迎词，亲切的教导，让她心里热乎乎的。文秀办理了工作手续，入职后她第一件做的事情就是交纳党费，这也是她参加工作后在百色交纳的第一笔党费。

# 02

扫码听文秀的故事

## 在乡镇挂职的日子

| 出场人物 | 性别 | 人物形象 |
|---|---|---|
| 旁白 | 女 | 知性姐姐 |
| 黄文秀 | 女 | 28岁，坚韧、热心、为人民着想 |
| 覃镇长 | 女 | 37岁，那满镇镇长，亲切 |
| 男同事 | 男 | 35岁，坚韧 |
| 男领导 | 男 | 40岁，爱人民、热心 |

**旁白：** 在百色市委宣传部，文秀工作勤勉努力、兢兢业业，得到领导和同志们的交口称赞。一年后，她就被组织下派到乡下挂职，担任田阳县那满镇党委副书记。

**旁白：** 从2017年9月一直到2018年3月，文秀一直在中共田阳县那满镇委员会担任副书记，分管党务、计生、新农村建设等，对这段时间的工作她深有体会，感慨万千。

**黄文秀：** （感慨）基层工作没有"罗曼蒂克"，而是一部"钢铁是怎样炼成的"社会大书。要想成为一名合格的基层干部，首先要完成身份的转变，做好长期吃苦的准备。基层工作要求个人具备高情商，并且要放低身段，如此才能做到生活融入、感情投入、工作进入。研究生毕业后，我更应该不断学习，强化自己，这样在广阔的天地，才会大有可为。

旁白：读万卷书容易，行万里路却不容易。文秀在工作中始终带着"热爱"与"热情"。

男同事：（回忆）她是怀着一颗"爱心"去对待每一项工作的。

旁白：从文秀来到那满镇的那天起，镇上到处活跃着文秀青春的身影。文秀还真不把自己当"外人"，她跟其他的班子成员一样，什么工作重担都扛在身上，意识形态、宣传、计生、挂村等等；对分管这么多的工作也毫无怨言，欣然接受，并竭尽全力完成各项工作任务。大家原本以为她不过是来基层镀镀金、挂挂名而已，但是来报到的当天，她就跟着大家下到村里，一起开展监督村民委员会换届选举投票、清点选票等工作。她那认真细致的态度，简直让大家刮目相看。


旁白：覃镇长是一位三十多岁的女领导，她说起文秀也一度落泪，深情地讲述文秀挂职副书记的故事。

覃镇长：（回忆）初识文秀是在一个阳光明媚的早晨，她笑靥如花，轻轻地跟我说话。

（画外音）黄文秀：（热情）你好，我是文秀，2016 年的选调生，现在到那满挂职。

覃镇长：（温柔）就是这样，文秀来到了那满，迈出了到基层工作的第一步。

覃镇长：（心疼）我们所熟知的文秀，积极、乐观、开朗，浑身充满着正能量，时常给身边的人带来欢乐和惊喜。我们所不知道的文秀，家庭负担重，父母亲重病，家庭条件并不宽裕，靠勤工俭学完成了自己的学业。我们所熟知的文秀，热爱生活，喜欢美食、喜欢健身，生活俭朴而充实。我们所不知道的文秀，来到那满后，积极联系资助，帮扶了三名贫困学生。

旁白：回忆起文秀，镇长总是感慨万分。

覃镇长：（回忆）我还记得我们一起通宵达旦的日子，那时我们在计生三楼加班整理扶贫档案，她和大家一起熬夜，眼圈都黑了，面容也憔悴了好多。可她依旧活力满满，嘱咐大家要劳逸结合。

（转心疼）现在回想起那年的冬日，阴雨绵绵、冰冷刺骨，文秀二话不说挽起衣袖到贫困户家帮他们打扫家庭卫生，熟练的动作仿佛就像在自己家一样。也是在那一年，那满镇第一届干部职工运动会风风火火地办起来了。

旁白：乐观开朗的文秀很快就适应了基层的工作。在不耽误中心工作的情况下，她经常到自己挂职的百敢村走村入户，与村干部商量、与小组长沟通、与群众拉家常，收集到群众很多急需解决的问题。有一天，她匆匆来到领导的办公室。

黄文秀：（认真）领导，凹令屯的通屯道路还没做硬化，每次下大雨道路都泥泞不堪，无法通行，给群众的生产生活造成了很多不便，而且百敢村只有这个屯的通屯道路还没有做硬化，这个问题是急需解决的。

旁白：就在当天，领导跟她一起到凹令屯实地调研，村小组长详细地说明了情况，文秀细致地记录了下来。在了解情况之后，文秀一再向领导询问项目的细节问题，并积极地组织村干部填报申请材料。

黄文秀：（认真）这个通屯项目可以申报立项吗？立项需要提交哪些资料呢？申请是以村委名义上报还是镇政府名义上报，是向县直什么部门申报呢？

旁白：终于，在文秀的不懈努力下，凹令屯的通屯项目在2018年初被立项，道路在 2018 年 9 月开始动工，2019 年 1 月就完工了。

**旁白**：文秀思维活跃，善于拓宽工作思路，为工作创造新的方向。每到年底，镇党委政府总要做一个工作，那就是总结当年工作、计划下一年工作。镇党委和政府按照常规的工作，组织开展了一系列会议活动，比如村书记的述职报告会、考核工作、总结大会等，所有干部职工都按部就班地开展工作，而文秀总能够在会上开拓思路，提出建议。

**黄文秀**：（认真）我们这次趁着大学生都放假回家过年这个特殊时间点，举办一次那满籍在校大学生座谈会吧！这样，在外求学的大学生们可以了解家乡的变化，让他们积极参与到家乡的变化中来。

**男领导**：（赞扬）这个提议不错，这几年那满镇确实有了很多的变化，有了这次座谈会，外出的游子就能更快了解乡的变化了。

**覃镇长**：（高兴）文秀啊，这次活动我们都听你的安排。

**黄文秀**：（高兴）谢谢领导，我相信，那满镇的孩子对家乡建设一定会有很多新的想法！

**旁白**：在得到肯定后，文秀积极筹备和安排，在 2018 年 2 月 13 日成功举办了那满籍在校大学生座谈会，当天的参会大学生达 40 人。在轻松愉悦的氛围中，参会的大学生依次介绍了自己就读的学校、专业、就业意向等，有些同学结合身边的变化谈了自己对家乡的感受，有些同学则咨询了就业选择上的问题。通过一次座谈会，大家建立了一个微信群，相互交流，使得在校大学生更加了解家乡的现状及发展规划，给这些大学生树立了回乡发展的信心。

**旁白**：还有一次，2018 年春节前夕，在组织举办露美村迎春游园活动中，文秀将露美村原本生硬、枯燥、刻板的村规民约修改成有趣、朗朗上口、通俗易懂的"三字经"版本，还举办儿童诵读比赛，在愉悦的环境中让小朋友们熟知村规民约，这一举措得到了自治区有关部门的高度赞赏。

**旁白：**虽然只是短短半年的时间，但是文秀从不摆架子，总以微笑待人，遇到什么问题都虚心向老同志请教，对年轻同志都会尽量把自己的工作经验倾囊相授，对群众的诉求都会想办法解决。她沉得下心，能够倾听群众心声，为群众排忧解难。

**覃镇长：**（深情、悲伤）文秀，你还记得乐业百朗蝴蝶谷的约定吗？我很想去看看，我想让那些在乐业山水间起舞的小精灵，给你带去我们最深的思念……

### 知识拓展

### 基层工作

乡村基层工作是指在农村地区中从事的各种基层工作，主要包括以下几个方面：村务管理、群众工作、经济发展、教育工作、社会服务、农业技术推广。

乡村基层工作涉及面广，任务重，需要高度的责任心、敬业精神和良好的人际沟通能力，尤其需要深入了解农村干群的实际需求和诉求，开展帮助困难群众解决实际问题的工作，维护农村社会稳定。

扫码听文秀的故事

# 镇里的快乐女生

| 出场人物 | 性别 | 人物形象 |
|---|---|---|
| 旁白 | 女 | 知性姐姐 |
| 黄文秀 | 女 | 28 岁，坚韧、适应能力强 |
| 女同事 1 | 女 | 45 岁，文秀那满镇同事，热情 |
| 女同事 2 | 女 | 35 岁，文秀那满镇同事，热情 |
| 小邓 | 男 | 30 岁，文秀好友，善良 |

**旁白：** 来到那满镇挂职后，黄文秀就住在镇政府的集体宿舍里。宿舍楼年久失修，设施老化，刚住进去没几天，卫生间的下水管道就堵住了。

**黄文秀：**（苦恼）镇里没有维修工，男同事们也都很忙，我自己试试吧。

**旁白：** 于是，文秀就买来一些维修工具，自己动手，一连捣鼓了两个晚上，才把下水管道疏通开。

宿舍的设备也很简陋，只有一台电扇和一张光板床。每天下村入屯，回来就是一身尘土泥巴，文秀觉得手洗衣服太费时间，就买了一台洗衣机，这宿舍里才多了件电器。后来，文秀又网购了几双粉红色运动鞋和几件红色、黄色、紫色的运动装，这些服饰既美观，又实用，方便下乡进村工作。

**黄文秀：**（思考）嗯，好像还缺点什么，让我想想……

**旁白：**看书、写字、画画，这是文秀坚持了多年的习惯。于是她又买来了一张折叠桌和两个小凳子。白天奔波了一天，到了晚上她总会读几页书，写几张毛笔字，又或者画一张小画。

**旁白：**（较缓慢）夜色静静，灯光悠悠，忙碌了一天的文秀在此刻感到了一份轻松、一份充实。

**旁白：**刚到镇里时，办公室还没来得及配备打印机，但工作上有许多文稿和表格都需要打印。为了不耽误工作，文秀就网购了一台打印机。镇领导看到后，让她到财务那里报销，她却拒绝了。

**黄文秀：**（善良）这台打印机是我自己用的，就不必公家报销了。


**旁白：**走村入屯，加班加点，虽然很累，但文秀总是设法丰富镇机关人员的业余生活。晚饭后，只要没有公务活动，她就挨门挨户喊。

**黄文秀：**（喊话）同事们，出来吧，我们打篮球去！

**旁白：**（欢快）每到这时候，文秀就会换上短衫短裤，像个假小子一样，和男生们在球场上拼杀，毫不示弱。有时候为了一个动作是否犯规，她还会和对方争辩一番。

遇到人少时，她就组织打乒乓球和羽毛球，挥拍扣杀，攻势凌厉，平日里一个文文静静的女生，在运动场上却俨然巾帼猛将。


**旁白：**（欢快）自从文秀来到镇里，整个大院增添了许多笑声，充满了青春朝气。同事们都说："那满镇来了个快乐'女神'。"

其实那满镇距离文秀父母的家不太远，但她全身心忙于工作，很少能回去。

**女同事1：**（欢快）文秀，我回家啦，拜拜。

**黄文秀：** （叮嘱）嗳，您小心点呀。

**女同事2：** （疑惑）文秀，这周你又不回家吗？

**黄文秀：** （腼腆）这周还有点事要处理，我就先不回去了。

**旁白：** （欢快）每当周末，同事们都回家了，宿舍里往往只剩下文秀一个人。

**旁白：** 一天晚上，乌云翻卷、夜色如墨，一道闪电划过，瞬间把窗外照得惨白如昼，旋又漆黑一片。随着"咔嚓"一声暴雷炸响，大雨倾盆而降。

**旁白：** （紧张）电闪雷鸣中，刚刚睡下的文秀仿佛看见有个黑影从窗外一晃而过，吓得她毛骨悚然，瑟瑟发抖。

**黄文秀：** （内心独白）外面是不是有人啊，可是同事们都回家了呀。

**旁白：** （紧张）她急忙缩进被窝，蒙住头摸出手机，给朋友小邓拨通了电话，压低声音颤抖着说。

**黄文秀：** （低声、哆嗦）小邓，我好像看见窗外有个黑影……我害怕……

**旁白：** 小邓听完文秀的话，也感到一丝慌张，他定了定神说。

**小邓：** （镇定）文秀，你先别慌，现在穿好衣服，打开电灯，把屋门关紧了。

**黄文秀：** （镇定）嗯，我都按你说的去做了。

**小邓：** （镇定）非常好，别紧张，或许是你看花眼了。若真有什么情况，就拨打"110"！

**旁白：** 挂了电话，文秀紧裹着被子蒙着头，不敢再看窗户，一直熬到天明……

**旁白：** 一个月后，又是一个周末之夜，又是一场电闪雷鸣的大暴雨。小邓担心好朋友黄文秀又要被吓坏了，就主动给她打来电话安慰。

**小邓：** （关心）喂，文秀，今晚下大暴雨了，你又被吓坏了吧？

**黄文秀：** （高兴）哈哈哈，现在我不怕了，我的胆子练大了！

**小邓：**（高兴）哟，不愧是黄文秀，这么快就适应了。

**旁白：**不管是生活还是工作，每当文秀遇到困难，她总是乐观地去面对，想尽办法去解决。文秀所在的那满镇下辖有13个村、138个自然屯。这些屯子大多散落在丘陵山区，最远的屯子距离镇政府有30多里。这一路上全是泥土路，晴天尘土飞扬，雨天一路泥浆。

文秀每次下屯总要搭村干部的摩托，但这不是长久之计。为了方便下屯，文秀决定买辆汽车。

**黄文秀：**（思考）这么远的距离，村干部开摩托车也太辛苦了，我还是买辆车吧。可是汽车的价格……

**旁白：**文秀去看了一下价格，普通汽车也要近十万元，她没有这么多钱。

**黄文秀：**（苦恼）山里都是泥路，普通的车也不好走。要买适合走山路的车……

**旁白：**于是，几经考量，文秀咬咬牙，贷款买了一辆白色越野车。她喜欢洁白的颜色，越野车也适合跑山路。

当时，文秀的月工资只有3500元，今后每月要还2400元车贷，这又成了她的一个负担。

**黄文秀：**（自我鼓励）为了工作，这辆车需要买。如今咱又不买好衣服，更不买高级化妆品，每月剩有1000多元，比起那些贫困的村民，我很知足了。

黄文秀（后左一）和那满镇新生小学的师生合影。（中共百色市委宣传部供图）

**知识拓展** •

## 那满镇

那满镇，隶属于广西壮族自治区百色市田阳区，地处田阳区东南部，东靠田东县，南连五村乡，西与坡洪镇接壤，北隔右江河与百育镇相望；距田阳区城 13 公里，区域总面积 130.87 平方千米。

那满镇地处右江河谷中部，地貌由平原、丘陵、石山区三类不同区域组成；南面为石山岩溶地貌，占总面积的 43%。那满镇属典型的南亚热带季风气候，光照充足，雨量丰富。雨热同季，夏长冬暖，年均气温 23℃，年平均降水量 1000~1250 毫米，无霜期年平均 350 多天。

在自然灾害方面，那满镇主要有干旱、内涝、大风、低温、霜冻、雷击等。

# 04

## 假小子和"美女群"

| 出场人物 | 性别 | 人物形象 |
|---|---|---|
| 旁白 | 女 | 知性姐姐 |
| 黄文秀 | 女 | 28岁，坚韧、热心 |
| 男同学 | 男 | 20岁，那满镇在外学生，阳光、热爱家乡 |
| 男同事 | 男 | 35岁，那满镇干部同事 |
| 镇领导 | 女 | 45岁，善良 |
| 女同事 | 女 | 28岁，那满镇干部同事 |
| 覃镇长 | 女 | 38岁，那满镇镇长，亲切 |

**旁白：**（喜悦）一年一度的新春佳节就要到了！ 2018年的春节，文秀是在挂职的那满镇度过的。

往年过春节，家家户户都是办年货、贴春联、炸食品、除夕守岁、拜年祝福等一些传统活动，文秀觉得那显得很单调，缺少新意。她决定利用这个传统节日来点新花样，她和镇领导商定，让那满镇群众过上一个别样的春节。

**旁白：**文秀在下屯调研时发现，虽然那满镇在外地上大学的学生很多，但毕业后回到家乡的却很少。

黄文秀：（内心独白）让更多的大学毕业生回到家乡参与扶贫攻坚，这将会是一支非常大的力量！

旁白：于是，文秀利用春节大学生放假回家的机会，组织召开了那满镇在校大学生座谈会。

黄文秀：（热情）各位那满镇的乡亲们，大家平时都是在外求学，这次回来看到镇上的改变很大吧！

男同学：是啊，我家还盖了新房。

黄文秀：（热情）不止呢，镇政府还带领我们进行对口帮扶，给村民增加收入。同时，也给求学回来的大学生准备了很多……

旁白：座谈会上，文秀深情地向大学生们介绍镇里的情况，让他们从多方面了解那满镇，激发他们对故乡的热爱，真诚希望他们毕业后返乡创业。

旁白：（喜悦）为了给那满镇村民们过上别样的春节，文秀亲自策划和主持了一系列别开生面的活动。

在雄壮的乐曲声中，那满镇干部职工欢度新春佳节运动会开始了。

黄文秀：（热情、喊话）我宣布，本届新春佳节运动会，正式开始。下面有请各运动队伍进场！

旁白：（喜悦）运动员队伍依次入场，每支队伍都有自己独特的队名：猛虎下山队、战狼队、猎豹队、雄狮队等，这些队名一个比一个威风。运动的比赛项目也十分丰富：百米短跑、千米长跑、跳远、跳高等等。运动员争先恐后，一个比一个更高、更快、更强；村民们也都赶来观战助威，呐喊声此起彼伏，运动场变成了沸腾的海洋。

到了晚上，乒乓球、象棋、跳棋、跳绳、篮球等竞赛活动依旧精彩不断，直到深夜，镇政府大院仍然灯火通明，笑声朗朗。

旁白：（喜悦）春节七天假，天天有活动。百姓满脸欢笑，纷纷翘指称赞。

**镇领导：**（高兴）我们那满镇的春节，从来没有像今年这样热闹过，真是耳目一新啊！

**男同事：**（赞美）秀儿这姑娘，太有才了，真不愧是北京毕业的研究生！

**男同事：**（高兴）谢谢你啊，秀儿。

**黄文秀、镇领导：**（高兴）哈哈哈哈……

**旁白：**（喜悦）黄文秀来到那满镇之后，虽然把自己变成了一个沾满泥土的"村姑"，但她总想让那满镇的姐妹们美起来，靓起来。

**旁白：**（喜悦）为此，她专门组建了一个"那满美女群"。覃镇长首先被文秀拉进了群里，一起和姐妹们敞开来聊美容、聊美装、聊美食。在群里，文秀还组建了一支"美食瘦身队"。瞧这名字起得，"美食＋瘦身"，这不就是鱼和熊掌全都要吗？所以，刚一上线，就有姐妹发出了感叹。

**女同事：**（感慨）既要享受美食，又要快速减肥，我的天，这个难呐！

**黄文秀：**（打气）姐妹们，既吃美食又瘦身，这才是高手啊！我们一起努力吧！

**旁白：**（喜悦）随即，"鼓掌""加油"的表情包就在群里蹦跳成一片！

**旁白：**后来，黄文秀挂职期满，离开了那满镇。一个多月后，她还特意回镇里来找覃镇长。不巧，那天覃镇长下乡了，没能见上面。

晚上，覃镇长从村里回来后，发现宿舍门口放了一个塑料袋，她有些纳闷，不知道是谁放在这里的。于是她就在微信群里问。

**覃镇长：**（疑惑）是哪一个好心的人送来了面膜，还想着让我美一美啊？

**旁白：**很快，文秀给她发来私信。

**黄文秀：**（高兴）覃镇长，面膜是我从网上买的，感觉效果挺好的，我推荐给你也试试吧！

旁白：覃镇长被文秀的诚意和细心感动了。

覃镇长：（心疼）这个善良、能干的秀儿，真是挺让人想念的！

旁白："那满美女群"和"美食瘦身队"的姐妹们，也都非常想念黄文秀。那天，不知是谁在群里喊了一句。

女同事：（伤感）我想秀儿了！

旁白：随即，群里的姐妹们情不自禁地唱起文秀爱唱的歌《歌声与微笑》。

旁白：2018年3月初，黄文秀圆满完成了挂职任务，回原单位——百色市委宣传部了。

## 知识拓展 ●

### 田阳春节习俗

在广西田阳区一些山区边远农村，至今还流行着一些独特的过年习俗，这些习俗可谓五花八门、怪异有加，十分有趣。其中有一项习俗是"留火种过夜"，这些边远山区村屯的每家每户都很重视这一世世代代沿袭下来的习俗。

除夕夜，千家万户欢欢喜喜大团圆，总是有说不完的话。一家人围坐在火灶旁，边烤火边高高兴兴地聊天唠家常，到很晚才上床睡觉。临睡觉前，家中的老人总是将一颗烧得很旺，而且很粗大很结实的木炭火深埋在火灰里，让木炭火慢慢自行燃烧到次日初一。初一天亮，老人一起床就扒开火灰，取出还在旺着的木炭火继续烧火。这喻示着人们的生活一年接一年旺不断续，一年比一年兴不言衰。

# 05

## 与恩人陈开枝相遇

| 出场人物 | 性别 | 人物形象 |
|---|---|---|
| 旁白 | 女 | 知性姐姐 |
| 黄文秀 | 女 | 28岁，坚韧、热心、感恩 |
| 男同学 | 男 | 17岁高中生 |
| 女同学 | 女 | 16岁高中生 |
| 陈开枝 | 男 | 77岁，"全国扶贫状元"，热心、慈祥 |

　　**旁白：** 2017年12月13日《南方日报》发表了一篇题为《"只要腿能走，我还会接着去扶贫"》的公开报道，这是对"全国扶贫状元"陈开枝第101次到广西百色开展对口扶贫的纪实。

　　**男同学：** 陈爷爷再见！

　　**女同学：** 陈爷爷保重身体……

　　**旁白：**（报道口吻）12月12日，在广东省老区建设促进会会长陈开枝结束第101次到广西百色扶贫的行程后，一些曾受到陈开枝资助的学生自发前来送他。此次扶贫，陈开枝除了考察扶贫点之外，更重要的是带去他从北京、广东等地筹集的 3348 万元善款，用于发展当地教育。

旁白：（报道口吻）在广州市政协牵头帮扶的百色市田阳县那满镇广新家园，大学生村官黄文秀对陈开枝说。

（画外音）黄文秀：（热情、尊敬）陈爷爷，我们祈福高中的同学都记得您！没有您就没有我的今天！

旁白：（报道口吻）2008 年，黄文秀在广州亲人的资助下曾就读于百色祈福高中，如今已成长为一名优秀基层青年干部。

旁白：（欢快）文章中提到的"黄文秀"正是我们书中的主人公——时代楷模黄文秀！随行记者当时将文秀写成"大学生村官"，其实那个时候的文秀已经在那满镇挂职党委副书记三个月了。据那满镇镇长回忆，当时正好是文秀负责对接广东亲人陈开枝一行，她终于与日夜思念的恩人相遇了！

旁白：文秀和这位恩人的缘分，还得从陈开枝与百色的情缘说起。

黄文秀（左）与陈开枝在田阳那满镇广新家园前留影（中共百色市委宣传部供图）

1996 年 7 月，党中央、国务院决定开展东西部扶贫协作，广东承担帮扶广西的任务。广东省委决定由广州对口帮扶百色，广州市委决定由时任常务副市长的陈开枝负责这项工作。

**陈开枝：**（感慨）当时，在百色 357 万人口中，有 100 万人生活在不通公路的地方，80 万人饮水困难，60 万人处在绝对贫困线下，20 万人生活在极端缺乏生存条件的地方，36000 多名儿童因穷困而失学。

**旁白：**1996 年 11 月 28 日，陈开枝第一次踏上百色的土地，从此他与这块红色的土地结下不解之缘。

**旁白：**1998 年 7 月，陈开枝从广州市副市长升任市政协主席，不再承担对口帮扶百色的职责，但他没有停止扶贫。1998 年到 2005 年间，他发动捐资近 3 亿元，配合政府新建、改建 246 所中学、小学和幼儿园，惠及 12 个县区 80 多个乡镇，解决了 8 万多名百色老区少年儿童入学难的问题。

**陈开枝：**百色祈福高中创办于 2000 年 2 月，是百色市委、市政府创办的公办重点高中。十几年来，我们要感谢香港祈福国际投资集团董事长彭磷基先生，是他先后捐助了 3000 万元资金来支持学校建设。

**旁白：**其实，百色祈福高中能创办成功，这些都是陈开枝牵线搭桥的结果。现在这个学校的学生规模达到 4000 多人，90% 是壮族等少数民族，40% 是家庭贫困的学生，这所高中已经成为广西壮族自治区示范性普通高中。

在百色祈福高中，有好几个用捐资人名字命名的特困学生班，这是陈开枝想出的办法。通过这一办法可以争取爱心人士的捐助，解决特困学生的生活困难问题。陈开枝促成香港爱心人士郑柱成先生捐资近千万元，专用于培养边境地区少数民族的 251 名贫困家庭孩子，供他们从小学到读完大学。他还动员广州青年和社会人士搞"手牵手"活动，帮扶百色 4000 多名贫困孩子完成学业。

在这些贫困的孩子中，文秀正是其中的一位，她就是得到了这笔资助，在祈福高中复读一年后才考上大学的。所以，那天她发自肺腑地说出了多年埋藏在心里的话。

**黄文秀：**（热情、尊敬）陈爷爷，我们祈福高中的同学都记得您！没有您就没有我的今天！

**旁白：**作为挂职那满镇党委副书记，文秀引着陈开枝一行来到离百色市区 50 多公里的田阳县那满镇，一路上做起了讲解。

**黄文秀：**（热情、尊敬）陈爷爷，那满镇是习近平总书记当年到过的地方，后来由广州对口帮扶，在新立村建起了全新的移民家园。现在，在移民家园居住的 148 户人家，有 500 多人都是从山上搬迁下来的。当地人特地给这个移民新村起名为广新家园，以铭记广州的帮扶之恩。在广州投入 500 万元资金的帮扶下，村里通路、通水、通电，还建设了文化室、篮球场。农户通过种植火龙果、香蕉这些水果加上外出务工挣的钱，人均年收入从 2000 多元增加到 10000 多元，村民们在新的家园里可以真正安居乐业了。这些，都归功于您，我们的大恩人——陈开枝爷爷啊！

**旁白：**文秀说完，大家也都跟着报以热烈的掌声。这时，陈开枝发现文秀这个女孩子开朗、大方，语言表达能力和逻辑性强，对她非常赏识。当了解到她的情况后，陈开枝更是对她予以厚望。

**陈开枝：**（欣赏）文秀啊，你要努力工作，帮助更多的贫困户脱贫，帮助更多的失学儿童上学。

**旁白：**陈开枝的这次百色扶贫是"第二个 100 次"的首次出发，面对这位德高望重的"扶贫状元"，文秀向他请教了关于"中国的反贫困斗争工作"这一问题的看法，陈开枝总结了"五要"。

**陈开枝：**（认真）扶贫是一项长期的工作，我们要做到五个要：认识要高、感情要深、路子要对、措施要硬、作风要实。

**旁白：** 关于为人处世、关于老区建设、关于扶贫，陈开枝一路上娓娓道来，这对于文秀来说真是莫大的收获。

**旁白：** 陈开枝对百色的深情厚谊深深感动着文秀，她被这位长者的精神深深鼓舞着，更感觉自己返回百色报效家乡的选择真是太对了！文秀听说陈开枝最经常唱的一首歌就是《小草》，说这是他的人生主题曲。于是爱唱歌的文秀深情地唱了起来……

**旁白：** 美妙的嗓音、真挚的情感、淳朴的表达，文秀深情的歌声唱得陈开枝的眼睛湿润了……

## 知识拓展 •

### "永不言倦"的"八零后"

陈开枝，"全国扶贫状元"，中国扶贫基金会副会长。

1996年，党中央、国务院作出"东西结对帮扶"的决策部署，广东帮扶广西，广州对口支援百色，时任广州市常务副市长的陈开枝自此与百色结下不解之缘。

1998年，陈开枝任广州市政协主席，但他没有结束自己对百色的扶贫工作。2005年退休后，他把更多的时间用在了扶贫上。

1996年11月28日，陈开枝第一次踏上了百色这块红土地，他走遍百色的每一个角落，为群众排忧解难，为发展百色牵线搭桥，"输血"与"造血"相结合，改革传统扶贫机制，积极开展扶贫协作，并取得了可喜成果。至今，经陈开枝牵线搭桥，广州已帮扶广西建成300多个项目，帮助380个村实现通电，兴建人畜饮水工程2.57万处（座），修建公路5000多公里；陈开枝动员社会筹集资金8亿多元，帮助10万多名贫困孩子圆学业梦。

陈开枝，对百色所做的贡献为我国的扶贫事业树起了一座"扶贫的丰碑"。

第六章 ／ **文秀的
新长征**

我驻村满一年的那天，
我的汽车仪表盘的里程数正好增加了两万五千公里，
我的"长征"，
驻村一周年愉快。

——黄文秀的"扶贫心得"

# 01

# 第一书记上任伊始

| 出场人物 | 性别 | 人物形象 |
|---|---|---|
| 旁白 | 女 | 知性姐姐 |
| 黄文秀 | 女 | 28岁，坚韧、热心、有干劲 |
| 周昌战 | 男 | 43岁，百坭村村支书 |
| 男村民1 | 男 | 30岁农民，较粗鲁 |
| 男村民2 | 男 | 35岁农民，较粗鲁 |
| 韦玉行 | 女 | 40岁，百坭村妇女主任，爱人民、热心 |
| 班智华 | 男 | 30岁，百坭村村委主任，热心 |

**旁白：**（欢快）2018年3月26日，这原本只是个普普通通的日子，但对于文秀来说却有特殊意义。因为这是她第一次走进这个被列为深度贫困村的百坭村，也是她正式就任驻村第一书记的第一天。在她看来，这就是自己奔赴扶贫新长征之路的第一个脚印。尽管做足了思想准备，但当文秀踏入百坭，还是感到非常震惊。

**（画外音）黄文秀：**（略震惊）天啊，这就是百坭村吗？一眼望去，都是高高的大山、深深的谷底，仿佛到了天尽头，再往前，已经无路可走了！

旁白：百坭村的群众也忘不了文秀第一次和他们见面的情景。那是一个阳春三月的上午，春风拂面，村干部们和村民代表聚集一起，等待市里派来的第一书记。会议开始，村支书周昌战跟大家介绍新来的第一书记。

周昌战：（稍高声讲话）大家注意，大家注意，这位就是新来我们村里的第一书记，黄文秀，大家欢迎！

旁白：这时，大家才看清楚，刚才和大家说说笑笑的"学生妹"，原来就是他们等待的第一书记黄文秀。

黄文秀：（欢快、大方、有力）大家好！我是黄文秀，大家可以叫我阿秀。从北京研究生毕业之后，我主动选择回到家乡，希望大家多多支持我的工作。我阿秀不是来作秀，而是真的来干活的，谢谢大家！

黄文秀在担任驻村第一书记期间穿过的工作服（广西乐业县新化镇百坭村供图）

旁白：青春的气息，爱笑的动人的脸庞，文文静静的模样——这就是文秀留给当地群众的第一印象。

黄文秀：（微笑）我初来乍到的，也不会讲什么大道理，我就先给大家唱首歌作为见面礼吧！以前有一部老电影，叫《我们村里的年轻人》，我唱的就是电影里面的插曲！

旁白：文秀那甜美的嗓音、爽朗的笑声、得体的话语和落落大方的举止，冲散了沉闷的会议气氛，会议室里顿时活跃了起来，百坭村人纷纷用掌声欢迎这位"学生妹"书记。

旁白：文秀的到来也给村民们带来了新的信息，尤其是中央对脱贫攻坚的决心和相关政策。她介绍了全国贫困人群和贫困地区的特征与情况，让村干部们根据这些特征与情况和百坭村的贫困状况作比较。

**黄文秀：**（苦恼）我得想办法掌握全村的情况，（转兴奋）唉，有了！用回土办法，访问一下村内的贫困户不就好了吗？

**旁白：**文秀为了全面掌握百坭村的致贫原因和现状，开展了遍访工作，认真查摆问题并听取了民情民意。

百坭村村委会有两层办公楼，文秀住在办公楼一层的一个小单间里。这房间狭小、简陋，也就一桌一椅一床，但很整洁。小小的房间里，有两样东西格外引人注目，透过它们能看出文秀对群众、对生活浓浓的爱：一样是床铺下的塑料整理箱，里面装着准备送给孤寡老人的棉被和孩子的玩具；另一样是一把吉他，每当夜晚，总有小朋友来找她，围着她，听她弹吉他，让文秀教他们唱歌。

**旁白：**炎炎夏日，房间里没有电风扇，更没有空调，文秀就用一把纸扇对付。在文秀的房间里，还摆放着每天下村戴的草帽、巡夜用的手电筒、防止蚊虫叮咬的大瓶花露水，以及应对各种泥泞路况的高、中、低帮雨靴和运动鞋等。

**旁白：**百坭村的村委主任班智华是一个30岁出头的小伙子，他机灵能干，是文秀在脱贫攻坚战场上的好战友，当他讲起与文秀一起工作的点点滴滴时，也曾几度哽咽。

**班智华：**（回忆）工作时，她时常背着一个双肩包，里面装的是工作手册和工作报告这些材料。

**旁白：**百坭村195户建档立卡的贫困户分散居住在几个不同的山头，对不熟悉地形的文秀来说，她要在最短时间内掌握全村贫困户的详细情况非常困难。一开始，村民们对这个年轻的女书记缺乏信任，不愿意配合她的工作。

**男村民1：**（不屑）切，你这个小姑娘是来走过场的，我们不跟你聊，聊了也没用。

**男村民2：**（不耐烦）我们跟你说了，你能解决问题吗？之前来过那么多人，都不能让我们村富起来，就凭你？一个女娃娃可以做到？别在这儿耽误工夫了，赶紧回城里去享福吧！

**旁白：**这些议论对文秀来说，有些出乎意料，她感到非常委屈。

**黄文秀：**（有点丧，内心独白）我不明白为什么！这么辛辛苦苦地翻山越岭、走村串户，村民们就是不相信我，对我那么排斥呢……

**旁白：**（坚定）虽然感到委屈，但她没有气馁，始终给自己打气。

**黄文秀：**（坚定）让扶过贫的人像战争年代打过仗的人那样自豪，长征的战士死都不怕，这点困难怎么能阻止我继续前行？

**旁白：**如何才能跟老百姓熟起来？那天晚上回到宿舍，文秀一个晚上没睡着，她整晚在思考。

**黄文秀：**（坚定，内心独白）要想让老百姓愿意接纳我，就得让老百姓觉得我和他们是一样的。

**旁白：**于是文秀改变了方式，到贫困户家不再拿着笔记本问东问西，而是脱下外套帮贫困户扫院子；贫困户不让她进家门，她就去第二次、第三次；贫困户不在家，她就去田里帮他们摘砂糖橘、收玉米、种油茶，一边干农活一边商量脱贫计策。为了能够更好地和村民们交流，从来不会喝酒的她，甚至会主动带上酒和老乡们坐在一起拉家常。时间久了，村民们跟她见得多了，开始慢慢地接受了这位新来的驻村第一书记。

**男村民1：**（调侃）你这个女娃娃还真是难"缠"得很哩！

**旁白：**气氛开始融洽了，不少贫困户还经常这样跟文秀开玩笑。

**周昌战：**（回忆）第一书记的工作很多，但是文秀非常认真，每个环节都很细心。我们经常开会开到很晚，有时候一直开到凌晨一两点，但是她会把工作都落实好了才休息。因为许多村民白天不在家，所以文秀书记一般都是下午五六点才开始入户走访。这一户家里没人，我们就走下一户，如果这家还是没人就再往下走。就这样循环地走，有时只能趁着人家煮饭的时候入户调查。

**旁白：** 村妇女主任韦玉行回忆起文秀，仍然心生佩服。

**韦玉行：**（佩服）文秀为了尽快熟悉贫困户的情况，她在笔记本上绘制了贫困户分布图。自从驻村以来，文秀就一直到处跑，就没闲过。当地的村庄分布比较分散，好几个屯都距离村委 10 公里以上，到偏远的那洋屯甚至要走 13 公里的山路。尽管如此，文秀还是用了两个多月时间把全村给跑遍了，将全村人的所有情况都掌握了。

**黄文秀：**（欣慰）了解了村情民意，摸准了致贫原因，接下来就可以好好开展扶贫工作了！

**旁白：** 为激发贫困户脱贫内生动力，文秀还以"乡风文明红旗村"创建工作为切入点，结合百坭村实际，开展了文明家庭评比、善行义举榜活动和村规民约吟诵比赛，并与北京师范大学哲学学院本科生社会实践志愿队结对，联建百坭村"乡村振兴，青年有为"志愿服务小队，定期在村内开展志愿服务活动。通过开展一系列活动，营造了百坭村团结奋进的脱贫氛围。

**旁白：**（感慨）村里的路平了，夜晚的灯亮了，百坭人通往小康的"路"宽敞起来了，心中的"灯"也更亮了。慢慢地，文秀赢得了百坭村人的信赖，她用自己的独特方式，悄悄地走进了百坭村人的心里。

**知识拓展**

## 驻村第一书记

第一书记和工作队员主要从省市县机关优秀干部、年轻干部，国有企业、事业单位优秀人员和以往因年龄原因从领导岗位上调整下来、尚未退休的干部中选派，有农村工作经验或涉农方面专业技术特长。

根据全面推进乡村振兴、巩固拓展脱贫攻坚成果任务需要，第一书记和工作队主要做好以下工作：建强村党组织，推进强村富民，提升治理水平，为民办事服务。

第一书记和工作队要从派驻村实际出发，抓住主要矛盾，细化任务清单，认真抓好落实。找准职责定位，充分发挥支持和帮助作用，与村"两委"共同做好各项工作，切实做到遇事共商、问题共解、责任共担，特别是面对矛盾问题不回避、不退缩，主动上前、担当作为，同时注意调动村"两委"的积极性、主动性、创造性，做到帮办不代替、到位不越位。

# 我们不一样

| 出场人物 | 性别 | 人物形象 |
| --- | --- | --- |
| 旁白 | 女 | 知性姐姐 |
| 黄文秀 | 女 | 29 岁，坚韧、热心 |
| 陈老师 | 男 | 45 岁，北师大老师，善良 |
| 师妹 | 女 | 25 岁，北师大研究生 |
| 师弟 | 男 | 25 岁，北师大研究生 |
| 女娃 1 | 女 | 8 岁，百坭村孩子，好奇 |
| 女娃 2 | 女 | 10 岁，百坭村孩子，好奇 |
| 男娃 1 | 男 | 12 岁，百坭村孩子，好奇 |

**旁白：**（欢快）六一儿童节快要到了，黄文秀为村里的孩子们筹备了一次欢庆活动。在挑选教孩子们的演唱歌曲时，她特地挑选了一首《我们不一样》，这是一首非常励志的歌曲：

我们不一样 / 每个人都有不同的境遇 / 我们在这里 / 在这里等你 / 我们不一样 / 虽然会经历不同的事情 / 我们都希望 / 来生还能相遇 /……

**旁白：** （欢快）文秀想通过这首歌告诉孩子们，就算生在贫困山村也不要垂头丧气，要有志向，要有骨气，更要有改变自己命运的勇气。

她也会问孩子们"百坭村凌晨 4 点是什么样子"这样的问题，给他们讲很多奋斗者的故事，勉励孩子们勤奋学习，做有理想的新一代。

**旁白：** （欢快）只是，光是靠文秀一个人说效果并没有那么好，究竟怎样才能为百坭扶贫、扶智、扶志呢？文秀想起了自己的母校——北京师范大学。她想把师弟师妹们邀请到百坭村来，这样既可以给百坭的孩子们引来文化活水，也能够为北师大的学子提供一个实践平台。

**黄文秀：** （高兴）喂，陈老师，我是文秀。我想邀请我们学院里的师弟师妹们，到广西来研学。

**陈老师：** （高兴）当然好啊，文秀，借此机会，他们可以去历练一番。

**黄文秀：** （高兴）那我安排好时间再告诉您。

**旁白：** 黄文秀把自己的想法跟母校沟通过后，北师大表示全力支持。

**旁白：** 2018 年暑假，在哲学学院分团委书记陈老师的带领下，由 11 名北师大硕士研究生组成的"暑期实践调研队"来到了百坭村。黄文秀精心挑选了 11 户村民家庭，让师弟师妹们住进农家，和山村百姓一起同吃、同住、同劳动。

**黄文秀：** （大方、高兴）欢迎各位来到广西百坭，我是驻村书记黄文秀。

**旁白：** 在村部，见到了驻村的师姐黄文秀，学弟学妹们都很高兴，也很诧异。

**师妹：** （惊讶）哇！瞧文秀师姐这一身打扮，全然没有了北师大研究生的范儿！

**师弟：** （高兴）文秀师姐真是我们的好榜样。

**旁白：** 文秀给师弟师妹们搬来了一大箱软软的黄皮芒果，让他们品尝百色的特产。

**黄文秀：**（大方、高兴）来，这是这里的特产，又香又甜，大家来尝尝吧！

**师弟：**（苦笑）文秀师姐这是怕我们这些城里来的孩子，一时不适应村里的生活，特意关照我们呢。哈哈哈哈……

**众人：**（笑声）哈哈哈哈……

**旁白：**休息过后，黄文秀带着队员们走上山岗、走进田园，参观橘林、养殖场和茶叶加工厂，让他们切身感受扶贫事业给山村带来的崭新变化；也给他们讲述了山村教育事业的落后，希望他们能利用这个机会，把希望的种子播进孩子们的心田。

在带着队员们走访的路上，每当经过一片砂糖橘园，或者一片杉木林，文秀就会开心地向他们介绍，这是哪家哪户的，他家就是通过这个产业来脱贫的。

**黄文秀：**（高兴）这是黄大姐家种的砂糖橘，现在每年能增加好几万的收入。

**师弟：**（惊讶）文秀师姐就像一个电脑芯片一样，百坭村所有事情都存在她脑子里。

**师妹：**（高兴）文秀师姐真的很喜欢自己的家乡呢！

**旁白：**文秀带着大家在村里穿梭着，第一次见到这么多北京来的阿哥阿姐，百坭的孩子们睁大了惊奇的眼睛。孩子们在和队员们接触的这几天更是受益良多，这群哥哥姐姐的到来仿佛一阵清风吹开了他们的心扉。

**女娃1：**（好奇）哇，这些哥哥姐姐们是从哪里来的？

**女娃2：**（高兴）听说是跟文秀姐姐一个学校的。

**男娃1：**（高兴）他们是从北京来的，我们去看看他们在干什么吧！

**旁白：**当队员们向孩子们赠送图书和学习用品时，孩子们伸出小手接了过来，欣喜中还带有惶惑。

文秀笑着走上前，摸摸孩子们的头，拍拍孩子们的肩，鼓励他们为阿哥阿姐们诵读起"村规民约"三字经。

**女娃 1、男娃 1：**（认真）

树新风，建百坭；

爱国家，爱集体；

敢创业，学科技；

壮产业，各户齐；

勤劳作，共富裕；

讲家风，重教育；

遵章法，守规矩；

讲文明，懂礼仪；

……

**旁白：**在接下来的日子里，队员们教孩子们唱歌、跳舞、弹琴、画画，还鼓励和欢迎孩子们到北京去看看。

**旁白：**一本书、一首歌、一张画……点燃了孩子们的心灵之火，为百坭新一代打开了通向崭新明天的希望之门。

在村部大院，文秀还邀请了当地村屯暑假回来的大学生和北师大的实践队队员们进行交流，大家各自讲着自己的大学生活，并结成了互帮互学对子。

**黄文秀：**（高兴）我知道，邀请你们来百坭，其实也解决不了群众短期的实际困难。关键在于，你们的到来，能给村民尤其是青少年打打气、鼓鼓劲，为他们打开眼界，让他们看到差距，让他们燃起希望，让他们觉得有更高的

黄文秀（后排中）生前组织北京师范大学的校友来到驻点村开展志愿服务活动（中共百色市委宣传部供图）

目标可以追求。

　　**旁白：**文秀的发言情真意切！她在为被大山闭塞的百坭，铺设一条通向幸福明天的无形的"光纤"，赤子之心、日月可鉴。在交流期间，大家互相签名留言、合影留念，阳光之下手与手相牵，星光之下心与心相通。

　　**旁白：**从首都北京来的11位研究生，吃住在农家，开展了一个星期丰富多彩的活动，这在百坭村的历史上是从来没有过的事。队员们每到一处，都会在村民中间掀起一阵巨大的波澜。

　　在队员们离开百坭的前一天晚上，村民们自发组织起来，在庭院里为同学们准备了别具一格的壮家晚宴：带着泥土芬芳的玉米、芋头、红薯、木薯，缭绕着香气的壮族传统美食粽子、糍粑、糕饼、五色饭，用竹筒杯斟满的醇香米酒，深情的壮歌，欢快的舞蹈……

黄文秀非常兴奋，她拿出了自己的吉他，这把吉他自从文秀来到百坭后几乎已经封存，如今终于有机会派上用场了。文秀轻轻拨响了《我们不一样》的旋律。

师弟师妹们伴着她的吉他声，一起尽情歌唱起来。

## 知识拓展

### 百坭村

百坭村是广西百色市乐业县新化镇下辖村，下辖11个自然屯。百坭村因地制宜，发展了砂糖橘、山茶油、清水鸭、龙虾、百香果、杉木、八角、枇杷等多种特色产业。

近年来，百坭村立足特色资源优势，积极探索"党建＋乡村旅游"模式，因地制宜发展乡村旅游、休闲农业，促进乡村产业与文化和旅游融合发展，赋能乡村振兴。

2017年底，全村共有472户2067人，还有103户473人未脱贫，贫困发生率为22.88%，2018年通过易地扶贫搬迁脱贫18户56人，教育脱贫28户152人，发展生产脱贫42户209人，共计88户417人，贫困发生率降到2.71%。

扫码听文秀的故事

# 蜜蜂飞呀飞！

| 出场人物 | 性别 | 人物形象 |
|---|---|---|
| 旁白 | 女 | 知性姐姐 |
| 黄文秀 | 女 | 29岁，坚韧、有想法 |
| 陈书记 | 女 | 35岁，翁乐村第一书记，热心 |
| 张书记 | 男 | 28岁，畈里村第一书记，热情 |
| 李书记 | 男 | 30岁，热心 |
| 技术人员 | 男 | 50岁，热情 |

**旁白：**（欢快）百坭村的砂糖橘树开花了！阳光下，花浪荡漾，芳香四溢。在这个季节里，百坭村的风都带着花的香气。

文秀穿过果林，衣服上沾了些许花粉，一只小蜜蜂跟着花香穷追不舍，一直绕着她飞，甚至停在了她的肩膀上。文秀站在原地，不敢惊动蜜蜂，她以前被蜜蜂蜇过手指，可痛了。

**黄文秀：**（小声）蜜蜂蜜蜂，我又不是花，花在树上呢！

**旁白：**（欢快）而此时，文秀才发现，成群成群的蜜蜂流连于花海，正忙着采蜜。

**黄文秀：**（惊讶）居然有那么多蜜蜂!

**旁白：**（欢快）文秀也吃惊了，想必是花香随风飘到了很远，空气中都是花香，才引来了成群的蜜蜂。看着飞舞的蜜蜂，黄文秀突然冒出一个想法。

**黄文秀：**（内心独白）蜜蜂？百坭村盛产砂糖橘，还有很多农作物，这不正是养蜜蜂的最佳地方吗？

**旁白：**（高兴）对，养蜂。百坭村山多，有各种开花的植物，现在有砂糖橘产业，也就有了花海，不就是最好的蜜源吗？种果树，同时养蜂，配套产业也能为一些贫困户增加收入。

文秀也知道，想在百坭村发展养蜂产业，就要学习专业的养蜂知识。可是，到哪里去找专业的养蜂人呢？黄文秀又苦恼了，她托朋友帮忙打听，自己也在网上搜了一下，想看看百色有哪些地方在搞养蜂产业，好找个时间去考察和学习。不久之后，文秀在下乡的路上，接到了一个电话，这个电话恰恰就为黄文秀解了燃眉之急。这个电话是翁乐村的第一书记——陈书记打来的。

**旁白：**（高兴）同是第一书记，他们相互之间都很照应。

**陈书记：**（关心）文秀，听说你也想养蜂？

**黄文秀：**（苦恼）是呀，不过，我不懂怎么养蜂。

**陈书记：**（关心）皈里村的张书记那里不是有养蜂产业吗？

**旁白：**文秀想起来了，小张在百色乐业县新化镇皈里村驻村扶贫。皈里村有四小产业，养蜂产业就是其中一项。

**黄文秀：**（恍然大悟、高兴）对呀。太好了，我要去向他取经。

**陈书记：**（高兴）正好，他给我打电话，皈里村开展蜜蜂示范养殖，要邀请几个村的书记到他们那里考察。我听说你也想养蜂，就赶紧给你打这个电话。

**黄文秀：**（高兴）陈书记，这电话可太及时了!

**旁白：**很快，陈书记就来接文秀，和几个第一书记一起到皈里村考察。

**旁白：** 叛里村有枇杷、柑橘等果树，大片花海是蜜蜂的蜜源，也是叛里村养蜂产业的一片富足的宝藏。养蜂产业是叛里村初步规划的，正处在起步阶段，在张书记的带领下，已经取得了不错的成效。村民们看到养蜂所带来的收益，也有了动力，陆续行动起来。

**张书记：**（热情）欢迎大家来到叛里村参观，我们村里的养蜂产业，也是刚刚起步，这是我们其中的一个养蜂地。

**旁白：** 张书记和养蜂基地的技术人员一起领着文秀他们参观养蜂场。

**旁白：** 在一片山野地中，一个个木箱子安放在树丛中，蜜蜂在自由飞舞，风中传来一阵嗡嗡的声音。这就是蜜蜂的村庄。

**黄文秀：**（感叹）蜜蜂住的这房子，看着很像是吊脚楼啊！

**旁白：** 黄文秀看着这些蜂房，忍不住感叹。

**陈书记：** 蜜蜂的居住环境真好。

**李书记：** 听说蜜蜂可能飞了，一天能飞一百多公里。

**黄文秀：**（感叹）可能有些就飞到我们百坭村去了。

砂糖橘树开花的时候，我看到好多陌生的蜜蜂。下次我再看到陌生的蜜蜂，我得问一声"你们是不是从叛里村来的呀"。留在我们百坭村吧，我也给你们在果林附近建一个蜜蜂的村庄，哈哈哈——

**张书记：**（自豪）别看蜜蜂小，的确很能飞。不过，蜜蜂住的地方蜜源充足的话，就不会飞那么远。如果蜜源少，蜜蜂就会扩大采蜜范围。

**李书记：** 采蜜范围那么广，那产出来的蜂蜜口感一定很好，它们也算是野生蜂蜜了。

**旁白：** 站在"蜜蜂"的村庄里，文秀对百坭村发展养蜂产业也有了信心。她心里盘算着，现在百坭村已经有砂糖橘产业，还有茶树和其他果树，和叛里村一样，拥有足够的花源，可为蜜蜂提供充足的蜜源。接下来，还会有很多村民种砂糖橘以及其他果树。

**黄文秀：**（充满信心）我们这里气候好，一年四季都有花开，蜜蜂不缺蜜源。百坭村想养蜂，我看行。

**张书记：**（高兴）冬天，在花源有所减少的时候，给蜜蜂留些蜂蜜，为蜜蜂提供些过冬的"粮食"就可以了。

**陈书记：**文秀书记，放心去搞吧。技术方面不用担心，有我们呢！

**旁白：**大家都鼓励文秀在百坭村把养蜂产业搞起来。


**旁白：**蜜蜂看上去毛茸茸的，尤其在花丛中劳动着的蜜蜂，又美又乖又可爱，但是乖宝宝一样的蜜蜂也会蜇人。

**张书记：**（提醒）各位书记，小心，蜜蜂那小小的蜂针可是带毒的。

**旁白：**张书记长时间和蜜蜂打交道，有充足的经验，他叮嘱着大家要小心。

**技术人员：**（讲解）蜜蜂还是很温顺的，只要不刺激它们，它们不会轻易蜇人，毕竟蜜蜂蜇了人自己也会死去。

**旁白：**技术人员也安抚大家，让大家不必过于紧张。在乡村生活过的人，估计十有八九都被蜜蜂蜇过或看到别人被蜂蜇过。

于是，在蜜蜂飞舞的蜂棚里，大家说起了蜜蜂蜇人的经历。

**黄文秀：**（高兴）我看到有人被蜜蜂蜇到了下巴，肿成小馒头。

**李书记：**村里有个人去捉蜜蜂，两边腮帮子被蜜蜂蜇了，嘴里像含了两个橄榄。

**陈书记：**有人的额头被蜜蜂蜇了，肿起来的包又圆又亮，像长了一个西红柿。

**旁白：**大家说说笑笑的，气氛也轻松起来，没那么紧张了。陈书记问黄文秀。

**陈书记：**（好奇）文秀，那你怕不怕蜜蜂？

**黄文秀：**（高兴）哈哈，我不怕。我现在想养蜂，在我眼里，这些蜜蜂

黄文秀在养蜂场中考察脱贫产业发展模式（新华社供图）

全都是可爱的乖宝宝。

**张书记：**那等会儿看你敢不敢从蜂群里看蜂后、拿蜜蜂。

**黄文秀：**（直爽）当然敢，我不怕！

**旁白：**其实，进入蜂棚的每个人都需要全副武装，大家都穿着防护服，戴着纱帽和橡胶手套。如果不是故意想让蜜蜂蛰，蜜蜂是很难蛰得着人的。

文秀为了能学到更多的养蜂知识，每一个技术环节她都不想错过。她十分珍惜每一个学习的机会，希望学会更多知识，回去之后可以教百坭村的村民养蜂。她在技术人员的引领下，走在蜂群中观看蜂巢，认真听讲解，她还亲自上阵，学习分蜂操作。

**旁白：**但是文秀看着蜂巢里那密密麻麻的蜜蜂，还真不知道哪只是蜂后。

**黄文秀：**（疑惑）这么多蜜蜂，怎么知道哪只是蜂后？

**技术人员：**（耐心）蜂后的腹部比其他蜜蜂要长很多，翅羽只覆盖腹部的一半，它的足不像工蜂那么粗壮，后足没有花粉筐，在蜂群中还是很好辨认的。

**技术人员：**（耐心）文秀书记，你看。还有一个办法能很快从蜂群中找到蜂后。蜂后怕光，你取出巢脾，把巢脾提起对着阳光，蜂后会快速往背光处爬。

**旁白：**听完讲解，文秀盯着成群的蜜蜂看，很快她就找到了蜂后。

**黄文秀：**（高兴）哈哈，找到你了，长腰翅膀短的是蜂后。

**旁白：**当技术人员教他们如何分蜂时，文秀大胆地拿起一个小蜂盒。盒子上，有蜜蜂钻进钻出，有些蜜蜂甚至还停在她的指尖上。

**黄文秀：**（高兴）看呀，那金黄色的翅膀，闪着光彩，真是美呀！我要在百坭村养蜂，与蜜蜂共舞。

**旁白：**（高兴）文秀把蜂盒举起来，凝望着蜜蜂。她笑得特别开心，像一朵灿烂的山茶花。

## 知识拓展

### 养蜂产业

养蜂业是人工饲养蜜蜂而取其产品，包括蜂蜜、蜂王浆、蜂胶、花粉、蜂蜡、蜂蛹及蜂毒等产品的事业，包括在广义的畜产内，所以广义地说蜜蜂也是家畜。蜜蜂养殖的历史有数千年之久，蜂蜜的利用是从渔猎时代开始的，养蜂业是以人工饲养蜜蜂获得蜜蜂产物的农业生产部门，是现代化大农业的一个有机组成部分，在我国的国民经济中占有较重要的地位。

养蜂业不但能够向社会提供丰富的蜜蜂产品，而且还可以帮助农民脱贫致富，尤其重要的是蜜蜂为农作物授粉能够产生巨大的经济效益。在中国饲养的蜜蜂主要有意大利蜜蜂和中华蜜蜂。

# 雨露计划

| 出场人物 | 性别 | 人物形象 |
| --- | --- | --- |
| 旁白 | 女 | 知性姐姐 |
| 黄文秀 | 女 | 29岁，坚韧、热心、为人民着想 |
| 村干部 | 男 | 35岁，热情 |
| 老黄 | 男 | 55岁，憨厚 |
| 老父亲 | 男 | 84岁，老黄父亲 |
| 村民1 | 男 | 45岁，长沙屯村民 |
| 村民2 | 男 | 30岁，长沙屯村民 |
| 村民3 | 男 | 35岁，长沙屯村民 |

**旁白：** 通往长沙屯的那条泥路，晴天还好，一到雨天，仿佛就化身成坏脾气的怪物，全是烂泥坑。人走过来抱人的脚，车开过来挡车的轮子。总之，谁都别想好好从这条路上走过去。

这不，文秀的车子就被这泥泞的路给纠缠住了，只能暂时停在一处泥浆里。

**黄文秀：**（着急）好好的天，走到一半路就下雨。

**旁白：** 文秀看着这条路，她着急呀！这时候想往前走不好走，想往后退，那是不可能的。可是她今天必须去长沙屯走访贫困户，这可怎么办？

**村干部：** 路滑，要不下车走路吧！

**黄文秀：** （无奈）哎，只能这样了……

**旁白：** 虽然文秀的每一步都走得很艰难，但是她倒松了一口气，因为刚才她一直屏着呼吸担心车轮打滑。

**旁白：** 一行人走在被雨水淋过的村庄，他们依次走访了好几家贫困户。另外有几家贫困户的户主不在家，有的正好上山务农去了，有的到外头务工去了。

怎么办？文秀和村干部商量之后决定，那些未能走访到的贫困户，就重点在他们家查看住房情况和饮用水问题。大家接连检查完这几家后，发现检查结果都达标了。

**黄文秀：** （高兴）看看还有谁家没去，嗯……最后一户是……是老黄家了。

**旁白：** 文秀一行人很快就来到老黄家，发现他家的门正打开着，屋顶还冒着炊烟，就知道他家有人在。文秀远远地就打起招呼。

**黄文秀：** （高兴、吆喝）老黄，我们来啦！

**村干部：** （吆喝）唉，老黄。

**旁白：** 一个个子不高、精瘦、皮肤有点黑、眼睛特别亮的男子从屋里走了出来——他就是老黄。

**老黄：** （惊讶）嘿，是文秀书记呀。哎呀，下雨弄得衣服和鞋子都湿了，快进屋来。

**旁白：** 老黄看到文秀他们一行人的鞋子、衣服都沾有泥浆，就连忙领着他们进屋，接着又拉过来凳子，招呼大家坐下。老黄的爱人在厨房正准备做饭，看到大家进来，赶紧把她坐着的一个板凳也递了过来。文秀打量着这个家，发现很简陋，没有什么像样的家具，只有几个板凳、一张桌子、一些放粮食的箩和缸。

老黄 84 岁的老父亲坐在角落处的一把木椅子上，看到家里有客人来，老人家有些惊喜，一时还不知道说什么，就看着每个人，微笑着点点头，轻声说着：

**老父亲：**（微笑）坐坐……里面坐……

**黄文秀：**（高兴）爷爷好呀！

**旁白：** 文秀看到上了年纪的老爷爷，都觉得像自己的亲爷爷。她走到老人面前，双手握住老人家的手，像跟自己爷爷那样亲切地说话。

**旁白：** 大家坐下来，跟老黄聊天，了解他家的情况。文秀拿出笔记本，边问边听边记录。此时已近傍晚，屋里的光线更暗了，老黄看文秀戴着眼镜，怕她看不清楚，赶紧给她开灯，顺便看看门外面的天色。

**老黄：**（热情）哟，天黑得快了。在我家吃了晚饭再回去吧。工作那么忙，不能饿着肚子再赶那么远的路回去。

**黄文秀：**（婉拒）不了。

**旁白：** 文秀婉言谢绝了老黄的好意，她主要考虑到一行人数太多，老黄家的生活条件不太好，不能把他们家的口粮给吃了。

**老黄：**（热情）吃了饭再回。家里也没有什么好菜招待，就是一些家常菜，都是自己种的青菜，自己家做的咸菜而已。你们来了，也就是多盛儿碗米饭，多摆几双筷子，别客气，别见外。（转感激）文秀书记啊，扶贫干部们那么帮助我们，我们从心里感激，也希望干部们到家里多坐会儿，多少吃一点儿吧！

**旁白：** 老黄坚持挽留着文秀和村干部，大家盛情难却，就答应在他家吃晚饭。

**旁白：** 老黄家一共五口人，年纪最长的就是已经 84 岁的老父亲。老黄有一儿一女，说起这两个孩子，他掩饰不住喜悦。

老黄：（欣慰）我们家的生活条件不太好，可是我那两个孩子都很争气，从小就爱学习，成绩不错，现在都在读大学。

村干部：（高兴）真不错。

黄文秀：（高兴）两个孩子都在上大学呀！在哪里读书呢？

老黄：（自豪）一个在广西民族大学上学，一个刚刚考上广西医科大学。

旁白：老黄两个孩子的学校都很不错，大家纷纷祝贺他们。细心的黄文秀便关切地说。

黄文秀：（关心）家里同时供两个孩子上大学，压力不小吧？

老黄：（无奈）是呀，压力当然大了！我们家的主要收入就靠我们两口子来挣。平时就在家里种植八角，每年收八角能卖点钱。农闲时，我会到外面做建筑工挣点钱。就这样做着，勉强可以维持生活，供两个孩子上学。

黄文秀：（内心独白）这是因学致贫，如果能在他们孩子的学费上争取到实质性的帮助，这个家的贫困问题也就好解决了。

旁白：那么怎么帮助他们家解决学费问题呢？文秀想到了"雨露计划"。

黄文秀：（耐心）老黄，"雨露计划"是针对农村贫困家庭子女，帮助他们接受普通高职高校本科学历教育，它的补助标准是每人一次性补助5000元。我会尽快帮你们申请。

旁白：老黄一家听到这个消息，喜出望外。文秀马上动手收集他们家的资料。如果能获得"雨露计划"的帮助，无疑为老黄家解决了一个很大的问题。

老黄的老父亲也很激动，不停地感谢文秀和扶贫干部们。

老父亲：（感激）谢谢党的好政策，为我的孙儿孙女解决学费问题。

黄文秀：（安慰）爷爷，现在的日子是苦一点儿，以后依靠不断的努力，幸福总会到来的。

旁白：老人家听完文秀的这番话，竟激动得哭了起来。

老父亲：（哭泣）呜呜，这一切，都感谢党。

**老黄：**（高兴）爸，一切都会好起来的！文秀书记，我们来吃饭吧！

**旁白：** 吃饭期间，老黄突然问文秀。

**老黄：**（好奇）文秀书记，听大家说你也是大学毕业，还是北京回来的研究生，怎么会想要到这么偏远的农村工作呢？我的孩子以后也会面临找工作的问题，我真的好奇你当初的选择。

**旁白：** 像这样的问题，已经不止一次有人问文秀了。文秀思考了片刻。

**黄文秀：**（缓慢而有力）百色是一个集革命老区、少数民族地区、边境地区、大石山区、贫困地区、水库移民区"六位一体"的特殊地区，是全国脱贫攻坚的主战场之一。同时作为自己的家乡，面对如此情况，怎么还有理由不回来呢？一位世界著名的社会学家说过，"一个国家的落后在于精英的落后，而精英的落后在于嘲笑民众的落后。"我们党深刻明白这个道理，从而提出要教育扶持一批人脱贫，并且扶贫要扶志和扶智相结合。这样一个切实为群众谋发展、谋福利的党，我怎么能不响应其号召呢？

**旁白：** 老黄听完很受感动，端起酒碗向她敬酒。

**老黄：**（佩服）文秀书记，我敬你一杯。


**旁白：** 从老黄家回到村支部之后，文秀就马上在电脑上填申请表，把老黄家的情况上报到镇里，找有关部门开情况证明等等。

办理这些手续，以及等待审批都需要一些时间。老黄一家人默默地等了好些天，还没等到所期待的消息，他们有些失望，觉得这是不可能办得到的。村民们都在议论这件事。

**村民1：**（不屑）我就说哪有那么好的事情，从天上掉5000元补助砸到他们家来。

**村民2：**（看轻）黄文秀可能还太年轻，不靠谱。

**村民3：** 这么一大笔钱的事，一定得有人脉，找上级单位本事通天的人帮忙才行。

旁白：难道真是竹篮子打水，空欢喜一场？老黄心里也在嘀咕着。就在这时，文秀书记给他们带来消息了。

黄文秀：（高兴）喂，老黄吗？您家两个孩子的"雨露计划"申报成功了，都一次性获得了 5000 元的补助。

老黄：（高兴）谢谢，谢谢文秀书记，感谢党的帮助！

旁白：这笔补助金对于老黄家来说，就是一场及时雨，解了燃眉之急。过了不久，老黄专门找到文秀。

老黄：（高兴）文秀书记，我知道你在大学就入了党，我跟我的女儿说了你的事。她也想像你那样成为一名党员，她给学校递交了一份入党申请书。

黄文秀：（高兴）呀，那太好了！希望她成为党员后，为家乡的建设多出一份力。

旁白：听到老黄这么说，文秀也很感动。她觉得，如此深情、强烈、真诚、炙热的爱国情怀，应该影响更多年轻人，如同薪火，代代传承。

事后，文秀在日记本上写了这样一句话。

黄文秀：（高兴）我觉得自己的工作能够让群众真切地感受到共产党的好，对我来说是非常大的鼓舞。

### 知识拓展 ●

#### "雨露计划"

"雨露计划"是由扶贫部门通过资助、引导农村贫困户初中、高中毕业生和青壮年劳动力接受学历教育和技能培训，提高扶贫对象的素质，增强就业和创业能力，实现脱贫致富的扶贫培训计划。

# 文秀的枕边书

| 出场人物 | 性别 | 角色设定 |
|---|---|---|
| 旁白 | 女 | 知性姐姐 |
| 黄文秀 | 女 | 29岁，坚韧、爱读书、有想法 |
| 周昌战 | 男 | 43岁，百坭村村支书 |
| 男干部 | 男 | 30岁，热心、爱人民 |
| 男村民1 | 男 | 55岁，憨厚 |
| 男村民2 | 女 | 60岁，农民，老实 |
| 北京知青 | 男 | 65岁，有智慧 |

**旁白：**文秀爱美，但她更爱读书，而且爱读经典好书。其中有两本书是她经常反复研读的，一本是《西行漫记》，另一本是《习近平的七年知青岁月》。这两本是她的床头枕边书，尤其是《习近平的七年知青岁月》，她在书里找到了青春的答案。文秀迫不及待地去找百坭村村支书周昌战商量，她想和村干部们一起学习讨论。

**黄文秀：**（兴奋）周支书，我最近在读一本书，里面的一些经验值得我们扶贫干部学习。（转期盼）我想在新时代文明实践讲习所里，召集大家一起研读这本书。

**周昌战：**（高兴）好啊，文秀，你来给大家讲讲这本书吧！

**黄文秀：**（俏皮）是，保证完成任务！

**旁白：**说干就干，文秀十分重视这次分享交流的机会，她整理了相关的读书笔记，甚至还在村委办公楼的宣传栏上出了公告。在文秀的号召下，百坭村的村干部们都纷纷加入了这场研读会。

**男干部：**（热情）各位同志，请安静。（转正式）今天我们借着党员活动日，一起来研读习近平总书记的书，书名叫《习近平的七年知青岁月》。这是一本采访实录，里面收集了29名采访对象的口述材料。这些受访者，有的是曾经和总书记一起插队的北京知青，有的是和他朝夕相处的当地村民，还有一些是当年和他相知相交的各方面的人士。

**黄文秀：**（认真）是的，他们用自己的亲身经历，用真实的历史细节讲述了总书记当年"苦其心志、劳其筋骨、饿其体肤、空乏其身"的历练故事，再现了总书记在知青时期的艰苦生活和成长历程。

**旁白：**大家都安静地听着文秀书记的讲述，认真地做好记录。

**黄文秀：**（认真）领袖的成长不是偶然的，领袖思想的形成总是有源头的。习总书记那些故事里，最让我印象深刻的是他在延川县的故事。（回忆、讲述）那是1969年1月，当时总书记只有15岁，他插队落户到陕西省延川县文安驿公社的梁家河大队。从那时开始，一直到1975年10月，一共七年的时间。这七年的知青岁月，是他治国理政的新理念新思想新战略的历史起点和逻辑起点。黄土高原的苍天厚土，深深铸就了一位人民领袖的爱民为民情怀、勤奋好学精神、艰苦奋斗品质、苦干实干作风。

**（画外音）男村民1：**（赞美）近平还是那个为了老百姓能过上好日子打拼的"好后生"。

**（画外音）男村民2：**（感激）他贴近黄土地，贴近农民，下决心扎根农村，立志改变梁家河的面貌。

**（画外音）北京知青：**近平，在他年轻的时候，就志存高远。但他的远大理想，恰恰不是当多大的官，走到多高的位置，而是看似平凡的"为老百姓办实事"。

**旁白：**一孔窑洞、一盏煤油灯、两箱图书，青年习近平即便身处困顿也没有失去对生活的热爱，对梦想的追求。

**黄文秀：**（赞美）七年知青岁月，总书记把自己看作黄土地的一部分，和梁家河老乡们甘苦与共，他用脚丈量黄土高原的宽广与厚度，一心只为让老百姓过上好日子。他始终俯下身子深入群众，秉持着踏踏实实为人民服务的理念，办沼气，办铁业社、代销点、缝纫社，打水井，种烤烟，还搞了河桥治理，打了五大块坝地，给梁家河村带来了很大的变化。

**黄文秀：**（激动）总书记在梁家河村做的每一件事都是之前村子里从未有过的事，每一件事都是便民惠民的事，每一件事都是身体力行、苦干实干做出来的事。

**周昌战：**（敬佩）是啊，他在艰苦时期仍然坚持为老百姓做实事，他的苦干实干，切实解决了老百姓的生活需求，解决了人民生活的后顾之忧。

**男干部：**（热情）总书记这份苦干实干、勇于担当精神值得我们学习。

**旁白：**（赞美）在物质和精神极度匮乏的环境中，青年习近平闯过了"五关"——跳蚤关、饮食关、生活关、劳动关、思想关。这些经历不仅磨炼了他吃大苦、耐大劳的意志，还锻造了不避艰辛、不怕困难的品质。

**黄文秀：**（认真）在总书记对青年的一系列讲话和回信中，我们可以深刻感知到他在艰苦奋斗中锤炼的意志品质。

**男干部：**（认真）没错，总书记受到的磨炼非常多，当时他首先遇到的障碍，就是语言交流上的困难。陕北的口音很重，知青刚来的时候，和农民的交流十分困难。于是总书记他就去学老百姓的语言，学会了陕北方言，这样就方便交流了！

**黄文秀：**（敬佩）对的，总书记还带动了其他知青，大家就一起学说当地的方言。渐渐地，与农民交流起来就没有语言方面的障碍了。

**旁白：**（高兴）榜样的力量是无穷的。这些方法，对初来乍到的文秀，如及时雨般地为她指点迷津。在文秀的日记里，我们也看到她刚到百坭村时，所面临的各种严峻挑战，正是这本《习近平的七年知青岁月》给了她信心和方法。她就把习近平总书记如何闯"五关"的方法用到实践中。

**旁白：**（高兴）习近平的七年知青岁月，就是敢说，敢做，敢担当！《习近平的七年知青岁月》这本书给了文秀响亮的青春答案，让她找到了思想上和人格上的榜样。她决心要像习近平青年时代那样，敢于做先锋，而不做过客，不当看客，扎扎实实干事，踏踏实实做人，实字当头，以干为先，扎根中国大地，洞察国情民情，树立起与党和人民同心同向的理想信念和价值追求，把无悔的青春刻写在实现中华民族伟大复兴的历史丰碑上。所以，她在日记里写道。

**黄文秀：**（敬佩）我要让青春之花绽放在祖国最需要的地方。

**旁白：**（赞美）这一次党员读书分享会十分成功，村干部们在文秀的带领下，热烈地讨论着。习近平总书记的爱民情怀，深深影响着年轻的第一书记黄文秀。

**知识拓展●**

### 《西行漫记》

20 世纪 30 年代，由于受到国民党的严密包围和封锁，加上国民党宣传工具的诽谤、丑化，无论是国统区老百姓还是国际社会，对中国共产党人的认识都被严重歪曲。《西行漫记》这本书第一次打破了国民党的新闻封锁，向国统区和国际社会如实地报道了那些被严重污名化的中国共产党及其领导人。

《西行漫记》是美国作家埃德加·斯诺的作品，它是以历史亲身见证者的视角、态度和语言，通过一个个鲜活的画面、人物、细节，把一群心怀红星、一如往昔坚强的中共领导人群体第一次采写报道出来，它把毛泽东、周恩来、朱德、彭德怀等中共领导人的信念坚定、艰苦朴素、乐观向上、无我境界的形象，真实、细致、充分地展示给世人。

# 06

## 百坭村的孩子王

| 出场人物 | 性别 | 人物形象 |
|---|---|---|
| 旁白 | 女 | 知性姐姐 |
| 黄文秀 | 女 | 29岁，坚韧、热心、关爱孩子 |
| 小男孩 | 男 | 9岁，略成熟、懂事 |
| 女孩1、2 | 女 | 10岁、9岁，爱做梦、可爱 |
| 男孩1、2、3 | 男 | 6岁、7岁、10岁，调皮、爱读书 |
| 阿成 | 男 | 30岁，文秀同事 |

（画外音）黄文秀：（欢快）有一个勤劳善良的壮家女孩，在森林里见到了彩色树，她许了一个愿。于是她找到世界上最美的色彩，染出色彩缤纷的纱线，织出繁花盛开的壮锦，做出最美丽的衣裳。幸运的人，许一个愿望，就会实现。

旁白：这是文秀小时候听到的民间故事，故事里的那棵彩色树成为她渴望拥有的梦想。彩色的梦曾经照亮了她的整个童年，也温暖了她的整个童年。故事里的女孩，仿佛就是她。

这个故事在许多村庄里流传，是从一代又一代人的口中传下来的，凝结了不同时代、不同村庄、不同年龄女孩们的愿望。每个愿望都闪着光亮，或许这个民间传说本身就已经幻化成了那棵彩色树。

小时候，文秀相信传说中存在的彩色树，现在的她依然相信。百色市乐业有那么多天坑，天坑下面还有神秘的原始森林，她希望在那片森林里有传说中的彩色树。

**黄文秀：**（纯真）如果有一天，在乐业的森林里能见到彩色树，我会许一个愿望：希望百坭村的孩子们都有彩色的童年，有彩色的心愿，做彩色的梦，将来有彩色的人生。

**旁白：**然而，一个小孩子的回答却让文秀感到意外。

这天，文秀在路上遇到了几个放学回来的小孩，有两三个她早就认识的。那些认识她的孩子见到她就围了过来，兴奋地跟她说自己最近的新梦想。

**女孩1：**（可爱）文秀姐姐，我长大了想去西安上大学！

**女孩2：**（高兴）我也要上大学，我想去天津上。

**黄文秀：**（惊讶）哟，大家的梦想都很好呀！

**旁白：**孩子们的梦想很美好，他们都希望长大了可以去别的城市上大学。有些孩子原来想去南宁或桂林读书的，可他们昨天刚知道了天津或西安，就又更改了地名。文秀乐呵呵地听着，八九岁的小孩子嘛，梦想频频变更也是很正常的。

有一个小男孩站在旁边看着他们，时不时扭头往别处看，轻轻发出笑声，在他看来，他们都很幼稚。

**小男孩：**（轻蔑）哼，幼稚。

**旁白：**文秀留意到了他，询问道。

**黄文秀：**（关心）你呢？你将来想去哪个城市上大学？

**小男孩：**（不屑）哼，读大学的事还远着呢。现在先想着把数学学好，期末考试能把成绩考好再说。（转略沮丧）如果数学还只考三四十分，上大学的梦做了也白做。到高考落榜的时候，想想小时候做的上大学的梦，只会伤心难过。

旁白：这小男孩人小小的，说起话来可是老成得很。文秀不由得反思了一下。

黄文秀：（内心独白）也是啊，未来的梦想当然要有，只是那实在是太遥远了，也许有些小孩子在成长的过程中，长着长着就把这个梦想忘记了，长着长着就放弃了小时候的梦想。（转振奋）应该让孩子们有些近期的心愿，并且还不太难实现的。

旁白：民间传说很美，但也不能只沉迷于传说，等待传说来访。在享受美好传说的同时，要去创造奇迹。现在文秀要把孩子们的小心愿收集起来，时不时地给他们一个惊喜，帮助他们实现一些愿望。


旁白：黄文秀正在为贫困户的孩子们做一些事，她和一些扶贫干部就地在村部做了一面许愿墙，墙上收集了不少孩子们许下的愿望。文秀会定时去整理这些愿望。

（画外音）女孩 1：我想要一本词典。

（画外音）男孩 1：我想要一盒 36 种色彩的画笔。

（画外音）女孩 2：我很想有一个新书包。

（画外音）男孩 2：我想有一本《十万个为什么》或《百科全书》。

（画外音）男孩 3：我想要一双冬天穿的暖鞋。

旁白：孩子们把这些愿望写在纸上，贴到许愿墙上。文秀把这些愿望整理好，联系社会上那些热心于公益事业的爱心人士以及一些企业，他们会给予赞助或捐赠。文秀再把这些礼物一一送到孩子们的手中，圆了他们的心愿。

文秀从中得到启发，她也为百坭村的孩子们做了一个许愿箱。她跟阿成说。

黄文秀：（高兴）阿成呀，我们也要给百坭村的孩子们一些礼物哟，帮他们圆一圆心愿。

阿成：（高兴）当然可以，这些礼物本来就是为贫困山区的孩子们准备的。

旁白：当文秀遇到孩子们，在跟他们聊天的间隙中，会巧妙地探知他们心里的愿望，把他们或许喜欢的、渴望拥有的东西悄悄地记下来。这些孩子有的喜欢羽毛球，有的喜欢乒乓球，有的喜欢球拍和毽子，有的很想尝一尝巧克力的味道，有的很想有一个带铅笔刀的文具盒，有的很想看课外书，有的很想到黄文秀说的百色的书店或图书馆去看书。

空闲下来的时候，文秀看看本子里收集好的这些愿望，不由得想起小时候的自己。

旁白：（回忆）那是文秀上小学二年级的时候，班上有个同学带了一个布娃娃。那个布娃娃有长长的头发，还穿着小小的裙子，女生们可喜欢了。文秀也喜欢。然而，她知道买一个布娃娃得花不少钱，她没钱买。

（画外音）黄文秀（9 岁）：（高兴）我可以试着自己做呀！

旁白：（高兴）文秀手巧，她跟着奶奶、妈妈还有姐姐做针线活，她要自己动手做一个布娃娃。文秀慢慢地收集了不少布片、布角、布条子，还有余甘果树的叶子。这些叶子晒干了，有一股天然的香味。

（画外音）黄文秀（9 岁）：（自言自语）毛线可以给布娃娃做头发，头发上可以有好看的蝴蝶结，还可以用碎布条缝制一条花裙子。鞋面上可以绣了一点点的小花，哈哈哈，多像奶奶给我做的花布鞋呀。

旁白：（回忆）就这样，文秀通过自己的努力也拥有了一个布娃娃。

后来，有同学带课外书到学校来。拥有一本课外书，也是文秀小时候的梦想。只是，那时的她也没钱买课外书看。课外书可不像布娃娃，文秀自己做不出来，只能暗暗羡慕有课外书的同学。

黄文秀生前与留守儿童在一起制作手工。 （中共百色市委宣传部供图）

旁白：（心疼）在百坭村扶贫的日子里，每当看到那些孩子渴望拥有一本书或一支笔的眼神时，文秀的心就莫名地被牵动。她仿佛看到小时候的自己，小时候的大哥和姐姐。想到这儿，文秀就想尽快把孩子们的小心愿给实现了。

旁白：（欢快）文秀利用周末回百色的机会，回单位那里拿了一些学习用品、体育器材和课外书，自己又到街上去购买了一部分，装起来也有满满一纸箱。文秀提着这个沉甸甸的纸箱，内心无比地激动。

黄文秀：（内心独白）这是一纸箱的礼物，也是一纸箱的愿望，更是一纸箱的惊喜。

旁白：（欢快）下次再到屯里去走访工作时，文秀就把礼物带上，要给孩子们一个大大的惊喜。想到孩子们惊喜与欢乐的表情，文秀笑得更甜了。

在孩子们的眼里，文秀是他们敬佩的知心姐姐，是他们的"孩子王"！

知识拓展 ●

## 百色市乐业天坑

百色乐业县的天坑群是一个世界上极为罕见的喀斯特溶洞群，当地人把它们叫作"大石围"。它形成于6500万年前，形状犹如一个个巨大漏斗，隐藏在群山峻岭之中，经过初步考察已经认定这是世界上最大的天坑群。

乐业天坑群是1998年原国土资源部在广西百色市乐业县进行土地资源调查时发现的，由近20个天坑组成，最深的达600多米，浅的也有300多米。乐业天坑群几乎囊括了各种类型的天坑和溶洞的景观，具有极高的科考、探险价值，被专家称为"天坑博物馆"和"世界岩溶圣地"。因此乐业县被誉为"世界天坑之都""世界天坑博物馆"。

# 07

扫码听文秀的故事

## 在村里第一次穿裙子

| 出场人物 | 性别 | 人物形象 |
|---|---|---|
| 旁白 | 女 | 知性姐姐 |
| 黄文秀 | 女 | 29岁，坚韧、热心、爱美 |
| 周昌战 | 男 | 43岁，百坭村村支书，热心 |
| 丹丹 | 女 | 25岁，文秀同事，热情 |

**周昌战：**（赞美）她像春雨，润物细无声！

**旁白：**百坭村村支书周昌战用这个比喻来概括文秀。在周昌战的记忆里，和文秀书记在一起工作时，没有发生过什么惊天动地的大事，她就像春雨，细致而温柔，而且出现得还很及时。

**周昌战：**（回忆）文秀是2018年3月来到村里做驻村第一书记的，为了不在白天耽误村民们干农忙，她常常在晚上和下雨天开展入户遍访工作，可是一旦下雨村里的路就很滑，她既是书记又是司机，但她从来没有退缩过。

**旁白：**文秀把百坭村当作家，把村民当成自己的亲人去关心，她在村委二楼会议室建起了规范化党员活动室；她讲的党课，可以深刻领悟到党中央方针的政策，而且切合百坭村的实际，对党员干部开拓思路、找准方向很有帮助；她还带领党员干部严格执行党的纪律和规定，认真开展组织生活。

**周昌战：**（回忆）文秀总是主动关心慰问五保户，帮助他们清扫垃圾；虽然她的工资微薄，却经常掏钱接济贫困户。其实，文秀最关心的还是百坭村的经济状况。我们常常听到她在说。

**黄文秀：**（思考）在这山高坡陡之地，什么样的产业可以打响全村致富的第一炮呢？

**旁白：**为了解答这个难题，她收起漂亮衣服，换上运动装，脱下高跟鞋，穿起运动鞋，风风火火地走村入户。经过多次的仔细走访调研，文秀心里很快就有了底。

**黄文秀：**（认真）百坭村最突出的问题是生产生活条件差、农民增收难、集体无收入，因学致贫、因残和因病致贫占比最高。说到底，百坭村最需要的是发展。而发展，对百坭村来说就是主要抓交通和产业这两个方面。

**旁白：**群众之事无小事，这是文秀的工作原则，所以她一件接一件地去处理这些工作。她和村"两委"，也就是村党支部委员会和村民委员会，共同制订了5项水利工程建设规划，涉及烟叶生产基础设施的有3项。她在笔记本上详细写下工作计划：百果屯和百爱屯"那红"水利工程全长600米，百布屯水利维修20米，百果屯、百坭屯水利维修20米……

**周昌战：**（回忆）村内开展乐凤二级公路建设，产生征地和土地大大小小的纠纷也有20多起，文秀前后40多次深入现场了解情况并耐心调解，成功化解了许多矛盾，她也因此成为不少群众的知心人。


**旁白：**爱美之心，人皆有之，文秀也是个爱美的姑娘。有一次，她和同事丹丹一起去逛街，被一条漂亮的鱼尾裙深深地吸引住了。文秀试穿了裙子，却在镜子前犹豫不决。

**丹丹：**（鼓励）快买吧！文秀，你看你穿起来这么好看！

**黄文秀：**（犹豫）哎……我经常要上山下田的，应该没机会穿上它了，还是看看运动服和运动鞋吧！

**旁白：**可是，这条鱼尾裙实在是太美了，再三犹豫下，文秀还是忍不住把它买了下来……文秀爱美，但她更热爱人民，热爱她的工作。这条漂亮但是不便于行动的鱼尾裙，她一直没有机会穿。她悄悄地收起漂亮的裙子和高跟鞋，穿上运动服，继续风风火火地走在扶贫的最前线，走进贫困户的家里。当然，也走进了百坭村村民们的心里。

**旁白：**有一次过节，周昌战不想让她一个人孤零零的，便盛情邀请她去自己家吃饭，文秀很爽快地答应了。

**周昌战：**（高兴）文秀，今天过节，你就来我们家吃饭吧！

**黄文秀：**（高兴）诶，好的，周支书。忙完今天的工作，我就到您家去。

**旁白：**那天完成进村入户工作后，文秀特意回到自己宿舍去洗漱、换衣服。当她走出来的时候，只见她一袭白色长裙，长发飘飘，她还背着她的吉他，身上充满了青春的朝气。她笑眯眯地走出村委办公楼，周支书一下子看呆了，还以为换了一个人呢！

**周昌战：**（赞美）哟，文秀，我都认不出来了！

**黄文秀：**（害羞）这样去赴宴，才合乎礼貌，我这是对主人的尊重啊！

**周昌战：**（赞美）你这么打扮，太漂亮了！

**黄文秀：**（调皮）哈哈哈，你看看，我虽然穿了长裙，脚上还是穿着运动鞋。虽然挺不协调的，但是穿高跟鞋走不了山路啊！

**周昌战：**哈哈哈哈……

**黄文秀：**哈哈哈哈……

**旁白：**这就是文秀留给周支书和村民们生动的永恒的印记。

旁白：（赞扬）凭借着一颗纯粹的心和脚踏实地的作风，文秀如温柔的春雨，一点点地润泽了村民的心，也给这片贫穷的土地带来了更多的希望。她真正做到了想群众之所想、急群众之所急，她身上体现的正是共产党员的担当精神。

旁白：（轻播报）文秀来到百坭村后，经过一年多不懈的努力，百坭村发生了一个个喜人的变化：2018 年，全村通过易地扶贫搬迁脱贫 18 户 56 人，教育脱贫 28 户 152 人，发展生产脱贫 42 户 209 人，贫困发生率降到 2.71%。完成屯内 1.5 公里的道路硬化，新建 4 个蓄水池，完成一个屯 17 盏路灯的安装，村集体经济收入 6.38 万元。百坭村获得百色市"乡风文明红旗村"的表彰……百坭人终于笑起来了。

旁白：（赞扬）脚下沾着多少泥土，心底就沉淀多少真情。还记得那条放在柜子底部的还没来得及摘掉吊牌的鱼尾裙吗？这个爱美的姑娘，她总是把爱与希望带给她身边的人，像她曾画下的那朵向日葵，温暖而阳光。在她去世之后，有位词曲家被她的故事所打动，用深切的哀思和崇敬写下了一首《鱼尾裙》：

那本日记簿，停在最后行，
那件鱼尾裙，再也没新娘。
……

如今你已归故乡，化作清风伴斜阳。
爱不再流浪，陪伴兄长爹娘。
如今你嫁给山川，熟悉的草木和村庄。
爱化作星光，映着你的脸庞。

黄文秀的画作《向日葵》（黄爱娟供图）

黄文秀在北京师范大学运动场上的留影（黄爱娟供图）

第七章 ／ **扶贫路上**

一封无法寄出的信，
一坛来不及开封的庆功酒。
她是一盏明灯，
照亮百坭村的扶贫之路；
她是一束火把，
照耀着在脱贫攻坚战线上的人们。

# 01

## 扶贫"新手"如何"上路"？

| 出场人物 | 性别 | 人物形象 |
|---|---|---|
| 旁白 | 女 | 知性姐姐 |
| 黄文秀 | 女 | 30岁，坚韧、热心、关爱人民 |
| 老黄 | 男 | 55岁，农民，淳朴 |

**旁白：**（坚定）从刚进村时受到村民的质疑，到解决老百姓难题后获得村民的信任，文秀的扶贫征程上充满了艰难和坎坷。面对质疑她不放弃，面对困境她不退缩。文秀还写了一篇驻村工作总结——《扶贫，从"新手"到"熟路"》，这篇总结比较完整地反映了她驻村的心路历程。

**黄文秀：**（独白）2019年3月26日，我担任百色市乐业县新化镇百坭村驻村第一书记刚满一年。这一年来，我坚持带领群众学习贯彻习近平总书记关于扶贫工作的重要论述，坚持吃住在村，摸透村情民意，团结党员群众。以昂扬的斗志、饱满的热情、旺盛的干劲，带领村"两委"干部如期完成百坭村2018年的各项脱贫攻坚任务，从一名扶贫"新手"变得"轻车熟路"。

173

在我驻村满一年的那天，我的汽车仪表盘里程数正好增加了 25000 公里。我简单地发了一个微信朋友圈。

**黄文秀：**（内心独白）我心中的长征，驻村一周年愉快。

**黄文秀：**（独白）还记得初到百坭村的情景，那时候我还是一个从没有接触过农村工作的"新手"。为了贯彻落实习近平总书记一直强调的"坚持精准扶贫、精准脱贫，找到问题根源，增强脱贫措施的实效性"，为了全面掌握百坭村的致贫原因和现状，我坚持用土办法，对村内的贫困户开展遍访工作，认真查摆问题并听取民情民意。

百坭村全村一共有 195 户建档立卡贫困户，分散居住在几个不同的山头。对于我这个不熟悉地形的"新手"来说，要想在最短时间内掌握全村贫困户的详细情况，是非常困难的。但我没有失去信心，我想起了那句话——让扶过贫的人像战争年代打过仗的人那样自豪。长征的战士死都不怕，这点困难怎么能阻止我继续前行？

到了驻村第二周的周末，我将车子小心翼翼地开到村里，正式开始我的扶贫之"路"。作为百坭村首位女性第一书记，村民对我的到来都表示怀疑："你这个小年轻估计就是来走个过场的，我们跟你说了也没用。""跟你说几句话你能帮我们解决问题吗？别在这儿耽误工夫了，赶紧回城里享福去吧。"……听到村民们这么说，我觉得心里很憋屈，搞不懂为什么我辛辛苦苦地翻山越岭、走街串户，老百姓们却对我这么排斥。

我找到了村里的老支书向他请教，老支书语重心长地对我说："黄书记，你刚来，老百姓对你还不熟悉，他们不愿意与你深聊，你也要理解他们。农村其实是一个熟人社会，老百姓跟你熟了，自然就接纳你了。"如何才能跟老百姓熟起来呢？那天晚上回到宿舍，我一宿没睡着。要想让老百姓愿意接近我，就得让老百姓觉得我和他们是一样的。

从那以后，我到贫困户家不再拿着个本子问东问西，而是脱下外套帮贫困户家扫院子；贫困户不让我进家门，我就去两次、三次；贫困户不在家，我就去田里，边帮他们干农活边聊天。时间久了，村民们跟我见得多了，开始慢慢地接受了我。"你这个女娃娃还真是难'缠'得很哩！"不少贫困户跟我开玩笑说。

黄文秀（右一）走访贫困户（中共百色市委宣传部供图）

经过两个月的摸底，我基本掌握了全村概况。百坭村共有 472 户 2068 人，其中建档立卡贫困户 195 户 883 人，2017 年未脱贫的为 154 户 691 人，因学致贫和因残、因病致贫占比最高。

和村民渐渐熟悉之后，他们开始好奇我为啥要跑到农村来工作。有一次，在全村最远的长沙屯走访结束后，该屯的老黄坚持要留我们在他家一起吃晚饭。老黄家有 5 口人，父亲已经 84 岁，大儿子是广西民族大学大二学生，小女儿则在 2018 年 7 月考取广西医科大学，家庭开支主要依靠销售家里种植的八角，还有农闲时老黄外出务工挣的钱来维持，家中因学致贫。我了解到情况后，及时为他家申请了"雨露计划"，一次性获得了 5000 元的补助，解了他家的燃眉之急。饭间，老黄突然问我。

**老黄：**（疑惑）文秀书记，听大家说你也是大学毕业，还是北京回来的研究生，怎么会想要到这么边远的农村工作呢？我的孩子以后也会面临找工作问题，我真的好奇你当初的选择。

**黄文秀：**（独白）我思考了片刻对他说。

**黄文秀：**（耐心讲解）百色，是一个集革命老区、少数民族地区、边境地区、大石山区、贫困地区、水库移民区"六位一体"的特殊地区，是全国脱贫攻坚的主战场之一。自己的家乡面临如此情况，怎么还有理由不回来呢？一位世界著名的社会学家说过，"一个国家的落后在于精英的落后，而精英的落后在于嘲笑民众的落后"。我们党深刻明白这个道理，从而提出要教育扶持一批人脱贫，并且扶贫要扶志和扶智。这样一个切实为群众谋发展、谋福利的党，我怎么能不响应她的号召呢？

**黄文秀：**（独白）同桌的老人听了我的话后，当场端起酒碗向我敬酒，表示也要让家里的孩子在学校申请入党，以后让孩子回家乡。听到他的话，我心里非常感动，自己的工作能够让群众真切感受到共产党的好，对我来说是非常大的鼓舞。

**黄文秀：**（独白）2018年行驶过的扶贫之路，对我而言更像是心中的长征。在这条路上，我拿出了极大的勇气和极大的信心，克服各种困难。2018年带领全村通过易地扶贫搬迁脱贫18户56人，教育脱贫28户152人，发展生产脱贫42户209人，共计88户417人；完成了屯内1.5公里的道路硬化，新建4个蓄水池，一个屯17盏路灯的亮化工作，村集体经济收入实现6.38万元，获得了2018年度"乡风文明红旗村"荣誉称号。

截至目前，全村还有15户56人未脱贫，百坭村的基本公共服务还有待建设完善，如何推进产业发展还需继续谋划。面对这些，我充满信心，我将一如既往地坚持贯彻落实习近平总书记关于扶贫工作的重要论述，坚持目标标准不动摇，贯彻精准方略不懈怠，行百里者半九十，不搞急功近利，杜绝形式主义，继续加强农村基层党组织建设，继续增强群众获得感、幸福感、安全感，为百坭村如期打赢脱贫攻坚战、如期和全国同步进入小康社会做出新的贡献。

**旁白：**（坚定）通过这篇文章的部分内容，我们能够感受到文秀扶贫之路的点点滴滴，从而感受到她一路走来的艰辛和坎坷。

文秀在乐业县新化镇的住处，只有8平方米左右的地方，除了睡觉的床铺，还有一个简易的书架和电脑桌。书架上放着两本驻村日记，里边就是记录着文秀驻村工作和生活的点滴。

**（画外音）黄文秀：**（高兴）每天都很辛苦，但心里很快乐！

**旁白：**（赞美）文秀用自己的初心消除了与贫困群众的心理隔阂，她真正把群众当作自己的亲人来相处，真正让老百姓从内心深处接受了自己。

在文秀的驻村日记里，有一张手绘的百坭村贫困户分布图。每次入户走访完，文秀就会在驻村日记上画下这样的地图，标出每一户人家的名字和位置。在她的驻村日记里，字里行间无不透露着她对自己基层工作的认真投入，和对百坭村老百姓脱贫致富的真切期盼……

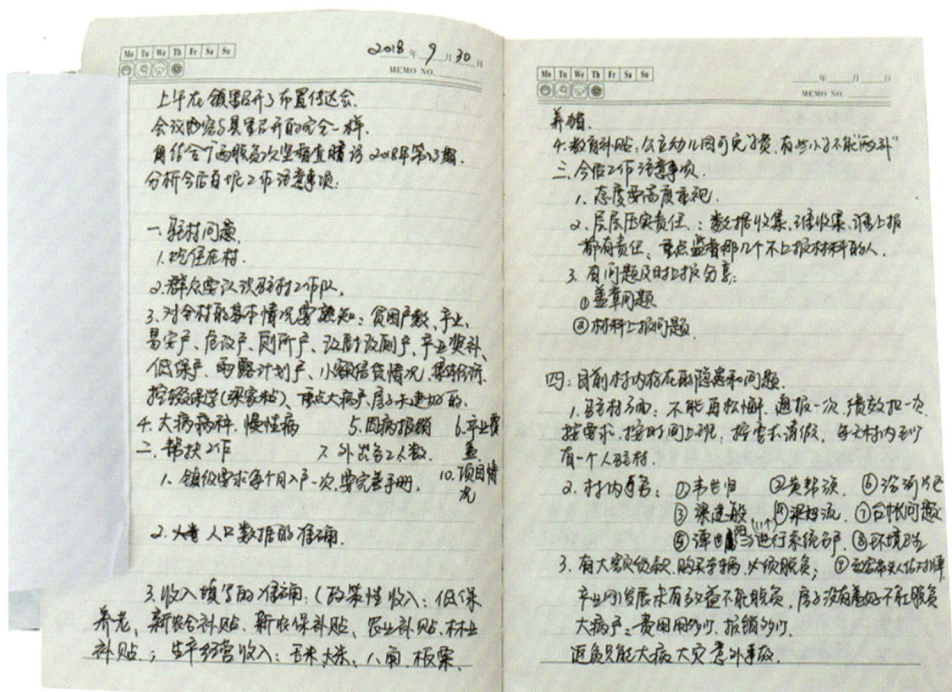

黄文秀写的部分驻村日志（中共百色市委宣传部供图）

# 02

## 求助农技专家

| 出场人物 | 性别 | 人物形象 |
|---|---|---|
| 旁白 | 女 | 知性姐姐 |
| 黄文秀 | 女 | 29 岁，坚韧、热心、灵活有想法 |
| 女烟农 | 女 | 40 岁，热情 |
| 男烟农 | 男 | 40 岁，热情 |
| 班智华 | 男 | 30 岁，百坭村村委主任，热心 |
| 龙俊 | 男 | 33 岁，新化烟站站长，热情 |

**旁白：** 2018 年 4 月，在百坭村村委会的会议室里，大家在进行一场与烟草有关的讨论。

**女烟农：**（建议）我们家本来就是种烟叶的，我支持种烟，不会种的，我还可以帮助他们。

**男烟农：**（期待）烟叶必须搞，收入有保障，还不用愁技术和销路。

**旁白：** 经过一段时间的讨论之后，文秀环顾了一下四周，确定没人再发言后她才发话。

**黄文秀：**（高兴）最近我查找了国家关于种植烟叶的政策，我国是世界烟叶大国，国家对这些方面是有扶持政策的，尤其是贫困地区。我们百坭村一直有种烟叶的传统，这是一项脱贫致富见效快的好项目。刚才大家的发言都很好，我们听取大家的意见，同意把烟叶种植列入百坭村农业产业发展规划中。

**女烟农、男烟农：**好，好，文秀书记，好样的！

**旁白：**一味地"靠山吃山"不是办法，只有找到出路，靠山致富才是硬道理。

**黄文秀：**（思考，内心独白）可在这山高坡陡之地，怎样才能选择一两项合适的产业作为发展的"硬货"呢？这能打出去的"拳头"产品到底是什么呢？

**旁白：**文秀一直苦苦寻找着致富方向。幸运的是，在摸索砂糖橘的升级发展中，文秀和她的伙伴们看到了百坭村发展的新路子和新生机。有产业，才能让贫困群众稳定脱贫，过上幸福的生活。

怎样才能让贫困群众生活达到"两不愁三保障"呢？文秀意识到，这必须发展产业，必须再来一场农业的转型升级。

**黄文秀：**（思考，内心独白）这到底也是一场革命啊！百坭村的田地里，到底能不能长出"黄金"呢？

**旁白：**那天下午，文秀马上回村委，上网查询和种烟叶有关的资料。烟叶种植，对于这个本来闻到烟味就反感的姑娘来说是完全陌生的领域，但为了村里产业的发展，善于学习的她开始留意烟叶种植的相关知识。只要经过烟田，她都要和烟农、烟技员聊聊，了解烟叶生产的政策和动态，学习基本的生产技术。

**黄文秀：**（疑惑）老覃，这烟叶该怎么种呢？

**男烟农：**烟叶种植，根据不同的气候条件，一般分春烟、夏烟。春烟在2

到 3 月份种植，夏烟在 5 月份左右种植，每季烟叶是一年采收一次。

**黄文秀：**（疑惑）乐业靠近云南、贵州，自然条件与它们十分相似，应该可以扩大种植。但是谁能给出比较科学的种植方案呢？到底要找谁咨询呢？

**旁白：**为了稳妥，文秀决定去拜访相关部门和有关人员。村主任班智华看出她的心思。

**班智华：**（高兴）文秀，镇里有个烟站。烟站里有一个"老烟鬼"，他最了解情况，也最有办法了，你可以去问问他。

**黄文秀：**（疑惑、嘀咕）我又不抽烟，让我去找一个"老烟鬼"？

**旁白：**带着疑惑，文秀很快就跟当地烟草公司的人员取得联系。这天，她跑到新化镇烟站找到了值班人员。

**黄文秀：**（尊敬）您好，听说站里有一位"老烟鬼"，我想找一下他。

**龙俊：**（高兴）哈哈哈哈，我就是那个"老烟鬼"。

**旁白：**原来，说话的正是烟站站长龙俊。文秀打量着这位个子不高，看起来斯斯文文、白白净净的人。

**黄文秀：**（开玩笑）什么呀，你哪里是"老烟鬼"，你是"小鲜肉"啦！

**龙俊：**（打趣）哈哈，才不是呢！文秀书记，久仰大名了。今天镇长跟我说，百坭村的驻村第一书记会来找我，我早就在这里等候了。想不到是一位这么年轻的姑娘！我应该早点去拜访你，失敬，失敬！

**黄文秀：**（认真）"老烟鬼"，我这是无事不登三宝殿啊，想向你请教种烟叶的事。

**旁白：**原来，这位龙俊站长是一个 80 后的乐业小伙子，只比文秀大三四岁，2007 年毕业后他就到烟草公司的营销部工作，在新化镇烟叶站担任技术员，后来还担任了新化烟站的站长。他前前后后干了 11 年，所以被同事笑称"老烟鬼"，他工作干劲大、经验丰富，是烟农的贴心人，所以文秀这次的来访，龙站长自然会特别热情地介绍。

**龙俊：**（热情）文秀书记，乐业县位于广西西北部，全县总面积2633平方公里，适宜烟叶种植的土地面积达10万亩，占全县耕地面积的53.13%。乐业县气候温和，降雨充沛，光照充足，土质优良，具有得天独厚的自然气候优势，是优质烟叶的种植区。从2001年开始在全县发展烟叶种植，这项产业在新化镇发展迅速。现在农民们尝到了甜头，同时也促进了地方区域经济的可持续发展，可以说是利国利民的大好事。

**黄文秀：**（认真）那么，百坭村烟叶产业的基本情况又是怎么样？

**旁白：**龙站长给文秀看了百坭村近两年的烟叶种植和收购情况，文秀一边浏览一边仔细听龙站长的讲解。

**龙俊：**（热情）文秀，你看。2017年，百坭村种植烟叶共有4个屯53户烟农，签订烟叶种植面积406亩，烟叶收购量619担，烟叶收购金额99.59万元，亩产值2453元。2018年，百坭村烟农种植烟叶共有2个屯22户，签订烟叶种植面积203亩。

**旁白：**这时候，龙站长突发奇想，想考考文秀。

**龙俊：**（使坏）你知道一担烟叶有多重吗？

**黄文秀：**（认真）我知道，一担烟叶重100斤。烟草行业一般以"担"作为烟叶的计量单位，并在烟叶计划下达、收购、销售中通用，而且为保证烟叶质量，每亩烟田对应的烟叶收购计划一般为2.5担，也就是250斤。没错吧？

**旁白：**文秀一口气作答，这可是她查询了资料，做了功课积累的。当然，这是文秀的习惯，她做什么都用功用心。

**龙俊：**（惊讶）哟，文秀，你好懂行呀！

**旁白：**经过这一问，龙站长不由得对这位年轻的第一书记肃然起敬。

**黄文秀：**（疑惑）可是，对比2018年的数据，2019年百坭村的烟叶种植户和面积预计会减少一半，说明烟农积极性减少了，这是为什么呢？

**龙俊：**（耐心解释）是这样的。烟叶刚种上，收入要等到烟叶收购后才能统计，但是总产量和总收入预计可能会比 2018 年减少一半，这里面有很多的原因……

**旁白：**听着龙站长的解释，文秀的心情由原来的惊喜慢慢变得沉重起来。她知道，最短的距离是从手到嘴，而最远的距离是从说到做。文秀是从大山里走出来的研究生，她心里清楚，要让农民看到实际的好效果，他们才会真的去做。当然，从种地到"种出产业"，这对于农民来说是一个艰难的质的飞跃。

**黄文秀：**（认真）看来还有很多思想工作要去做，农民的固有思想藩篱不破除，就无法迈出第一步，更不要说质的飞跃了。

**旁白：**紧接着，文秀抓住时机，向龙站长提交了一份建议书，建议镇烟站可以给予百坭村贫困烟农一些奖励政策。

**黄文秀：**（认真）龙站长，这是我的一份建议书，你看看如何？

第一，推行奖励烟农政策。烟农销售干烟每担给予相应的补助，作为流转土地租金费用，在本乡镇种植烟叶每担补助 40 元，跨乡镇种植每担补助 50 元。

第二，推行奖励贫困户政策。对贫困户自行发展和种植烟叶 5 亩以上的，按贫困户当年销售所得烟叶税的 30% 返还贫困户。

第三，实行奖励村集体经济政策。村"两委"干部参与种植烟叶或宣传发动落实完成 100 亩以上的行政村，按照行政村所销售干烟给予每担 20 元的奖励，作为壮大发展村集体经济的经费。

**旁白：**龙站长听完文秀的建议后连连称赞，答应文秀立即向县烟草局申请，尽快解决落实这件事。随后，文秀从龙站长那里借了一些关于烟叶种植的书籍，就回村里了。

**旁白：**夜晚，文秀看完了烟叶种植的书籍，感到眼睛有点疲惫。于是她走出自己的小房间，来到操场上。入夜的百坭村，夜风送来田野的清香，她抬头看到夜空繁星点点，耳边不知从何处飘来歌声。她仔细一听，正好是那首她喜欢的歌曲《夜空中最亮的星》。美妙的歌声深深地打动了她，她转身回房间取出吉他，跟着轻轻弹唱起来。

**旁白：**唱着歌的时候，文秀联想到百坭村的产业升级还面临着诸多问题，现在的他们正迷失在黑夜里彷徨不前，唯有主动地追赶太阳、奋勇前进才能看见黎明。可这，对于百坭村的村干部们，对于百坭村的老百姓，尤其对于文秀这个驻村第一书记来说，确实是一场全新的挑战。

# 03

## 烟农眼里的好书记

| 出场人物 | 性别 | 人物形象 |
|---|---|---|
| 旁白 | 女 | 知性姐姐 |
| 黄文秀 | 女 | 30 岁，坚韧、好学 |
| 小韦 | 男 | 45 岁，烟农，朴素 |
| 班龙排 | 男 | 45 岁，朴素 |
| 班华纯 | 男 | 50 岁，醇厚 |
| 男烟农 | 男 | 45 岁，朴素 |

**旁白：** 说干就干，这就是文秀的风格。要想打好脱贫攻坚这一仗，产业就是贫困群众稳定脱贫不返贫的重要支撑，选准选好一个产业，对于贫困村来说至关重要。所以，文秀铁定了心，要认真地去放手一搏！

**旁白：** 在拜访了烟站站长龙俊之后，文秀对烟叶种植更有底气了。她回来和周昌战支书、班智华主任合计后，立即召集村干部、屯干部和烟农一起交流种植烟叶的心得，商讨如何提高烟叶亩产量和烟叶品质这些问题。

文秀下定决心，必须让其余 9 户贫困烟农尽快脱贫。于是她把 22 户烟农组织起来，一起讨论关于烟叶的产量和质量的问题。通过这样的方式来扭转烟农们的错误认识，让他们能够改变过去在烟叶种植过程中的错误方法。

为了提高烟叶的产量和品质，文秀积极鼓励烟农学技术、讲科学。她组织让有经验的烟农为经验不足的烟农传经送宝；每当碰到烟草公司搞技术培训时，她总是驻足倾听；得知有的烟农因为种植技术不到位而影响烟叶质量时，她会苦口婆心地叮嘱烟农要抓好每个技术环节，不松懈才能多收入。

**男烟农：**她对村里的烟叶种植很上心，每次走访我们这些贫困烟农，她都鼓励我们要用心种植。不仅要脱贫，还要奔小康。

**黄文秀：**（认真）许多病菌都是人带入烟田的，那就做个警示牌竖在地头。

**旁白：**很快，时间来到了 2019 年烟叶管理期，文秀和新化镇烟站的工作人员商量如何减少烟叶的病虫害。没过多久，"进入烟区，严禁吸烟，严禁触摸烟叶"的警示牌就出现在百坭村的烟田里。烟农小韦一直跟着文秀忙前忙后，他感到很好奇。

**小韦：**（好奇）文秀书记，你是学种烟专业的吧，你怎么这么懂行呀？

**旁白：**文秀被夸得脸都红了，她谦虚地说道。

**黄文秀：**（谦虚）种烟专业？没有没有，我都是现学的，还请你这位老烟农多教教我啊！

**旁白：**在文秀的悉心引导下，烟农的思路开阔了，有信心了，效果自然也显现了出来。一年一度的烟叶收购结束时，文秀看到班智华主任统计出来的烟农收入情况，2018 年 9 户贫困烟农中有 8 户脱贫，全村的贫困率也由 22.88% 下降到 2.71%。文秀看完统计表后兴奋不已。

**黄文秀：**（开心）这种烟收入真不错，我们得好好搞。

**旁白：**同时，文秀细心地发现，有一位叫班龙排的贫困烟农，他的收入没有达标，还在未脱贫户行列。当天，文秀在驻村日记上这样写着。

**黄文秀：**（认真）今年，只剩最后一户贫困烟农班龙排还没脱贫，一定要全力帮他渡过难关！

**旁白：**原来，班龙排是残疾人，他有两个孩子，一个在读高中，一个在读初中，家中还有一个老人，家里极为贫困，属于典型的因学致贫和因残致贫的双重贫困户。第二天，文秀自掏腰包在城里给孩子买了书包、文具和课外读物，随后到班龙排家中家访。文秀和班龙排家里人已经熟悉了，一见到她来，班龙排还是艰难地站了起来。

**班龙排：**（局促、不好意思）哎呀，文秀书记。家里太脏太乱了，都没来得及收拾，让你见笑了。

**旁白：**文秀环视了四周脏乱的环境，她知道班龙排的腿脚不灵活，于是二话不说就拿起扫把帮他打扫屋子，好好收拾了家里的桌椅板凳，屋里一下子就变得干净整洁了。班龙排看着这个"学生妹"书记一点架子都没有，他顿时轻松了下来，主动跟文秀说起了自己的难处。

**班龙排：**（为难）文秀书记啊，不是我不种烟叶，而是我不敢多种啊！本来家里的劳动力就只有我这个残疾人，种烟是要干很多体力活的，我这腿脚不灵便，种多了照顾不过来啊！

**黄文秀：**（鼓励）老班啊，你家的情况我已经了解了。你缺劳动力，我们村委会组织人力来帮你，也算上我一个；你如果缺技术，我们请烟站派技术员来指导，让你提高产量，确保烟叶的质量，这样才有好收成。你说好不好？

**班龙排：**（激动）哎呀，文秀书记，如果这些困难你都能帮我解决的话，那我就有信心多种几亩啦！

**黄文秀：**（热心）那你打算种多少亩？

**班龙排：**（犹豫）嗯……10亩！

**黄文秀：**（高兴）好啊！我给你算一笔数，按烟田亩产3000元来算，10

亩烟田的总收入可达到 3 万元，这样就可以脱贫了！关键是你要有信心啊，我们会支持你的！

**旁白：**文秀说到做到，她对班龙排的帮扶格外用心，隔三岔五就到老班的烟田看看，有时也会到他家里和他拉家常，增强他种烟脱贫的信心。同时，文秀也鼓励老班的孩子好好读书，长大了报效祖国。当班龙排去烟田忙碌时，文秀就带上慰问品，帮他照顾家里的老人。通过老班这件事，文秀有了更深刻的领悟。

**黄文秀：**（感慨）扶贫，同时也要去扶智，更要扶志！

**旁白：**2019 年，班龙排在文秀的鼓励下，种了 10 亩烟，烟叶长势不错，当年马上就顺利脱贫了。到现在，班龙排回忆起文秀，眼泪总是忍不住涌上来。

**班龙排：**（微哭腔）文秀书记待我们像家人一样，她心地善良、做事周全，是个好人，是负责任的好书记，她就是我的亲人！

**旁白：**由于班龙排的文化水平较低，文秀还主动当起了他的"烟草技术员"。为此，她找来了相关的书籍，对烟叶生产进行了钻研，还向烟站工作人员、烟农询问种植技术问题。烟草花叶病、黑胫病、青枯病，这些和烟叶有关的问题她都能分辨，就连防治药剂她也都能说出用法来。

**旁白：**文秀和村干部们商量，拟定了依托党建引领、政府主导、支部主建、烟农互助的形式来组建互助组，利用"党支部＋合作社互助组＋农户"的专业化运作模式，更好地整合资源和方便互助，有力地帮助烟农渡过难关。

**黄文秀：**（认真）烟田需要灌溉，用传统的肩挑手提来淋烟田，不仅非常费力，而且效率低下，会耽误宝贵的农时，延误烟叶的生长。

**旁白：**为此，文秀也把烟田用水灌溉列入了急办的事项，同时还争取到了县里相关部门和镇烟站龙站长的支持。

她和村"两委"制订了五项水利工程建设规划，其中涉及烟叶生产基础设施的就有三项。她在笔记本上详细记录着工作计划。

**黄文秀：**（认真）百果屯和百爱屯的"那红"水利工程全长 600 米，费用 9 万元；百布屯水利维修 20 米，费用 1 万元；百果屯、百坭屯水利维修 20 米，费用 1.14 万元……

**班华纯：**屯里的路通到二级路，石头堆成的坝体修成固定坝，为了尽快推进项目，文秀书记找我商量了好几次。她是我们眼里的好书记！

**旁白：**当看到百坭村的脱贫工作迈上了一个新台阶，文秀和村民们一样，心里甜滋滋的。她坚信，通过大家的努力，不忘初心、牢记使命，大力助推脱贫攻坚，推动乡村振兴，一定能让百坭村的老百姓过上幸福的生活！

**旁白：**（较慢）至今，在百坭村那些脱贫的烟农家里，有些烟农还会把文秀的工作照挂在墙上。文秀温暖的笑容，连同她奋勇担当、奉献自我的精神，都深深地嵌在了百坭村的老百姓的心里。

### 知识拓展 •

### 烟叶产业

在文秀书记驻村期间，她带领了全村 88 户 418 名贫困群众脱贫，其中 21 户烟农通过种植烟叶成功脱贫。烟叶种植是黄文秀同志生前根据百坭村的气候、土壤等实际情况，联合当地烟草管理部门引导村民大力发展的脱贫攻坚产业之一。

百坭村烟叶种植产业中的在烟叶种植户、烟叶种植面积、烟叶交售量、上等烟比例及户均收入实现了"五增"状态，这不仅促进烟农收入增加，从长远来看，也推动了百坭乡村振兴步伐。在乐业县百坭烟区内打造"烟叶 +"

产业示范带，建设一个"烟叶+"核心示范区（约300亩），种植烟叶240余亩。截至2021年底，全村人均年收入已超15000元，脱贫户人均年收入达8000元以上。

近年来，百色烟草先后获得党建考评第一名，烟叶生产质量奖等20多项表彰，百色烟叶产业的良好发展，离不开百坭村党支部以及上级镇党委等的大力支持。

# 04

## 一封无法抵达的信

| 出场人物 | 性别 | 人物形象 |
|---|---|---|
| 旁白 | 女 | 知性姐姐 |
| 黄文秀 | 女 | 28岁，坚韧、有耐心 |
| 班统茂 | 男 | 45岁，百坭村致富带头人，憨厚、勤劳 |

**旁白：**乐业地处广西的西北角，是百色市海拔最高的县，素有"小东北"之称。冬天来得早，每年秋风过后，就有冬天的寒意了。但在山上，有一片种植砂糖橘的果园，果农们正干得热火朝天。

**旁白：**在百坭村，流传着文秀现代版的"三顾班庐"故事。这个故事的主人翁，就是文秀其中的一个帮扶户——班统茂。

有一沓厚厚的"第一书记工作实绩报告表"，上面记录着文秀2018年5月在百坭村开展工作的情况。在"下个月工作打算"一栏中，她写着。

**黄文秀：**（内心独白）在对全村基本情况进行一个初步掌握之后，重点推进产业园的建设和致富带头人的工作。

**旁白：**可是，怎样才能激发贫困户的内生动力？发挥好致富带头人的作用呢？文秀和村委干部们商量好，决定要请有一定经验的果农班统茂"出山"，提议让他作为村里的五个致富带头人之一。

**黄文秀：**（高兴）班大哥，我们想请您作为村里的致富带头人，带领大家种好果树，提高产量，共同致富。

**旁白：**可是，对于文秀的这个提议，班统茂起初比较抵触，并不接受。班统茂是一位憨厚的中年农民，虽然话不多，但说起文秀，心里就充满了感激。

**班统茂：**（回忆）一开始，我有点不相信文秀书记这个小姑娘，因为她太年轻了，和我女儿差不多，像个学生小娃娃。我觉得吧，北京毕业的研究生，她写写文章、动动嘴巴还可以，但说到帮我们脱贫致富，她真的有办法吗？

**旁白：**班统茂不太相信这个"学生妹"书记，所以起初对文秀不理不睬。而这也是文秀第一次跋山涉水来到班家登门造访的结果。

**旁白：**可是，文秀不甘心，她没有放弃。班统茂第二次见到这位年轻的第一书记再次登门拜访，心里产生了敬佩，于是他跟文秀说出了自己的担心。

**黄文秀：**（微撒娇）班大哥，你就来试试吧，分享你的经验，带领我们一起种果树。

**班统茂：**（担忧）文秀书记，我刚刚脱贫，还不能做致富带头人，这个名头我当不起啊！再说了，我又没有什么种植技术，怕带不好大家，会拖累大家的，你还是另请高明吧！

**旁白：**经过两次上门拜访，文秀觉得班统茂勤劳、肯干，而且很有集体荣誉感，这点非常难得。她更加坚定了自己的想法，认定班统茂是最合适的人选，于是她又第三次登门了。

**旁白：**可能有人会觉得，让村干部通知班统茂来村委部不就行了吗，何必走这么远的山路过去呢？但是文秀坚持认为，这样上门去做思想工作，会有更好的效果。然而这次出门不利，恰好遇上了大雨，当文秀走了十几公里的山路，带着一身泥水走到班统茂面前时，这位实诚的壮家汉子眼睛也湿润了！他清楚地记得，那天文秀带着微笑的样子，还有跟他说的话语——

**黄文秀：**（高兴）班大哥，你只管认真种好你家的果树，再领着屯里的果农扩大种植面积就好。你所担心的问题，由我来解决！

**旁白：**真可谓"精诚所至，金石为开"。经过这一次，班统茂对文秀彻底地心服口服了！后来，文秀主动联系农业技术员，把他们专程带到班统茂的果园里，手把手地教会了班统茂和村民们如何去做好果树的种植和管理。等到果子成熟后，文秀又积极联系销路，帮大伙找外地销售商。

**旁白：**（赞美）班统茂也不负众望，他带领百坭村全村果农辛苦了一年，砂糖橘的产量从 2017 年只有 6 万多斤，增加到 2018 年 50 多万斤，收入比前一年翻了好几倍！

**班统茂：**（感激）靠着这一片果园，我们家摘掉了"贫困帽"，盖起了楼房，而且还带动了屯里其他农户也跟着种植砂糖橘，一起走上了共同致富之路！

**旁白：**班统茂果然起到了致富能手的带头人作用。这下，村里群众对文秀也更加佩服了。她会看人，也用对了人。就这样，文秀"三顾班庐"的故事从此传开了。

**旁白：**再次提起黄文秀，班统茂这位皮肤黝黑、身体壮实的汉子

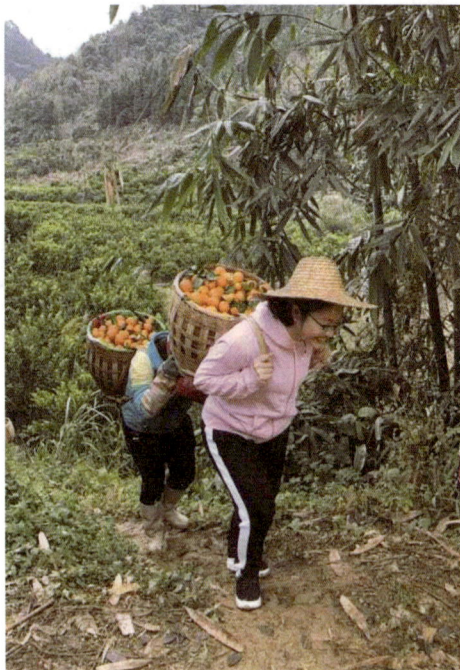

黄文秀和村民一起采摘砂糖橘（中共百色市委宣传部供图）

还是会掉下眼泪。

**班统茂：**（难过、悲伤）我实在是不想提起文秀书记，但是我又很想念她……她选择我做致富带头人是对我的信任，我想说："文秀书记，我肯定不会让你失望的，我一定会认真地带好大家，你放心吧！"

**旁白：**国庆前夕，班统茂受邀请来到北京电视台的访谈节目。当讲到怀念文秀时，他一激动，对着摄像机慌张不已，加上普通话说得也不够标准，一遍遍的怎么也录不好。到了夜里，他彻夜难眠，提起笔来给文秀写了一封信，以此来表达自己的缅怀和感激之情。后来在录制节目时，他就读了这封信。

**班统茂：**（悲伤、略哽咽）写给文秀书记的一封信。

文秀书记：

距离你离开我们已经有131天了。最开始听到你遇难的消息，我们都不太敢相信，明明前几天还见面的人怎么说没就没了呢？自从你离开了我们，我们每天都在悲伤中度过。

曾经，你是我们脱贫致富的引路人，更是我们走向幸福生活的精神支柱。然而，正当花开结果之际，你却无声无息地走了，留给我们的只有无穷无尽的思念。

我们知道你有太多太多的不舍和牵挂。今天我借此机会告诉在另一个世界的你：文秀书记，请你放心，你未走完的长征路有人为你接过接力棒，你所许下的诺言，如今有政府来帮你兑现和完成。

在你的鼓励和帮助下，今年我们村的砂糖橘又有了很好的收成，再过两个月就可以采收了。但是此时此刻，我们说什么也高兴不起来。

因为我们失去了你，再也盼不到你像去年那样来帮我们摘果、背果、收果、卖果了……

文秀书记，我们不能没有你，我们在等着你！我们在呼唤你！你听到了么？

在今后的日子里，我们会化悲痛为力量，加倍努力，绝不辜负你对我们的期望。早日走出贫困，奔向小康!

文秀书记，百坭村的父老乡亲永远怀念你!

班统茂

2019 年 10 月写于北京

**旁白:** 文秀书记，你日夜牵挂的老百姓，他们在你心上，你在他们心里，永远，永远……

## 知识拓展 •

### 砂糖橘产业

砂糖橘是百坭村的重点产业之一。

2017 年以前，村民们都是各自零散作业，并且因为不懂技术和管理，种植的砂糖橘产量低、品质差。那用屯砂糖橘种植面积大概 350 亩，产量仅 6 万多斤。

2018 年，班统茂积极协助黄文秀同志在村里成立了砂糖橘种植专业合作社，积极组织群众参加乐业县农业技术专家、科技特派员到果园举行的科技观摩讲座，给村里引进了先进的管护技术。2018 年年底达到 50 多万斤，产量翻了近 10 倍。

# 一坛来不及开封的庆功酒

| 出场人物 | 性别 | 人物形象 |
| --- | --- | --- |
| 旁白 | 女 | 知性姐姐 |
| 黄文秀 | 女 | 30岁，坚韧、热心 |
| 收购商 | 女 | 35岁，热情 |
| 周昌战 | 男 | 43岁，百坭村村支书，热心 |
| 杨杰兴 | 男 | 41岁，接任黄文秀的百坭村第一书记 |
| 女村民 | 女 | 38岁，百坭村村民 |
| 男村民 | 男 | 35岁，百坭村村民 |

**旁白：**2020年元旦前夕，在百坭村新修通的通屯路旁，放眼望去，果林遍山，金黄的砂糖橘挂满了枝头，呈现一派丰收喜人的景象。和班统茂一样，脱贫户小韦一早便开始在自家砂糖橘林里忙碌起来，收购橘子的车正停在路边等候。水果收购商小刘开着大货车从贵州赶来，每天在百坭村收购2万多斤砂糖橘。

**收购商：**（高兴）这里空气好、土质好、果子甜，我们愿意来这里收购。现在路通了，比原来省了不少时间，更加方便了！

**旁白：** 2020年春节前，百坭村村支书周昌战介绍说。

**周昌战：** 2019年村里油茶种植面积和产量都增加了，全村约有5000亩油茶，投产面积已有2000多亩，还成立了油茶专业合作社，户均增收1万多元。

**旁白：** 产业有了规模，村民们不用担心加工和销路。此外，文秀还帮扶建起了榨油坊，在里面村民可免费榨油。不仅如此，榨油坊的负责人小罗还参与收购油茶加工后剩下的茶麸（fū），并负责拓宽村里茶籽、茶油的销路。

**旁白：**（赞扬）百坭村的变化，处处凝结着文秀的付出与努力。

**黄文秀：**（认真）对于扶贫工作，我们首先要拿出革命先烈的革命干劲，让贫困户正视现实，摘掉穷帽子，解决贫困群众思想上脱贫的问题，才能实现真正意义上的脱贫。

**女村民：**（疑惑）什么叫"思想贫困"？

**黄文秀：**（耐心）那些家里有收入了，但就是不明说，还想等着上面拨款的人，就是长期"等、靠、要"的思想在作怪。这种思想就是"思想贫困"，我们要不得。

**旁白：** 文秀之所以这样说，最主要的目的是给群众灌输新的政策。她想让大家知道，党和政府扶贫安排给群众的产业奖补，是为了鼓励群众去勤劳致富，去努力发展产业的。

**黄文秀：**（内心独白）现在扶贫要先扶志，扶志就要做思想工作，要让贫困户从"思想上脱贫"，解决贫困户"等、靠、要"的思想问题。

**旁白：** 除了扶贫，还有扶志，扶志该要怎么去做呢？

**黄文秀：**（耐心）扶志主要是指教育这一块，不管是贫困户还是非贫困户，所有家庭的适龄儿童不允许出现辍学的学生。

**旁白：** 在这方面工作上，文秀也做得非常好，因此在百坭村没有一个义务教育阶段辍学的学生。

旁白：文秀的到来也给百坭村的村干部们带来了很大的改变。百坭村村支书周昌战清晰地记得，文秀牺牲前三天，她在进村入户的路上说的话。

黄文秀：（鼓励）再加把劲，我们全村今年年底就脱贫了！

旁白：为了迎接胜利的那天，她自己悄悄掏钱跟酿酒的村民定购了两坛农家自酿酒，打算到时候拿来当庆功酒。如今这两坛酒，仍然用红布包好，静静地安放在村委部的一个角落里，仿佛在等待它的主人来打开……

周昌战：（哽咽）可是现在，好酒好菜已经备齐了，我们的文秀书记却不在了……

旁白：每当说到这里，周昌战这位当过兵的壮汉子，眼睛都会湿润，声音也变得哽咽……

旁白：其实，百坭村的村民们一直有个心愿。

女村民：（心疼）等我们村都脱贫了，我们就用这坛酒来庆功，以告慰文秀书记一直以来对我们的帮助和扶持，告慰她为百坭村奉献的青春岁月。

旁白：对于热爱这片土地的文秀来说，最好的告慰是什么？那就是——继承时代楷模的遗志，继续前行！

周昌战：（高兴）如今百坭村发展得越来越好，我们大家都在努力，争取获得更大的丰收！

旁白：文秀的继任者，接任百坭村第一书记的杨杰兴是这样说的。

杨杰兴：（坚定）我们会沿着文秀书记带领的路，埋头苦干，百坭村会和全国一起实现全面脱贫！

旁白：百坭村的村民互相打气鼓励着。

女村民：（坚定）脱贫攻坚，我们一个都不能少！

**男村民：**（坚定）脱贫攻坚，我们一个都不能少！

**旁白：**2020年还要加油干，努力不掉队，不拖后腿！百坭村，这个幽静的小村，不论时光如何流逝，村民永远铭记这个"百坭村的女儿"——黄文秀。

在百坭村人心中，文秀是一盏明灯，照亮了全村人的扶贫攻坚之路。"文秀精神"如同明亮的火把，照耀着奔赴在脱贫攻坚战线上的人们，砥砺着人们继续奋力前行。

第八章 ／ **绽放的
青春之花**

"人的生命是有限的，
可是，
为人民服务是无限的。
我要把有限的生命，
投入到无限的为人民服务中去。"

——雷锋

# 01

## 生命的最后三天

| 出场人物 | 性别 | 人物形象 |
|---|---|---|
| 旁白 | 女 | 知性姐姐 |
| 黄文秀 | 女 | 30 岁，坚韧、关爱家人 |
| 村干部 | 男 | 45 岁，百坭村村干部，关心村民 |
| 侄子 | 男 | 10 岁，调皮 |
| 黄忠杰 | 男 | 70 岁，文秀父亲，虚弱 |
| 黄彩勤 | 女 | 63 岁，文秀母亲，坚韧 |

**旁白：** 2019 年 6 月 14 日星期五，这是文秀在乐业百坭村工作的第 445 天。

**旁白：** 乐业多雨，每年进入 6 月份，雨季就到来了。还记得 2018 年那年的 6 月，文秀刚到村里才两个多月，当地就进入了雨季，文秀在自己的驻村日记里是这样写的。

**（画外音）黄文秀：**（担忧）乐业县近来进入雨季，通往乐业县的路段发生了塌方，情况非常危急。凌云县有一户 6 口人家不幸被埋入土中，田林县有地方楼房倒塌。我知道消息后，马上联系村支书，让他时刻关注百坭村的情况，这个周末过得十分紧张。

**旁白：** 当时，村里好几条路都被塌方阻断了，黄文秀第一时间组织了几个村干部一起冒雨去疏通道路，周末也顾不上休息。此刻，她切身感受到第一书记不是件轻松的活儿，尤其在这贫困的百坭村。

**村干部：** 那天一大早，文秀开着车，载着我们几位村干部去看各个屯的水利情况。因为山洪和塌方，村里不少水渠都受到了不同程度的损坏，严重影响了村里的饮水和灌溉。每看一个受灾点，文秀都会写一份详细的受灾情况登记表，方便后续处理。

**旁白：** 文秀和村干部带人拿着水管去陡坡上维修被暴雨损毁的水渠，他们花了三个多小时才接通水道，暂时解决了问题。在修水渠的时候，班智华牵马驮着物料来回运送，这匹马经常为村里驮运农用物资和烟叶。文秀很是心疼。

**黄文秀：**（心疼）马儿太累了，我带它去吃点草，休息休息。

**旁白：** 就在她牵马上坡的时候，有人用手机拍下了这个瞬间，可没想到这竟是她最后的工作照。

在那用屯，村民都居住在河堤上，出门会经过一条小河。平日里，村民会用绳子吊几根木条，架在两岸来充当桥梁，但一到暴雨天，木条就会被冲走。

黄文秀在百坭村参加水渠修缮工作时和马匹的合影（新华社供图）

**黄文秀：**（内心独白）我记得之前在这儿见到过一位老人背着孙子，要吃力地蹚水才能过河。我要记下来，把修桥工作也提上议程。

**旁白：** 直到傍晚，一行人终于回到村委。随后，文秀跟村支书周昌战打招呼。

**黄文秀**：周支书，我想周末回家看看我父亲，他生病了，刚刚出院，等我周日回来再好好商量怎么解决水利的问题。

**旁白**：于是，下午 5 点多，文秀开着自己的车，跑到新化镇汇报农田毁坏的情况，并上报了解决方案和请求。之后又跟镇领导办完请假手续，匆匆忙忙赶回田阳老家了。

**旁白**：2019 年 6 月 15 日，星期六。文秀田阳老家。

**旁白**：文秀的老家在百色市田阳县的田州镇，她家就建在山坡上，是一栋两层的红色砖混房。文秀家里是水泥地，二楼甚至连门窗都没安装好，家里最值钱的电器是一台十几英寸的老电视机。

在她的房间里，摆着两张老旧的床，坐上去会发出吱呀吱呀的声响。她上学时用过的课本、得过的奖状都装在一个灰扑扑的行李箱里。

**旁白**：2019 年 6 月 14 日那天，文秀开了近五个小时的车回家，进家门时已经是晚上 10 点了。母亲熬了玉米粥、热好了菜，等着闺女回来。文秀一踏进家门，也顾不上一路的疲惫就去看望父亲，不住地嘘寒问暖。她接过母亲端来的药，一口口地喂给父亲。父亲也很心疼女儿，连忙让她赶紧去吃饭。

**黄文秀**：（高兴）好香啊！

**旁白**：文秀重新回到餐桌旁，母亲做的饭菜香喷喷的，让人垂涎三尺。文秀很快便狼吞虎咽起来，母亲则静静地坐在旁边看着她。

**旁白**：周六早上，文秀像一只勤劳的蜜蜂一样，有条不紊地忙碌起来——给父亲熬药、喂药，给母亲洗衣服，给哥哥的孩子辅导作业……

**旁白**：家里刚满 10 岁的侄子，最听小姑姑的话。侄子平时贪玩调皮，不喜欢学习，哥哥嫂子也不知道该怎么教导他。但只要文秀一回家，侄子就会安安静静地坐在桌子前，等着文秀教他汉语拼音和乘法口诀。

黄文秀：（认真）h-ú-hú，蝴蝶。

侄子：（认真）h-ú-hú，蝴蝶。

旁白：文秀默默付出的品格，深受她母亲的影响。文秀的母亲是一个坚韧和顽强的人，她有着勤劳、乐观的品质。文秀从母亲的身上读懂了爱，爱父母、爱家庭、爱社会和国家。因为母亲传达的这些爱，文秀心中一直对母亲充满了敬重和关爱，所以她工作满一年的时候，就给妈妈和嫂子一人定制了一只纯银手镯。送给妈妈的那一只手镯上还刻着四个字——女儿爱你。

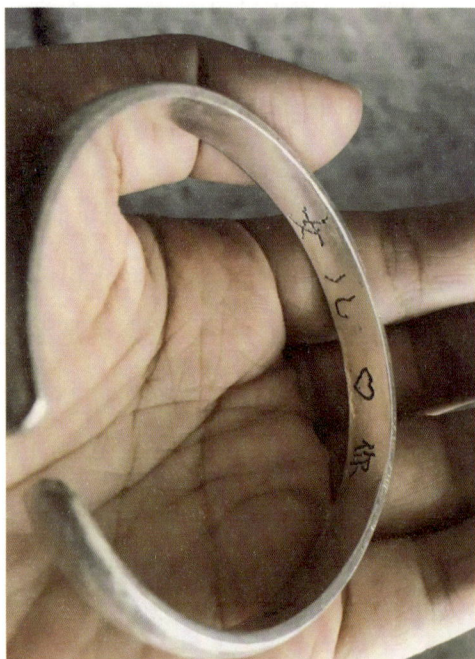

黄文秀送给妈妈黄彩勤的手镯（黄爱娟供图）

因为文秀的回来，一家人高高兴兴地度过了周六。

旁白：2019年6月16日，星期日，父亲节。文秀田阳老家。

旁白：父亲在文秀的心中是一座山。可是由于村里工作走不开，文秀已经有两周没回老家了，她十分想念父亲。

今年的父亲节恰好是周末，她计划着回田阳老家，陪父亲过一个愉快的父亲节。

黄文秀：（担忧）爸爸在前几周才做完第二次手术，身体虚弱，吞咽困难，还吃不下饭，只能吃一些松软、稀的食物。我给他带一包白桦树茸、一罐蜂王浆回去。

**旁白：**想着生病的父亲，她觉得曾经的决定是对的，曾经的辛苦也是值得的。她多希望父亲能赶快好起来，到时再带他到处去看看。

**黄文秀：**（内心独白）今天是父亲节，我要好好地陪陪阿爸，和阿爸说说话，帮他煎煎药，给家里做些事。

**村干部：**（着急）喂，文秀书记，昨晚下大雨，洪水把水渠冲坏了，我们这儿正想办法抢修呢！

**黄文秀：**（担忧）好的，我知道了，别担心，我一会儿晚上就回去，你们大家都小心点啊！

**旁白：**（着急）这通电话打破了文秀内心的宁静，她马上想到，可能是那条灌溉200多亩农田的水渠被山洪冲断了。这必须得尽快处理，恢复灌溉，否则洪水过后村民就无法耕作了。

**旁白：**（忧心）下午，文秀在忐忑不安中度过。她用手机反复地查看天气预报，发现当天晚上还会有暴雨。她决定不吃晚饭了，必须得马上赶回百坭村。

**旁白：**（忧心）她心急地收拾东西要出门。病床上的父亲理解她，却也非常担心她。

**黄忠杰：**（担心）文秀，现在开车回村里不安全，明早再回吧。

**黄彩勤：**（担心）秀，今晚还有暴雨，明天再走吧。

**旁白：**母亲也挽留女儿，侄儿更舍不得姑姑走。

**黄文秀：**（纠结担忧，内心独白）今晚就得走。水渠被洪水破坏了，不及时复通的话，村民就没办法耕作了。我也好想今晚留下来……今天是父亲节，我还有很多话想跟阿爸说。

**旁白：**走？还是留？文秀也为难了。面对亲人的挽留，文秀慎重考虑后，还是决定回到工作岗位。

　　**黄文秀：**（着急）正因为有暴雨我更得赶回去，我怕村里受灾，我……还是马上走吧。（叮嘱转高兴）老爸，你记得要按时吃药。处理完事情后，我下周末再回来！

　　**旁白：**（心疼）文秀临走前还不忘叮嘱老父亲。可谁也没想到，这句话竟成了文秀和家人面对面留下的最后一句话。

### 知识拓展

#### 暴雨洪涝

　　暴雨是指降水强度很大的雨。中国气象上规定，24小时降水量为50毫米以上的强降雨称为"暴雨"。按其降水强度大小又分为三个等级，即24小时降水量为50~99.9毫米称"暴雨"；100~249.9毫米之间称"大暴雨"；250毫米以上称"特大暴雨"。

　　"特大暴雨"是一种灾害性天气，往往造成洪涝灾害和严重的水土流失，导致工程失事、堤防溃决和农作物被淹等重大的经济损失。特别是对于一些地势低洼、地形闭塞的地区，雨水不能迅速宣泄造成农田积水和土壤水分过度饱和，会造成更多的灾害。

　　洪涝是指当大雨、暴雨或持续降雨时，低洼地区发生淹没、渍水的现象。

# 一声声痛心的呼唤

| 出场人物 | 性别 | 人物形象 |
| --- | --- | --- |
| 旁白 | 女 | 知性姐姐 |
| 黄文秀 | 女 | 30岁，坚韧、热爱家乡 |
| 工作人员 | 男 | 30岁，搜救人员 |
| 黄爱娟 | 女 | 37岁，文秀姐姐，憔悴 |
| 黄茂益 | 男 | 42岁，文秀哥哥，坚韧 |
| 周昌战 | 男 | 44岁，百坭村村支书，热心 |

**旁白：** 2019年6月16日的夜晚，文秀独自一人开着自己的汽车，冒着细雨离开了家。一切也像往常一样，她一路驾车奔向她心心念念的百坭村。

**旁白：** 可是，不料雨越下越大。17日凌晨，文秀开车到达凌云县城附近的路段时，暴雨引发了山洪。

**黄文秀：**（着急）是往前冲？还是退缩返回？

**旁白：** 文秀感到很为难，她在车里给百坭村村支书周昌战打电话，询问村里的受灾情况，电话里商量解决办法。她很担心，因为当地的地质比较疏松，一到雨季，路面容易发生塌方和滑坡。

旁白：（紧张）那个可怕的雨夜，风雨交加，周围漆黑得伸手不见五指，前方路况不明加上大雨滂沱，就算打开全部车灯也不管用。通完电话后，文秀刚下车想查看下路况，大雨立刻淋湿了她。她想找人问问前方的情况，然而咆哮的暴风雨淹没了所有的声音。文秀全身都被大雨淋湿了，她迅速躲回车里，在微信群里连续发出了一条条求助的信息。

黄文秀：（着急无助，大声喊）我被山洪困住了！前面有一辆车消失了！

旁白：（着急）信息一条比一条紧急，一条比一条令人揪心……

旁白：（平静）此时是午夜时分，人们纷纷进入了梦乡，却没有留意到群上那一条条求助的信息，而偶然看到微信群里信息的朋友，也无法探究现场的具体情况，只能发去安慰的话语，提醒她在路上要小心。

旁白：（紧张）暴雨形成的巨大洪流，像只猛兽般冲击着文秀的车身，似乎要把她连人带车给掀翻。在这危急的关头，前不着村、后不着店，是前进还是后退？文秀必须立刻做出抉择！

旁白：（紧张）透过几道闪电的亮光，文秀终于看到手机定位的显示。

黄文秀：（希望、略颤抖）只要开过这个拐角的山坳，前面就是县城了。没事，我可以的！村民们还在等着我呢！

旁白：（紧张）进退两难之时，文秀总是不退缩，她毫不犹豫地选择了前进！只是，命运并没有眷顾这个善良的女孩。倾盆而下的暴雨汇成了滔滔山洪，瞬间把她连人带车一同冲到了悬崖边，接着又被急速的洪水卷到了河里……

旁白：（心疼）子夜的暴风雨，继续猛烈地下着，天空仿佛是一个巨大的黑洞，吞噬着地上所有的生灵。而这一切，不过是一瞬间的事情！

旁白：（平静）凌晨 0 点 12 分，文秀在"广西云"平台和家族微信群里发了一段 11 秒的小视频。

旁白：（平静）视频里一片黑漆漆的，只有车灯发出微弱的光照出密集的雨点，还有那频频摆动的雨刷。山上倾泻下来的洪水淹满了整条公路，不时还能听见视频那边传来电闪雷鸣的声音。

黄文秀：（无助）我遇到山洪了，两头都走不了，雨越来越大，请为我祷告吧！

旁白：（平静）没有人会想到，这成了她留在世上的最后一段话。

旁白：（心疼）关切文秀的亲朋好友发出信息后，没看到文秀的微信回应，都以为她化险为夷回到了住处。

远在广西柳州的姐姐黄爱娟，当晚收到妹妹文秀的最后一条信息之后，她就连续发了几条信息，但是都没有得到文秀的回应，拨打手机也无法接通。听不到文秀的声音，让她隐隐不安、彻夜难眠。

工作人员：（着急）是黄文秀的姐姐，黄爱娟吗？文秀失联了，请你尽快回来！

旁白：（悲哀）黄爱娟怎么也想不到，第二天接到的电话是说文秀在雨夜失联了，让她马上赶回百色，一起寻找文秀！在广州工作的哥哥黄茂益，第二天也接到同样的电话立即赶回了百色。

旁白：闻讯而动的记者马上发出了第一条消息：（转新闻播报）担任第一书记的黄文秀在返回驻村路上，暴风雨之夜失联了！这条揪心的信息，立即超过当天一早的新闻，在微信群迅速传播，形成了巨大的新闻效应。文秀的安危牵动着许许多多人的心……

当地政府立即派人奔赴现场，展开搜索、施救……

旁白：（悲痛）2019 年 6 月 17 日一大早，赶到现场的人们看到的是被洪水冲毁的路基，被洪水带进河沟而毁坏的车辆，这个场景如此的惨烈……搜救无望！焦急的人们，和文秀的哥哥姐姐一起，急切地呼唤。

**黄茂益：**（大喊）文秀，你在哪里？

**黄爱娟：**（大喊）文秀，你在哪里？

**旁白：**（悲痛）暴雨无情！洪水无情！

**旁白：**（悲痛）文秀被找到了……只是找到她的时候已经是第二天的下午，搜救人员在距离事故现场近千米的河道里发现了文秀的遗体。此时的她，已经永远地闭上了双眼！赶到现场的亲人们哭喊着。

**黄茂益：**（哭喊）文秀，文秀！

**黄爱娟：**（哭喊）文秀，文秀！

**旁白：**（悲痛）从乐业赶来的百坭村干部们哭喊着。

**周昌战：**（哭喊）文秀书记，我的文秀书记啊！

**旁白：**（悲痛）一声声的呼唤，一声声撕心裂肺的呐喊，文秀再也听不到了！文秀的生命就这样定格在了 30 岁，她把青春的生命融入大地之中，定格在了扶贫第一线上。

**旁白：**（哽咽）文秀走了，带着对父母的牵挂，带着对家乡人民的热爱和脱贫致富的期望，永远地走了……

**旁白：**（较平静）她从大山中来，是党的扶贫政策让她家通过易地搬迁摆脱了贫困。她向大山中奔去，放弃在大城市的工作机会，把扶贫路当作"心中的长征"，将生命绽放在祖国最需要的地方。正如习近平总书记对黄文秀同志先进事迹作出重要指示中所指出的。

黄文秀同志"在脱贫攻坚第一线倾情投入、奉献自我，用美好青春诠释了共产党人的初心使命，谱写了新时代的青春之歌"。

**旁白：**（赞美）黄文秀的名字，将永远镌刻在百色大石山区百坭村每个人的记忆深处，也永远留在我们的心中。

这正是：埋骨何须桑梓地，人生无处不青山。

## 知识拓展

### 山洪灾害

短时强降雨容易激发山洪，当遇强降水时，土体平衡破坏，土体和岩层裂隙中的压力水体冲破表面覆盖层，瞬间从山体中上部倾泻而下，造成山洪和泥石流。

当发生山洪时，我们要沉着冷静，千万不要慌张。逃离现场时，应该选择就近安全的路线沿山坡横向跑开，千万不要顺山坡往下或沿山谷出口往下游跑。山洪流速急、涨得快，不要轻易游水转移，以防止被山洪冲走。山洪爆发时还要注意防止山体滑坡、滚石、泥石流的伤害。发现高压线铁塔歪斜、电线低垂或者拆断，要远离避险，不可触摸或者接近，防止触电。

洪水过后，要做好卫生防疫工作，注意饮用水卫生、食品卫生，避免发生传染病。

黄文秀入户和村民交流讨论（中共百色市委宣传部供图）

# 第九章 ／ 优良的家风

良好的家风是砥砺品行的"磨刀石"。
良好的家风下，
一个平凡父亲养育托举出了一个英雄的女儿。

# 一位坚强的父亲

| 出场人物 | 性别 | 人物形象 |
|---|---|---|
| 旁白 | 女 | 知性姐姐 |
| 男观众 | 男 | 45 岁，中年人 |
| 女观众 | 女 | 38 岁，中年人 |
| 工作人员 | 男 | 青年人员，热心 |
| 黄丽婷 | 女 | 65 岁，文秀姑姑，沉稳 |
| 黄忠杰 | 男 | 70 岁，文秀父亲，坚韧 |
| 黄茂益 | 男 | 42 岁，文秀哥哥，憨厚 |
| 黄爱娟 | 女 | 37 岁，文秀姐姐，沉稳 |

**旁白：**（敬佩）黄忠杰，一个普普通通的名字，一个普普通通的壮族农民。他说着一口地道的田阳巴别乡的土壮话，个子瘦高，身体还很结实、硬朗，一看就知道是长期在田间劳作的南方农民，但我们怎么也想不到他已经是年过七旬的老人了，而且还住院动过两次手术。不禁感慨，这又是一个不一般的壮族农民啊！

而我们第一次认识他，却是因为电视新闻和图片报道，他沉着的神态和坚定的话语，大家纷纷表示。

**男观众：**（佩服）这个父亲真了不起！

**女观众：**（敬佩）我觉得文秀的父亲是一个伟大的老人！

**旁白：**（深长）2019 年，黄忠杰恰好 70 岁。他这一辈子怎么都想不到，他这样一个山里的老实农民，会受到这么多人的关注和重视。他第一次走进大众视野的时候，是在文秀确认遇难后的当天下午。

**旁白：**（回溯、难过）那是 2019 年 6 月 18 日下午，经过指纹比对，黄文秀已经确认遇难，上级指示文秀所在的原单位——百色市委宣传部，一定要尽快做好家属的安抚工作，并妥善安排后事。

**工作人员：**（担忧）我们一开始考虑到文秀父母已经年老体弱的情况，而且她的父亲患有癌症，还是手术后刚出院。母亲又患有心脏病、脊椎病，不宜马上直接将噩耗告诉他们，只好决定去通知文秀的哥哥黄茂益和姐姐黄爱娟。

**旁白：**（担忧）文秀的哥哥和姐姐很快就知道了文秀遇难的消息，但要不要马上直接告诉父亲母亲呢？这成了当时困扰他们的最大难题。

**黄茂益：**（担忧、犹豫）老爸才刚做完手术，身体还没恢复好，跟他说文秀的事，好吗？

**黄爱娟：**（担忧）是啊，妈妈的身体也不好……

**旁白：**（担忧）文秀的哥哥和姐姐是担心二老一时接受不了，打击太大，反而加重了病情，这就不好了。后来，大家考虑到文秀父亲在家里有收看《新闻联播》的习惯，文秀的事情也瞒不了多久。于是工作人员再三斟酌后，决定调整方案。

**工作人员：**（坚定）我们还是要告诉老人真相，而且要及时，不能拖延。

**黄茂益：**（思考）我们去找姑姑，让她一起回家吧！

**旁白：** 就这样，去通知家属的工作就落到了文秀的姑姑黄丽婷的身上。为了防止发生意外，医院派出救护车在附近待命，以便及时对文秀的父母进行抢救。

**旁白：** 接到通知时，正在百色殡仪馆处理文秀后事的黄丽婷以及文秀的哥哥和姐姐马上赶回了田阳。进家之前，他们三个人同时约定了"三个千万不能"。

**黄丽婷：** （冷静）爱娟、茂益，我们回家之后，千万不能哭，千万不能掉眼泪，千万不能露出悲伤的神情。我担心老人家一时接受不了，会发生意外。

**旁白：** 黄爱娟和黄茂益听完默默地点了点头，说完他们开车回到田阳的老家。他们停好了车，抹干了眼泪，相互检查过各自的神情，装着没事一样回家了。

一踏进家门，黄茂益、黄爱娟见到了日思夜想的父亲和母亲，他们正坐在厅堂里休息，有说有笑的，小桌子上还放着父亲要喝的中药。

看到三个亲人同时回来，两位老人喜出望外，高兴地招呼他们过来坐下，父亲笑眯眯地开玩笑说。

**黄忠杰：** （高兴、打趣）呵呵，你们都回来了呀。哥哥从广州回来，姐姐从柳州回来，小姑从田州回来，三个人从"三个州"回来，好啊好啊！

**旁白：** （为难）三个人一时语塞，你看我，我看你，不知如何应答。母亲微笑着转身进入厨房，佝偻着背给他们去端玉米粥。惊喜之余，父亲继续问道。

**黄忠杰：** （高兴）今天不是什么节日，也不是周末，你们怎么那么凑巧能一起回来呀？哎呀！这也太巧了，今晚我们杀鸡哦！

**旁白：** （为难）说完，他就起身走去门外抓鸡来宰。黄茂益轻轻说了一句。

**黄茂益：** （克制、颤抖）老爸先不忙。

旁白：（伤感、悲痛）这三个人从不同的"三个州"回来，如果是在平时，大家肯定被父亲的玩笑话给逗乐了。可刚刚知道文秀遇难的他们，心情悲痛到了极点。如果说暂时不掉眼泪，还能勉强装得出来，但要一直做到没有悲伤的神情，文秀的哥哥和姐姐做不到，就连见过世面的姑姑黄丽婷也做不到啊！毕竟他们不是演员，连掩饰情绪的技巧也没有。他们刚刚从殡仪馆赶回来，刚刚才看过从冰柜里拉出来、用白布盖着的文秀的遗体！他们一路哭哭啼啼地往家里赶，还没来得及喘一口气，这让他们三个人如何做到"三个千万不能"呢？这也太难了！

旁白：（伤感）看到三个人还愣在那里，也就短短的几分钟，黄忠杰已经看出了他们异样的神情，于是马上追问。

黄忠杰：（疑惑）爱娟，你们回来，文秀知道了吗？

旁白：（伤感）一提到"文秀"，刹那间空气仿佛凝固了，三个人立马僵住了，原本设计好的表情也不管用了。文秀的姐姐和姑姑好不容易憋住的眼泪，这时马上就要夺眶而出，她们连忙转身别过脸去，不让老人家看到。父亲看到黄茂益欲言又止的样子，连忙追问。

黄忠杰：（略严肃）到底有什么事？不要支支吾吾的。（转安慰）有什么大不了的事哟？天塌下来，我个子比你们高，让我来顶住。你们就痛快直说吧！

旁白：（伤感）哥哥走过去，重重地往地上一跪，一把抱住了父亲的双腿。

黄茂益：（哭腔）老爸，文秀不在了！

旁白：（伤感）父亲愣了愣，他一下子没明白这个"不在"是什么意思。

黄忠杰：（略迷糊）嗯……是啊，她周五回来给我送药，周日下午就回乐业去了，她是不在家。

旁白：（伤感）这时，黄丽婷的电话响了。她跑到屋外接听后得知自治区领导带领慰问组已进入田阳，马上就到文秀老家了，她意识到不能再含糊过去了。她定了定神，转身走入厅堂，来到自己的堂兄身边，轻声地说。

黄丽婷：（轻轻的、稍凝重）七哥，文秀开车回乐业的途中出事了！

黄忠杰：（着急）出事？出什么事了？那文秀现在怎样了？

旁白：（悲伤）黄丽婷强忍着悲痛，她知道此时自己必须镇定，要减少对老人的刺激，她擦了擦眼泪。

黄丽婷：（哽咽）文秀开车回乐业的途中遭遇突发的洪水，连人带车被冲到河沟里……

黄忠杰：（着急）那，那她人呢？救上来没有？

旁白：（悲伤）说到这里，黄丽婷知道文秀的父亲是有承受能力的，也就实话实说了。

黄丽婷：（哽咽转抽噎）她……她已经没法抢救了。派出的搜救队从昨晚找到今天，才把人给打捞上来。现在送到殡仪馆了，她、她走了……

黄忠杰：（懵、喃喃）她走了……她走了……

旁白：（悲伤）黄忠杰重复着黄丽婷的话，他直直地看着黄丽婷，仿佛想从她脸上看出个真假，希望堂妹只是在开玩笑，这回说的不是真的。


旁白：（伤感）听到黄丽婷说文秀"走了"，文秀母亲端着的玉米粥碗从手中滑落，瓷碗摔到地上的破碎声音显得格外刺耳，更让人有揪心的刺痛感。姐姐黄爱娟连忙过去扶住母亲坐下，母女俩就这样抱头痛哭起来。

旁白：（伤感）黄丽婷透过泪眼，看到黄忠杰直愣愣地望着天花板，眼里满是泪水，只听他自言自语的声音。

黄忠杰：（悲痛）那晚……那晚她要是不急着走，就好了，就、好了……

旁白：（伤感）黄茂益连忙安慰父亲。

黄茂益：（哭腔到哭声）老爸，你不要太伤心了。

旁白：（伤感）可是黄茂益自己却控制不住痛哭了起来。

旁白：（伤感）厅堂里，瞬间被不幸的消息带来的悲伤笼罩着。黄丽婷想到领导的吩咐，不能太刺激老人，要尽量做好安慰工作。

黄丽婷：（哭腔）七哥……您，呜呜……

旁白：（伤感）她刚想开口说话却也泪流满面，安慰的话也变成了哭声。

不知过了多久，黄忠杰把目光慢慢地从天花板收回，文秀是他最疼爱的小女儿，他强忍着泪水，听到他们都在哭，就开始劝大家。

黄忠杰：（强作镇定）既然事情已经是这样，就不要哭了！大家要坚强一点！

旁白：（伤感）本来是来安慰老人的，却被老人反过来安慰，黄丽婷听到堂兄说的话，慢慢地停止了哭泣。看着自己一贯敬佩的兄长，黄丽婷心里想。

黄丽婷：（佩服，内心独白）堂兄的确是从一个个苦难中熬出来的人啊，他是一条硬汉子！

# 一份被婉拒的慰问金

| 出场人物 | 性别 | 人物形象 |
|---|---|---|
| 旁白 | 女 | 知性姐姐 |
| 男领导 | 男 | 50 岁，爱惜文秀、爱人民 |
| 女随行人员 | 女 | 38 岁，爱人民、善良 |
| 男随行人员 | 男 | 40 岁，爱人民、善良 |
| 黄忠杰 | 男 | 70 岁，文秀父亲，坚韧 |
| 女同事 | 女 | 35 岁，热情 |

**旁白：**（伤感）2019 年 6 月 19 日下午，广西壮族自治区的领导来到田阳看望文秀的家属，对文秀的不幸遇难表示沉痛的哀悼，对文秀的家属表示亲切的慰问。

**男领导：**（安慰）文秀父亲，感谢您为国家培养了一个好女儿。文秀走了，你们不要太难过，我们也不想看到你们这么悲伤，要保重好身体，照顾好家庭。

**黄忠杰：**（镇定转哽咽）现在我们能住到县城要感谢党，要不然我们还是住在巴别乡贫困的山村里，是党帮助我们老百姓过上了幸福生活，是党培养了文秀，她为党的工作而牺牲，我为有这样的女儿感到欣慰和骄傲……

**旁白：** 自治区领导静静地听着，他们被文秀父亲的通情达理和坚强感动了。在了解到文秀当年读书时得到了教育扶贫资助，为回报社会，研究生毕业后毅然选择回来建设家乡时，自治区领导更是钦佩不已。

**男领导：**（赞扬）文秀以感恩之情开展工作，回报家乡，尽职尽责、无私奉献、不怕牺牲，这种精神值得宣传和发扬。

**旁白：** 自治区领导临走的时候，文秀的父亲把慰问金交还到领导手中。

**男领导：**（疑惑）文秀父亲，这是给你们的慰问金……

**黄忠杰：**（坚韧）不用了，谢谢。家里的困难我们会努力克服，就不再给政府添麻烦了。这些钱拿回去吧，也许村里的扶贫工作还能用得上，把这些钱拿给那些更需要帮助的人吧。我对党和政府没有什么要求，是因为有共产党，我们现在才能过上幸福的生活。如果没有共产党、没有习近平总书记，文秀还在原来那个贫困山区里，很难走出大山，我们家也没法脱贫……

**女随行人员：**（小声）文秀的父亲真是太坚强了！

**男随行人员：**（佩服）是啊，明明自己的情况就很困难了……

**黄忠杰：**（思念、镇定）文秀……她是一个很孝顺的女儿。那天晚上回单位之前，她还来喂我吃药。她反复交代我要吃药，但是她就这样一去不复返了，我就这样失去了她。白发人送黑发人，我非常痛心，真的是晴天霹雳，但是眼泪是流不完的。是党培养了她，她为党的工作而牺牲，她为党的事业做出贡献，我为她感到自豪。

**旁白：**（佩服）文秀父亲的这一番话，不禁让人热泪盈眶，也让在现场的所有人感到震惊。一个普普通通的农民，在听到自己心爱的女儿遇难后的神情，虽然非常悲痛但却如此的镇定，没有丝毫装出来的痕迹，他所说的话既通情达理，又鼓舞人心。

**旁白：**（较激动）文秀父亲正式进入全国人民的视野，是在一期的电视节目中。2019 年七一建党纪念日晚上 9 点，央视一套播出了《用生命坚守初心和使命的优秀青年共产党员——黄文秀》这一期的电视节目，还特别邀请了文秀的父母。广大党员干部认真收看和收听了这期节目，中共中央宣传部将"时代楷模"的奖章和证书颁发到了黄忠杰和黄爱娟的手中。大家为文秀而感动，也敬佩文秀的父亲，他经常教导女儿朴实的话语，也感动了成千上万的党员干部。

**黄忠杰：**（真诚）我经常对文秀说，你要听党的话，以后为社会多做贡献。今天她做到了，我为她感到自豪，我为她感到骄傲。我们现在最遗憾的是，她再也不能为党、为国家工作了。

**旁白：**（敬佩）在失去女儿时，没有怨天尤人，更没有被突来的噩耗和困难压垮、击倒，他自己奋力挺了过来，同时也勉励亲人们要坚强起来。

这，就是文秀的父亲，一个普通的壮族农民，一个具有崇高境界的父亲，一个大写的中国硬汉子！让我们记住他的名字——黄忠杰！

🌽 **知识拓展** ●

## 时代楷模

时代楷模，是由中国共产党中央委员会宣传部集中组织宣传的全国重大先进典型，充分体现"爱国、敬业、诚信、友善"的价值准则，充分体现中华传统美德，是具有很强先进性、代表性、时代性和典型性的先进人物。

新的时代是英雄辈出的时代，每一个时代楷模就是一面鲜艳的旗帜。发挥好时代楷模的示范引领作用，是培育文明新风的时代要求，是推进社会主义核心价值体系建设的重要途径。

# 03

## 一个易地搬迁的外来户

| 出场人物 | 性别 | 人物形象 |
|---|---|---|
| 旁白 | 女 | 知性姐姐 |
| 黄文秀 | 女 | 27岁，热情、热心 |
| 黄忠杰 | 男 | 70岁，文秀父亲，坚韧 |
| 林老师 | 男 | 54岁，热心 |

**旁白：**（欣赏）2019年6月28日，乐业县新化镇是文秀曾经工作过的地方。文秀在镇里的宿舍除了简单的衣物，剩下最多的就是书了。她的房间里没有专门的书柜，于是这些书就摆满了床头床尾，当中包括习近平总书记的重要著作。可见这个研究生毕业的姑娘，平时很喜欢看书。

**旁白：**（温柔）在文秀的书桌上，摆放着她的书法和画画习作，其中有一张立在书桌上的《我和我的父亲》的铅笔画格外吸引人。

其实，这还只是一张草图。画面上是一个小女孩被父亲扛到脖子上，架在父亲肩头上的孩子显得很高兴，样子调皮、可爱。

**（画外音）黄文秀（10岁）：**（撒娇）哈哈哈，阿爸，我要骑马马！

（**画外音**）黄忠杰（59岁）：（宠溺）哈哈哈，好呀，嘿！

（**画外音**）黄文秀（10岁）：（开心）噢，驾－驾－

**旁白：**（温柔）文秀这是在画她自己和父亲啊！随着对她的了解，我们越来越感受到父亲对她的影响，也感受到文秀在父亲心中的地位是何等的重要。

黄文秀的画作《我和我的父亲》（黄爱娟供图）

**旁白：**（温柔）文秀在她研究生毕业论文的"致谢"里，第一个感谢的人就是她的父亲，第二个才是她的导师。我们不禁感到疑惑，难道只有小学文化的父亲，还能指导文秀写高难度的研究生毕业论文？

她的硕士研究生毕业论文《广西壮族优秀传统文化中德育资源的开发——以传扬歌校本课程开发为例》的"致谢"是这样写的。

**黄文秀：**（真诚、大方）首先我必须要感谢的是我的父亲黄忠杰先生，他一直鼓励和支持我所做的任何决定，包括当时报考北师大，也是他促成了我这篇论文的主题。我的父亲尤其喜欢唱山歌，参加乡里的比赛还拿过冠军。小时候，经常能听到父亲引用传扬歌中的句子来教育顽皮的我，他总喜欢说："我说的学校里没有吗？"这就是我做这选题的原因，壮族的传统文化在一点点地遗失，这是一个很大的问题，值得今后进一步研究。

**旁白：**（温柔）通过以上文字，我们清楚地看到，文秀感谢的不仅仅是父亲的养育之恩，还有传扬歌中有价值的部分。爱唱山歌的父亲正是用壮族的传统文化来滋养女儿，而这些文化也对她的学术研究有着重要的帮助。

**林老师：**（敬佩）文秀爸爸，听说文秀的论文选题灵感，是来源于你的"山歌"和"传扬歌"。

**黄忠杰：**（回忆）是啊，我在田阳巴别乡土生土长，从小就会唱著名的"巴别调山歌"，出口成章，还得过"山歌王"的美誉。这些山歌里面有一些挺有意思的，我就拿来教育文秀了。

**旁白：**（赞美）就这样，文秀不仅从小就遗传了父亲唱山歌的禀赋，而且还会用山歌里所蕴含的道理来勉励或者约束自己。

**旁白：**（感慨）看着文秀父亲的教育理念，我们逐渐明白了一个道理，家长是孩子最好的老师！父母对子女的正面影响，不仅对子女的成长、身心健康起到正面引导，甚至还能帮助孩子更好地完成学业。这不是天方夜谭，更不是我们的臆想和推断，这是真实存在的，文秀就是现实版的成功范例。

也许，这个就是文秀念念不忘父亲、敬佩并遵从父亲意见的原因吧。那么，文秀的父母是如何培育她的呢？或者说，文秀是在怎样的家庭中成长的呢？我们来看看文秀的父亲是怎么讲吧。

**黄忠杰：**（较缓）我叫黄忠杰，2019年正好70岁，我其实不姓黄的，原来是出生在李姓的家庭，后来过继给姓黄的亲戚，就改姓黄。我家里人口多，一共有八个兄妹，五个女孩三个男孩，我排行老七。因为家里实在太穷了，家庭负担重，我读完了小学之后升上了初中，但初中还没读完就回家干农活挣钱去了。我爱唱山歌，爱打篮球，样样都很出色，但由于各方面的原因，后面参军、入党、招干等都没有沾边，连自己的婚姻都受到影响，28岁才结的婚。

我和你讲讲我们的家庭主要成员：

我爱人，也就是文秀的妈妈黄彩勤，比我小 7 岁，结婚后生养文秀他们兄妹三人。老大黄茂益，儿媳妇是百色市那边嫁过来的，比我儿子小 10 岁。他们的儿子，也是我的孙子，2019 年恰好 10 岁。

**黄忠杰：**（心疼）我爱人在生文秀的姐姐黄爱娟时得了脑膜炎和肺结核，从此落下了严重的病根。后来生文秀时又大病一场，甚至没有奶水去喂孩子。文秀吃不到一口奶水，可以说文秀是吃百家饭长大的，所以我经常教育文秀要懂得感恩、回报亲人，报答社会和国家。

我们家原来不是住在县城的郊区，原来的老家是在田阳县巴别乡，是距离县城最远的德爱村多柳屯，那里是田阳、德保、田东三地交界的偏僻山区。说起巴别乡，大家都知道的，那是出了名的大石山区和石漠化地区，位置偏远、干旱缺水，我们所在的村屯属于极度贫困村。

**黄忠杰：**（无奈）我苦不要紧，但不能苦了孩子，尤其是为了三个孩子读书和成长。但我是个贫穷的山里人，我要去哪里寻找出路呢？

**黄忠杰：**（回忆）文秀出生的那年，政府号召贫困村易地搬迁，搬到外面自然条件好的地方生活。我从小就没走出过大山，外面世界怎么样，我还真不了解。不过，也是巧了，住在县城附近文秀的二舅，也就是文秀妈妈的亲哥哥，他给我打电报。因为当时没有电话，想联系外地，紧急的只有发电报了。他在电报里问我借 200 块。（转着急）当时电报就一行字，又没说清楚为什么要借钱，80 年代的 200 块是一笔大钱啊！我这么穷，文秀刚出生，她妈妈又没有奶水，奶粉都买不起，我还想着去借钱买呢，哪还有钱借给别人呢？看着电报，我和她妈妈发愁了，这下该怎么办呢？

**黄忠杰：**（平静）但我心里想，亲戚开口借钱肯定是有困难了，而且还很着急。将心比心，我不能袖手旁观或者一口回绝，我一定要帮！所以，我毫不犹豫，马上登门去求其他亲戚，还用我家养的牛来做担保，好不容易凑够了200块钱。（转忧愁）钱是借来了，可是怎么寄出去呢？我家山高路远的，正愁着寄出去的钱二舅能不能收到呢？

**黄忠杰：**（平静）这时，文秀的妈妈建议我亲自跑一趟送过去。我想想，也对！第二天就搭上班车，亲自护送这笔"巨款"来到文秀二舅的家。

**黄忠杰：**（高兴）文秀的二舅见我亲自送钱过来，他乐坏了，说我是"及时雨"，解了他们家的燃眉之急，他们捧着我借来的200块钱时如获至宝。

**黄忠杰：**（高兴）不过呀，这一趟我可没白跑，我长了很多的见识。为什么这么说呢？因为这是我第一次正式走出大山，可以说是我长这么大第一次到县城来。看着县城的发展，我惊呆了。我发现这里地势平坦、交通便利，用水用电都很方便。这是在山沟里没法比的，我更是体会到了政府要我们从大石山区易地搬迁的良苦用心！于是我立马和二舅家商量全家易地搬迁的事，也得到了他们的赞成。哈哈哈，这一趟，真是一举两得啊！后来，我就带着全家走出大山深处，在当地党委和政府的扶持下，在现在这个郊区开荒种田，还盖起了房子，算是在这里扎了根。

我们全家的生活逐步得到了改善！你看，没有党的关怀，没有政府的帮助，我们怎么会有今天的好日子？我们的孩子怎么能读上书？

所以，我就教育我的孩子，喝水不忘挖井人，幸福不忘党恩情！

**旁白：**（温柔）面对家庭不富裕，或者是穷人家怎么教育孩子的这个问题，文秀的父亲也说了他的想法。

**黄忠杰：**（认真）孩子的教育嘛，我也没有多少文化，也不知道什么穷养或者富养的。我就认准一个道理，家里再困难，也要让孩子们上学，接受良好的教育！

**旁白：**（赞扬）文秀家周边的家庭，很多都有重男轻女的观念，女孩很少能读书，但黄忠杰家的两个女儿都上了学。虽然家庭困难，但作为家中的顶梁柱，黄忠杰每天带着家人种植甘蔗、芒果，养猪、养牛、养马。尽管家境清贫，但他一直相信勤劳能够致富，一家人团结和睦，孩子读书必能成才！

**黄忠杰：**（回忆、欣慰、高兴）文秀啊，她从小就懂事，很少让我操心，她也很体贴长辈、孝敬父母。她在北京读书时，就一直参加勤工俭学和做兼职。在2015年国庆节的时候，她用她攒下的钱带着我去逛了北京。在近半个月的时间里，文秀每天都是6点起床，早早带着

黄文秀（右）带父亲黄忠杰到北京游玩
（黄爱娟供图）

我吃早餐，带我去了天安门、毛主席纪念堂、故宫、长城，还专门到了她上学的北师大，见了她的导师和同学。能够看看北京天安门、看看毛主席纪念堂，真是圆了我多年以来的愿望啊！

**旁白：**（敬佩）作为父亲，黄忠杰让文秀知道了自己的家庭作为易地扶贫搬迁户的不容易。同时，文秀从小目睹了自己的父辈和乡亲们与贫困作斗争的情形，切身感受到农村贫困群众生产生活的艰辛，也切身体会到父母亲供养自己读书的不容易，更是感受到党和政府对自己培养的温暖，体会到社会爱心人士资助自己上大学、读研究生所蕴含的无私大爱。她的童年、少年、青年整个成长经历都传承了革命老区的红色基因，骨子里流淌着老区人民对祖国对家乡最深沉的热爱。

**知识拓展**

### 巴别调山歌

　　田阳区壮族原生态山歌曲调种类丰富，分为巴别调、古美调、田州调等多种唱法。在三种歌调中，按照广西壮语方言来区分，巴别调是广西壮语南部方言德靖土语区山歌，古美调和田州调是广西壮语北部方言右江土语区山歌。而由于田州调山歌歌词多，俗称为排诗山歌，又要求连环押韵，对歌难度比较大，而且唱出的音比较高，比较欢快、动听，所以群众格外喜欢。

扫码听文秀的故事

# 一种良好的家风

| 出场人物 | 性别 | 人物形象 |
| --- | --- | --- |
| 旁白 | 女 | 知性姐姐 |
| 黄彩勤 | 女 | 63岁，文秀母亲，开朗、敦厚 |
| 男同事 | 男 | 35岁，老实 |
| 黄忠杰 | 男 | 70岁，文秀父亲，坚韧 |
| 黄文秀 | 女 | 29岁，坚强 |

**旁白：**（柔和）文秀不仅有个坚强的父亲，她还有一个开朗的母亲。

**旁白：**（敬佩）在文秀母亲的脸上，大多数时候都是和蔼的笑容，看不到太多愁苦的表情。在他们家的墙上，挂着一幅中宣部印发的黄文秀的巨幅画像，在上面我们看到了同样的笑容，一个天使般的微笑、一个温暖人心的微笑，难怪大家都夸文秀是个"爱笑的姑娘"。

**黄彩勤：**（回忆）我们夫妻俩都喜欢笑，想起来，小时候有一次她被同学嘲笑、欺负了，她的爸爸教她用微笑来面对生活。所以文秀那么爱笑，大概是受了我们的影响吧。

旁白：（心疼）这位白发苍苍的老母亲，从生下第二个孩子开始，就落下了严重的病根，可那年她才26岁。7年后她又生下第三个孩子——也就是文秀，这下病情就加重了，甚至连奶水都没有了，也是从那时候开始她的背更加弯了，驼得厉害，走路都困难。尽管如此，她还是一边喝药，一边照样出去干活、操持家务，给两边的双亲养老送终，养育三个孩子长大成人。就这样，和丈夫两人共同撑起了这个家。

旁白：（敬佩）看着这位直不起腰杆的、显得矮小的壮家妇女，从她的身上，我们能看到中国女人特有的坚韧和顽强。

这，就是文秀的母亲——黄彩勤！

**（画外音）黄文秀：**（坚定）妈妈的腿越来越难走路了，这下不能再拖了。

旁白：（柔和）2018年，文秀发现母亲的双腿走路很艰难，于是给她买了一个小轮椅。2019年的三八妇女节，文秀又给母亲和嫂子各送了一只银手镯。这位只有63岁的母亲，因为长年忍受着病痛的折磨，加上刚刚痛失爱女，看起来比实际年龄还要苍老。她静静地坐在轮椅上，听着大家对文秀的回忆，不禁摸了摸手腕上的手镯，仿佛是在抚摸自己小女儿的手……

**黄彩勤：**（小声喃喃）这是文秀送我的礼物……上面还刻着"女儿爱你"，这是文秀对我的爱。

旁白：（柔和）常言道，父母是孩子的第一任老师。事实也的确如此，受父母的影响，文秀坚强乐观，充满奉献和担当的精神，生怕因为自己的事情给组织和他人添麻烦，所以她从来不提自己家里的困难。因此参加工作之前，文秀曾是贫困户这件事，同事中没有一个人知道。

**男同事：**（惭愧）文秀书记从来没有说过她家是贫困户的事情，平常看她总是微笑着帮大家解决困难，却一点都没有想到她家也是贫困户……

**旁白：**（心疼）直到他们第一次带着噩耗来到文秀家，这时才看到挂在她家门口的贫困户牌子。

**男同事：**（惭愧）文秀书记的父亲做了两次手术，第一次手术花费 11 万元，第二次手术花了 7 万元。可是文秀她从不吭声，也没有向组织开口提过要求。她父亲第二次住院的时候，我们知道了，就跟她说应该汇报部里，然后安排人手去帮忙照顾和慰问，可是书记坚决不同意。

**旁白：**（心疼）不仅如此，在文秀不幸遇难之后，有很多不同的单位、不同的人，都给文秀家送来了慰问金和慰问品，但都被文秀父亲拒绝了。

**黄忠杰：**（委婉）谢谢，谢谢大家的好意！请你们把这些钱和物品，拿去给更需要的人吧。

**旁白：**（柔和）父亲能理解女儿，文秀的操劳和付出，是为了让更多群众摆脱贫困，走上致富奔小康之路。这是她的职责，是她最光荣的使命。

**黄忠杰：**（坚强）自己的事情自己做，不能麻烦大家！

**旁白：**（坚定）这就是父亲教给文秀最朴实的话语，也是朴素的做人道理。

也因为这样的父亲，有了这样良好的家风，文秀才会一步一步勇敢地向前冲，勇攀人生理想的高峰，也才会有她 20 岁要求入党时发出的铿锵誓言。

**（画外音）黄文秀（20 岁）：**（坚定）人，不能光为自己而活，而要用自己的力量为他人、为国家、为民族、为社会做出贡献。

**旁白：**（赞美）文秀身上美好的品质是可以从她的家教，尤其可以从她父亲的思想认识和言行举止中找到源头的，父亲早就在她心里埋下了一颗知恩图报的种子。文秀始终如一地传承优良的家风，在毕业之后义无反顾回到百色老区，因为她要报恩。

**（画外音）黄文秀（20 岁）：**（坚定）一报父母养育之恩，二报社会爱心人士资助自己完成学业之恩，三报党的扶贫政策之恩。

**旁白：**（敬佩）临走前，文秀的父亲跟我们握手道别。他的手，让我们感到亲切和温暖。正是这双粗糙的大手，这一个坚强的身躯，这样一位平凡的父亲，养育并托举出一个英雄女儿。

　　**旁白：**（敬佩）的确，家风是一种潜在的无形力量，它会在生活中潜移默化地影响孩子的心灵。可以说，有什么样的家风，就有什么样的孩子，良好的家风才是一个家庭最宝贵的财富。（转认真）中华民族历来重视家风建设，优良的家风是中华文明的重要组成部分，值得我们去传承。习近平总书记强调，要大力加强对党忠诚教育，学习宣传先进典型，引导党员干部见贤思齐，把对党忠诚纳入家庭、家教、家风建设。

　　**旁白：**（敬佩）这不禁令人由衷的感慨，良好的家风既是砥砺品行的"磨刀石"，又是抵御各种负能量侵蚀的"防火墙"。重视家庭建设，注重家教家风，做培育良好家风的表率，这是党员干部的必修课，也是深入推进党风廉政建设和反腐败斗争的题中之义。

　　用良好家风涵养初心和使命，恰是这个时代的要义啊！

## 知识拓展 ●

### 家　　风

　　2022 年 6 月 8 日，习近平总书记在四川省眉山市三苏祠考察调研时指出："家风家教是一个家庭最宝贵的财富，是留给子孙后代最好的遗产。要推动全社会注重家庭家教家风建设，激励子孙后代增强家国情怀，努力成长为对国家、对社会有用之才。党员、干部特别是领导干部要清白做人、勤俭齐家、干净做事、廉洁从政，管好自己和家人，涵养新时代共产党人的良好家风。"

# 第十章 一份无锡亲人的怀念

她是我半个女儿……
愿天堂再没有贫困，
小姑娘，
一路走好！

扫码听文秀的故事

| 出场人物 | 性别 | 人物形象 |
|---|---|---|
| 旁白 | 女 | 知性姐姐 |
| 林老师 | 男 | 54 岁，热心 |
| 小吴先生 | 男 | 28 岁，儒雅、彬彬有礼 |
| 黄文秀 | 女 | 27 岁，坚强、热情 |

**旁白：**（温柔）2019 年 8 月 25 日，这是星期天的上午，文秀的资助人"风"的儿子吴先生，他来到百色看望文秀病重的父母和家人。

吴先生是一位年轻的 90 后老板，他身上透着江浙商人的聪慧与儒雅，因为他的年龄比文秀小，所以一直称呼文秀为"文秀姐"。

文秀在百色不幸遇难，她在无锡的亲人为此伤心泪别。与此同时，一段她和无锡亲人之间长达 10 年的暖心故事也被揭开了……这个故事还得从文秀在山西长治学院就读本科说起。

**林老师：**吴先生，您家里资助过文秀，也和文秀一直保持联系。您当时是怎么知道文秀遇难的呢？

**小吴先生：**（回忆）那是 6 月 17 日的下午，我听到了这个消息。当时是文秀姐北师大的校友先告诉了我的家人，然后我爸跟我说的。我们都惊呆了，当时也还有一点不相信，有这么巧吗？后来陆陆续续有新闻媒体的报道出来，这时我们才相信了。看到电视和微信画面里的文秀姐，我爸老泪纵横，我们一家人都没心情吃晚饭了。

**林老师：**你们是怎么认识文秀的呢？

**小吴先生：**（回忆、感慨）那是 10 年前的事了，记得在 2010 年年初的时候，我爸在山西长治负责一个太阳能项目，那时候文秀姐还是一名贫困大学生。一个偶然的机会，我爸成了文秀姐一对一的结对捐助人，就是那种不见面的帮扶关系。从文秀姐读大二开始，我爸就开始捐助她，一直持续到她硕士研究生毕业。本来，我爸计划只捐助她到本科毕业就结束了，可是文秀姐她学习非常刻苦，还报考了研究生。我爸了解到文秀姐之所以继续努力深造，是想要更好地报效社会，我爸非常感动，决定继续支持文秀姐。

听我爸讲，他们 1 个月电话交流一次，有时候一两天发一次短信。我爸始终鼓励和支持她，引导她树立正确的人生观和价值观。这么多年来，我爸一直都是把她当作自己的女儿来看待的。

**小吴先生：**（赞美）我爸妈也经常跟我提起她，说她学习很优秀，人品也很好，为她感到自豪，要我向她学习。文秀姐在我们的眼中，就是这样一个热血青年，成才后立志回报社会、回乡后不忘建设家乡。

**林老师：**你们家资助了文秀 6 年，这段时间你们都没见过面，后来见面了吗？

**小吴先生：**（回忆）后来见到了，我清楚地记得 2016 年 7 月 3 日那天，那是我们唯一一次的见面。文秀姐在北师大研究生毕业后，立志回家乡投身扶贫工作。那一天她打算途中下车，到南京来拜访我们家，于是就给我爸发了信息。我爸让我开车到南京接文秀姐到无锡，我就是那时见到她的。

小吴先生：（回忆）那天我们安排了饭店，等她吃完饭后，又开车送她到南京。当天接待文秀姐时，我爸还专门请来了俞斌老师，还有和他们一起开展捐资助学的志愿者。我爸是俞斌爱心工作室的成员之一，他希望以后的对接捐助活动由俞斌老师他们延续来做，可他并不想张扬。

林老师：那您还记得当天和文秀见面吃饭的一些往事吗？

小吴先生：（激动）记得，文秀姐给我们留下的回忆太难忘了！她是那样懂得知恩图报的人，她对我爸的关照很是感激。

（画外音）黄文秀：（感恩）吴叔叔，这么多年来，一直都是您在资助我，在精神上鼓励我，还给了我许多生活上的指点。

小吴先生：（回忆）文秀姐当着全桌人的面，拿出了那把自己精心题写的折扇送给我爸。折扇正面写着：庄子曰，善人者，人亦善。

小吴先生：（回忆）上面还刻意把一个"善"字写得很大，占据了三分之一的扇面。而折扇的另一面是她用毛笔抄录的《别诗》的诗句：朝云浮四海，日暮归故山。行役怀旧土，悲思不能言。悠悠涉千里，未知何时旋。

小吴先生：（敬佩）文秀姐是文科高材生，她精选的诗词都是她反复斟酌，仔细推敲的，一字一句都能反映出她当时的心境和情怀。我很敬佩她，但却有点纳闷，她当初为什么要用这首《别诗》来赠送给她的恩人呢？她是这样解释的。

（画外音）黄文秀：（耐心）这首诗的作者应场是东汉汝南南顿人，他是东汉末文学家，建安七子之一。这首诗，是应场对人生的感叹，也是他临终前的绝笔。诗人感叹自己飘零的身世，抒发了对美好人生的无限眷恋和对家乡故土的真切思念。同时，诗中还萦绕着一种感叹人生如长河流水、飘逝不返的忧伤，表达了诗人长久游历在外，临终欲归不能，无法"落叶归根"，无法"归骨故乡"的惆怅心情。

**小吴先生：**（敬佩）后来才知道，为了准备这把扇子，文秀姐一遍一遍地练了好久毛笔字。当时，文秀姐一再表达了她要回广西建设家乡的决心。大家都对这个广西姑娘的坚定信念钦佩不已。

**小吴先生：**（感慨）时至今日，我老爸才悟出他的这"半个女儿"表达的是立志建设家乡，不获全胜，决不收兵，那样誓死不渝的恒心和决心。

**小吴先生：**（不舍）那天吃了饭后，我开车送文秀姐去车站，她就返回广西了。这就是第一次见面的情况，也是唯一的一次短暂相聚。谁曾想这一别竟成了永别，我们怎能不伤心？！我爸经常看着手中的折扇，望着扇面上那清新秀丽、刚柔相济的字迹，不止一次地哽咽和叹息。文秀姐的离去，成为我们家人心头永远的痛。

**小吴先生：**（回忆）现在想想她在百坭村奋斗的这一年多时间里，她努力地帮助全村脱贫，我们才真正感悟到她折扇留诗的深刻内涵和蕴意。

**旁白：**（温柔）吴先生回到无锡之后，跟父亲"风"说了这次的广西之行，又激起了"风"对文秀的思念之情，于是他决定南下广西。

**（画外音）黄文秀：**（期待、热情）叔叔，你什么时候来广西？我等你！

**旁白：**（温柔）"风"一直记得文秀的这个邀请，也答应过文秀一定会去百色看望她的。2019年8月下旬，一直计划着去送文秀一程的"风"终于兑现了他和文秀的这个约定，只可惜此时的文秀已不在人世。

**旁白：**（坚定）帮助文秀完成遗愿，为百坭村脱贫尽一点绵薄之力，是"风"这次去广西的一个重要目的。在前往乐业县的道路上，走得越远，道路就越颠簸，泥泞也变得越来越多，无锡来的亲人切身体会到文秀在扶贫路上的艰辛与不易。

终于，他们来到了文秀遇难的地点，在路边摆上了三束鲜花，行三鞠躬礼，以此来表达对文秀的哀思和敬意。

**小吴先生：**（认真）文秀姐未完成的事业，我们会接着做的！

**旁白：**（欣慰）三年前的那次见面，让"凤"的儿子和这位纯朴的姐姐结下了深厚的友情。三年后的今天，文秀和无锡亲人之间的情谊仍然延续。文秀生前牵挂的三名贫困学生以及更多需要帮扶的孩子，得到了无锡亲人的结对帮扶，同时老区脱贫攻坚的任务，也因为无锡亲人的帮扶得到了接续助力。

2020年春节期间，无锡的亲人帮助百坭村推销了10多万斤滞销的砂糖橘。他们怀着对文秀的思念，用自己的努力为文秀生前的脱贫攻坚事业增添了一份力量。

## 知识拓展

### 别诗

东汉·应玚

朝云浮四海，日暮归故山。

行役怀旧土，悲思不能言。

悠悠涉千里，未知何时旋。

建安二十二年（217），瘟疫流行，徐干、王粲等人相继染病过世，应玚和刘桢、陈琳等文人也接二连三地病倒了。应玚预感到将不久于人世，回首往事，感慨万千，思绪飘忽之中怀乡之情油然而生，望着窗外的白云，东流的漳水，他勉强支撑着病躯，伏案写下了《别诗》二首。

黄文秀书法作品（黄爱娟供图）

第十一章 ／

# 文秀,
# 我们来了

她给百坭带来了扶贫新理念,
种下了脱贫新希望,
走进了百坭人的心里,
也走进了更多人的心里。

扫码听文秀的故事

# 品尝文秀种下的果实

| 出场人物 | 性别 | 人物形象 |
|---|---|---|
| 旁白 | 女 | 知性姐姐 |
| 男村民 | 男 | 40 岁，百坭村村民，朴实、善良 |
| 女村民 | 女 | 百坭村村民，朴实、善良 |
| 杨杰兴 | 男 | 42 岁，接任黄文秀百坭村第一书记，热情 |
| 男领导 | 男 | 48 岁，热情，关爱文秀家属 |

**旁白：**（希望）2020 年，这是中国脱贫攻坚的决胜之年。如今的百坭村，情况怎么样了呢？

文秀不幸遇难后，上级部门选派了杨杰兴来接过文秀的扶贫工作，因为他具有较丰富的农村基层工作经验。于是在 2019 年 7 月初，他来到百坭村接任第一书记。

作为百坭村新任的第一书记，当问起百坭村发展的近况时，杨杰兴正在百坭村和乡亲们一同采摘砂糖橘，这些砂糖橘正是文秀当年带领大家一起种下的。

杨杰兴：（兴奋）我们村今年的砂糖橘大丰收了！一定要尝一口文秀种下的果实！

男村民：（高兴）家家果树都成熟了，明天去你们家帮忙采收！

女村民：（回忆）想当年，文秀书记还带着我们去开辟新土地。

接任百坭村第一书记的杨杰兴（左）在了解村里枇杷产业发展情况（新华社供图）

旁白：（感慨）我们分享了文秀种下的胜利果实，嘴里尝到了新鲜香甜的砂糖橘，心里也涌起了无限感慨，越发地想念为乡亲们献出青春与生命的文秀……

旁白：（赞扬）地处大山深处的百坭村是一个深度贫困村，文秀在这里担任驻村第一书记时，扶贫产业发展、基础设施建设、贫困户的脱贫，这些都是她倾心牵挂的事。她的职责就是尽快让百坭村的贫困户脱贫奔小康，而这更是她的初心和使命！

旁白：（较激动）她的努力没有白费，她的付出换来了百坭村的丰收。

杨杰兴：（兴奋、高兴）全村2000多亩砂糖橘，预计年产量200多万斤。

旁白：（高兴）自2019年11月百坭村砂糖橘上市以来，"接棒"的第一书记杨杰兴就电话不断，很多都是和砂糖橘的销售有关。在时下流行的直播平台上，百坭村的砂糖橘同样很火。为了让产业继续发展，当地干部尝试起直播"带货"，参与直播的乐业县领导对这种方式很是赞赏。

男领导：（认同、赞扬）这种新的形式对地方发展产业很有启发，2个小时就卖了2471单，接近1.6万斤！

杨杰兴：（兴奋、高兴）目前，村里的砂糖橘已经销售了2/3，油茶和规模养殖的清水鸭也很火，全村产业实现了大丰收。

旁白：（高兴）2020年的春节即将来临，杨杰兴盘点着全村的产业账单。

他手机上不断传来让人高兴的信息：仅自 2019 年 10 月成立以来的百坭村扶贫电商平台，销售收入就突破了 20 万元！

**人群：** 3、2、1，新年快乐！

**旁白：**（高兴）2020 年元旦当晚，中央广播电视总台播出的《新闻联播》里，百坭村接任第一书记的杨杰兴对央视记者说。

**杨杰兴：**（欣慰、坚定）听了习近平总书记的新年贺词，特别提到了文秀，我接过她的接力棒，将努力工作，踏踏实实为乡亲们办事，在脱贫攻坚一线继续加油干，用我们的辛勤汗水，让乡亲们的日子越过越红火。

**旁白：**（高兴）新年伊始，百色传出通路的好消息：乐业县人民渴盼的百色至乐业的高速公路通车了！

**旁白：**（较兴奋）经过四年共 1440 多个日日夜夜的连续奋战，施工队风雨无阻，劈大山、打隧道、架高桥、填土方，百色至乐业的高速公路全线贯通，串联起百色、凌云、乐业。这条高速公路建成通车后，乐业县到百色市的行车时间由 4 小时缩短为 1.5 小时，这也标志着国家扶贫工作重点县乐业县、凌云县不通高速公路的历史结束了，这一举措极大地改善了当地沿线的交通条件。

在上级的关怀和各个部门的通力协作下，文秀生前最牵挂的村屯行路难题，终于解决了！通车当天，百坭村村民们再也抑制不住内心的喜悦。

**男村民：**（激动）通车了，终于通车了。文秀书记，谢谢您啊！

**女村民：**（欣慰）文秀书记，我们再也不用走泥路了。

**旁白：**（高兴）当年崎岖蜿蜒的山路，如今变成了可以通汽车的水泥大路，再也不会因为道路不畅而阻隔大山深处的老百姓发展产业了，再也不会因为道路不畅而阻碍老百姓脱贫致富的梦想了。

如今，从百坭穿村而过的二级路也开通了，这条路将直接连通百色至乐业的高速公路，村民们从百坭村到百色市的车程比原来缩短整整一半，百坭村从此告别千百年来的闭塞，成为了四通八达公路网中的重要一环。

**杨杰兴：**（兴奋、高兴）现在，我们的公路修通了，文秀书记可以放心了！

**旁白：**（高兴）如今，走进百坭村，感受到的不仅是村貌的变化，还有蓬勃的朝气和焕发出来的生机。

**杨杰兴：**（高兴）目前，百坭村正火热开展各项活动，比如"党旗领航·电商扶贫"的线上活动，还有一些线下大卖场的活动，通过打造"秀起福地"品牌文化、"秀起福地百坭村"的电商平台，以"党支部＋合作社＋企业＋农户"的运营模式，开发"秀"品牌系列产品，建立品牌标准化体系。此外我们还引进了专业的公司进行市场化运营，更好地获取市场订单进行销售，极大地推动了百坭村农业产业结构调整，开辟了农民增收致富的新路径。

**旁白：**（感慨）文秀的生命定格在 30 岁，却绽放出壮美的芳华，她的精神在百色大地上生根发芽、开花结果，激励着广大党员干部不忘初心、牢记使命，勇于担当、甘于奉献，在新时代的长征路上砥砺前行。

### 🌽 知识拓展 ●

### 百色至乐业的高速公路

乐百高速公路是 G69 银川至百色国家高速公路的重要组成路段，已在 2020 年 1 月 8 日建成通车。

乐百高速公路主线全长 170.6 公里，桥隧合计长度约占实际建设里程的 49.9%。乐百高速公路建成通车，结束了凌云、乐业不通高速公路的历史，从乐业县城到百色市区车程由 4 小时缩短至 1.5 小时，凌云县城到百色市区的车程由 2 小时缩短至 50 分钟。

扫码听文秀的故事

# 代她走完扶贫"长征路"

| 出场人物 | 性别 | 人物形象 |
|---|---|---|
| 旁白 | 女 | 知性姐姐 |
| 杨杰兴 | 男 | 42岁，接任黄文秀百坭村第一书记，热情 |
| 鲁迅 | 男 | 53岁，犀利 |
| 黄文秀 | 女 | 27岁，坚韧、有理想 |

**旁白：**（高兴）每次到访百坭村，我们从村民的话语中都能感受到村民们对文秀的满心怀念，也感受到村民们打赢脱贫攻坚战的干劲和信心。文秀精神在他们心中传承着，脱贫的新篇章仍然在这片土地上不断地续写着。

**杨杰兴：**（高兴）我们一定要传承发扬好文秀精神，完成她未完成的事业，全力推动百坭村如期实现高质量的脱贫，代她走完扶贫的"长征路"。这是对文秀书记最好的纪念和告慰。

**杨杰兴：**（高兴）百坭村是2019年的预脱贫村，2019年12月，百坭村的贫困发生率降至1.79%；2020年3月，根据自治区的文件批复，核定百坭村2019年脱贫摘帽。

旁白：（高兴）新的一年，乐业县要如期打赢脱贫攻坚战，杨杰兴等基层干部不敢放松，但也充满信心。

杨杰兴：（热情）我们百坭人决不后退，脱贫更不让一个人落下！

旁白：（温柔）习近平总书记指出：如期打赢脱贫攻坚战，中华民族千百年来存在的绝对贫困问题，将在我们这一代人的手里历史性地得到解决。

旁白：（温柔）鲁迅先生曾说。

鲁迅：（霸气）我们自古以来，就有埋头苦干的人，有拼命硬干的人，有为民请命的人，有舍身求法的人……这就是中国的脊梁。

旁白：（赞扬）文秀正是这样的中国脊梁，她扎根泥土，将青春和热爱都播撒在生长的故乡。在这场伟大的脱贫攻坚战中，她虽然走了，但她会永远活在人们的心中。芳华虽短，却闪亮地绽放过，斯人已逝，馨香永存，精神长留，就让我们代她走完这段艰难的扶贫"长征路"。

旁白：（认同）是的！面对深度贫困地区的脱贫攻坚任务，百坭村和全国各地、各部门和社会各界一样，都在集中力量攻坚克难。奋战在脱贫一线的广大干部也都在对工作难度大的县和村进行挂牌督战，已经脱贫和即将脱贫的群众正以只争朝夕的精神面貌改变着自身命运。在这场人类历史上前所未有的反贫困斗争中，令世界惊叹的，不仅是精准的对策和那些到户到人的扶贫措施，更是小康路上那种"一个都不能掉队"的上下同心、团结一致、众志成城的伟大精神。

旁白：（感叹）来到百坭村，我们耳边仿佛又听到了文秀生前那句铿锵的话语。

（画外音）黄文秀：（意志坚定）脱贫攻坚，不获全胜，决不收兵！

旁白：（赞扬）青春的誓言，从这个乐观开朗、坚定自信的姑娘口中庄严地说出来，至今还在百色革命老区的红色土地上久久回响……

一个文秀走了，千千万万个"文秀式"的党员干部来了！他们万众一心加油干，越是艰险越是向前，为决战决胜脱贫攻坚、全面建成小康社会，实现中华民族的百年奋斗目标而不懈努力，贡献青春的智慧和力量。

2020年，脱贫攻坚决战决胜的冲锋号已经吹响！

是的，我们不负韶华、不负时代，携手努力，继续砥砺前行！

## 知识拓展

### 百坭精准脱贫新成果

百坭村在2020年实现脱贫摘帽，建成22公里文秀产业路、11个屯级硬化道路、文秀幼儿园、新卫生室等一系列惠民项目，发展了砂糖橘、油茶、旅游等特色产业，群众的生活过得越来越好。如今的百坭村，已成了集红色研学、旅游观光、田园休闲一体化的乡村振兴示范村、特色乡村旅游新景点。

近年来，百坭村立足特色资源优势，积极探索"党建乡村旅游"模式，因地制宜发展乡村旅游、休闲农业，促进乡村产业与文化和旅游融合发展，赋能乡村振兴。打造红色教育基地，传承文秀品质。百坭村依托"时代楷模"陈列馆、文秀党建长廊、扶贫吊桥、纪念渠、产业园、党员教育基地、"三同"教育点等载体，打造了体现时代楷模黄文秀扎根基层、为民服务等先进事迹的全国爱国主义教育基地、"文化田园综合体"观光园、社会主义核心价值观主题村落等，形成"红色教育＋乡村旅游＋产业带富"三位一体发展新格局。

黄文秀（左二）入户和贫困户沟通交流（中共百色市委宣传部供图）

第十二章 ／ **情到深处**

怀平凡的爱、非凡的志，
做平凡的事、琐碎的事、日常的事。

扫码听文秀的故事

同学情

## 你的笑脸
### ——大学同学王晶访谈

| 出场人物 | 性别 | 人物形象 |
|---|---|---|
| 旁白 | 女 | 知性姐姐 |
| 黄文秀 | 女 | 19岁，坚韧、热心 |
| 王晶 | 女 | 30岁，文秀本科同学 |

**旁白：**王晶是与文秀本科同班、同社团的同学，她和文秀同样有着高考失利的经历，让她们俩心心相惜。对于文秀，她心里无限的不舍——

**王晶：**（不舍）文秀啊，过去的一年里，网络上、新闻里，铺天盖地地报道着你的名字和事迹。不知不觉，你已经离开我们已经一年了。一提到你，映入眼帘的，总是你的笑脸。

**（画外音）黄文秀：**（清脆的笑声）哈哈哈，哈哈哈。嘿，王晶。

**王晶：**（回忆）还记得2008年9月我们刚入学的时候，那天大家都穿着白绿相间的校服，整整齐齐地在大太阳底下站军姿，你是最耀眼的那一个。

那时我们都十八九岁，天真烂漫，私底下聚在一起讨论着哪个男生帅气，哪个女生漂亮。你中等个子、头发乌黑、皮肤雪白、特别爱笑，一笑就露出你的一口大白牙。不近不远地看着，很是漂亮。

文秀，当时你住在301，我住在305，隔着中间的303，但热情的你让我们很快熟悉了。

**王晶：**（回忆）新生刚入学，我们像其他大学生一样，积极加入社团，报各种兴趣班。你和你同寝室的小秦、燕子也报了拉丁舞班。从那时起，每周四晚上，我们都会在高年级学长的指导下一阵"群魔乱舞"，度过了新鲜又愉快的大一时光。当我们在舞蹈班上练了两下子后，大家纷纷想到不妨在元旦晚会的大舞台上露两手。然而，我们自知各自的拉丁舞水平拿不出手，于是干脆跳了一段从网络上学来的舞蹈，配上当时非常流行的音乐。记得这段音乐有一分半钟的鼓点前奏，我们大开脑洞，设想在这段前奏整点花样。

**（画外音）黄文秀：**王晶，我们表演的时候，关闭舞台灯光，大家身着黑色的衣服，手里拿着荧光棒，一边有节奏地敲打，一边变换队形，你看怎么样？

**王晶：**（回忆）荧光棒能在黑暗中随着鼓点划出光亮，大家会惊呼："这个设想简直天才极了！"我们都在幻想着观众们惊讶于我们的独特设计。

**王晶：**（哭笑不得）然而，理想很丰满，现实很骨感。表演当天，后台操作人员居然忘记给我们关灯了。音乐响起，我们只得跟着一边变换队形，一边敲打鼓点。台下的观众只能看见一群穿着黑不溜秋的衬衣衬裤，手拿棍子，素面朝天的年轻人，在舞台上无厘头地跑来跑去。（转心疼）你当时应该是站在第一个，个中滋味自然是你体味得最真切。（转沮丧）我们的天才设想就这样土崩瓦解了，真是大大的遗憾啊！

后来，记得是在大学第一次放暑假的时候，我们又打算"大干一场"。

**王晶：**（回忆）真正的"大干一场"是在大三那一年，我们又不期而遇，准备考研究生。可能那时的我们更多的是在和自己赌气，因为高考失利，所以想要通过考研究生来证明自己的实力；当然，也可能是因为我们受了徐老师的诱惑，想要过那种真正意义上的"战胜自己"的生活，所以我们都报了一个考研辅导机构，主要复习英语和政治。

**王晶：**（高兴）暑假到了，我们租住在北校区附近的四合院。夏天，太阳尽情地展现它的毒与辣，我们不停地在辅导机构和四合院之间往返，虽有诸多不便，但心有所往、沐浴其中、怡然自得。到了冬天，复习进入了攻坚时刻。早上6点半，天还没亮，我跟你，还有你们宿舍的同学一起爬窗到教学楼西部的一个大教室早读。那段时间仿佛白驹过隙，好在结果是令人高兴的。我们几个基本都考上了心仪的学校。你和燕子去了梦寐以求的北京师范大学，我回到南方的武汉大学，还有一些同学去了南京和厦门。

**王晶：**（不舍）眼见就要毕业了。从那以后，我们各自在朋友圈关注着对方的动向，偶尔留言互动。

后来，你如愿以偿地回到了广西百色。在朋友圈里，有时你会发一些心情感想，有时发一些农副产品的广告，帮助推动村庄的经济发展。还有你和小秦一起出游的照片，让我们一众同学都十分羡慕。

**王晶：**（哀伤）后来的后来，竟然收到你永远离开的消息。小秦还有你们宿舍的同学，这群曾经一起"并肩作战"的同学都去参加了你的葬礼。你的那张咧着嘴笑得格外灿烂的照片被放在新闻里一遍一遍地播放着。

**王晶：**（感悟）在一起的时候，明明没想着要记住什么，可是分开了以后，有一些事情就留在记忆里了。我想，你虽然走了，但你的笑脸会长长久久地烙印在我们的心里，那一串串欢快的笑声，会时常在耳边响起。

（本文采访时间为 2020 年 6 月）

# 02

扫码听文秀的故事

## 那个秀美的女孩走了
### ——大学同学王芳的讲述

| 出场人物 | 性别 | 人物形象 |
| --- | --- | --- |
| 旁白 | 女 | 知性姐姐 |
| 黄文秀 | 女 | 19岁，坚韧、热心 |
| 王芳 | 女 | 30岁，文秀本科同学 |

**旁白：** 王芳是与文秀本科同班的同学，她和文秀一起打工赚钱。说起文秀，她感到万分感慨——

**王芳：**（陈述）在我心中，文秀是一个优秀的同学、朋友，也是一名优秀的共产党员。从来没有想过自己的身边会出现这样一位伟大的人，习近平总书记对她的先进事迹作出过重要指示。可是，她也是我们班第一个永远离开我们的人。

（画外音）黄文秀：我不做精致的利己主义者，而要多做有利于他人的好事。

王芳：（回忆）这是文秀常说的一句话。

文秀，她和我一样大，1989年出生的，2019年30岁。2008年考入长治学院政法系思想政治教育专业，我们在同一个班，她住隔壁宿舍。第一印象就是文秀的皮肤特别好，白白嫩嫩的，是一个标准的南方姑娘，但她倒是不瘦弱，长得挺结实的。长治学院虽然是一所二本院校，但是我们班里的同学却来自全国各地的，既有山东的"学霸"，也有福建家里有厂子的"土豪"。班里的氛围和风气都特别好。文秀虽然是为数不多的南方人，但是她很像吃苦耐劳的"北方汉子"。我们班流行自立，经济独立，作为师范生，学校每个月都会给我们补助。

为了不给家里增添负担，我和文秀假期都不回家，直接留在长治打工。我们的"工作"一般就是促销之类的。她都很积极地参加，不怕苦不怕累。

（画外音）黄文秀：王芳，我们这次假期也在长治这边打工吧！还可以赚点明年的学费。

王芳：（回忆）文秀工作很拼，但也非常爱美，经常说自己在北方待的时间太长了，皮肤都干得不行，晚上睡觉仿佛都能感觉到脸上蜕皮的声音。当时一起考研的时候，我们几个报了北京的学校，那其实是件极具挑战的事情，就像我们当中报的"北师大"还是个985院校呢。尽管如此，当时，我们也没想过自己能不能考上呀，每天都一起在图书馆上自习，生活很简单也很忙碌，北师大、中央民族、政法，我们报北京的这些同学都如愿考上了。大家都说，爱笑的女孩，运气一般不会差的。

后来毕业的时候，记得文秀发了一条朋友圈。

（画外音）黄文秀：（憧憬、高兴）求学的漂泊日子要结束了，我要回家乡去了。

王芳：（回忆）毕业临走的时候，我去北京拍婚纱照，同学们还送了我一份特别珍贵的礼物。那是在北京的 13 名男同学和 14 名女同学，一起给我录制了一段祝福视频。当中也有文秀的祝福。

王芳：（回忆）后来，我发现她的微信名字变成了"百坭女子图鉴"，经常在朋友圈卖芒果、特产呀。我们开玩笑说她，文秀这是准备走微商呢，还是搞传销呢？

（画外音）黄文秀：（高兴）才不是，我是准备带百坭村脱贫奔小康。

王芳：（回忆）再后来，文秀也在朋友圈发过说最近有点坚持不住了，很艰苦，让老同学赐予她力量。


王芳：（忧伤）毕业后，我们的联系就是在朋友圈点赞和留言，也没有再聚过了。直到 2019 年 6 月看见她舍友发给我的微信，说文秀以身殉职了。刚开始我们还不相信，就给她发微信，只是等了许久也没有收到她的回复。然后就是班级群里来自各个媒体的报道和同学们的声声叹息。

王芳：（悲痛）这时候，我看了一篇又一篇关于文秀的报道，我才第一次知道她家里的情况：兄妹三人，一个哥哥一个姐姐，黄文秀最有出息，她的妈妈患有心脏病，爸爸肝癌晚期已经做了两次手术。但是这些信息我们都不知道，她从来没有提过。报道出来后，我问她的大学舍友，舍友对这些她的家庭困难也是一无所知。

这样一个好女孩，真让人心疼！芳华虽短，但却灿烂地绽放过，人生无憾了！为文秀祈祷，馨香永存！

（本文采访时间为 2019 年 8 月）

扫码听文秀的故事

# 你带领着我们前进
## ——大学同学秦栋艳的讲述

| 出场人物 | 性别 | 人物形象 |
|---|---|---|
| 旁白 | 女 | 知性姐姐 |
| 黄文秀 | 女 | 19岁，坚韧、热心 |
| 秦栋艳 | 女 | 32岁，文秀好朋友，本科同班同学 |

**旁白：** 秦栋艳是和文秀本科同班、同宿舍、睡上下铺的同学，研究生毕业后她去了南京工作。回忆起十年前的大学生生活，她仍然记忆犹新，说起文秀，她更是感慨万分——

**秦栋艳：**（感慨）时光走得太快了，有时候无意间翻看手机里的照片，看到曾经和秀的合影，才意识到那场洪水已经带走她大半年了。都说时间是最好的疗伤药，我慢慢接受了秀离开的事实，却依旧会在某个午后或黄昏，看到一张照片或听到一首歌的时候，不由自主地再次想起她。

**秦栋艳：**（回忆）第一次见到秀，是在 2008 年大学新生入学的第一天。我拖着大大小小的包裹走进舍管阿姨安排好的 301 宿舍，看到一个女生也在收拾行李。她长得很漂亮，皮肤白皙，留着及腰的长发，我们简单地打了个招呼。

**（画外音）黄文秀：**你好，我叫黄文秀。

**秦栋艳：**（哭笑不得转宠爱）那时文秀她给我们宿舍起了一个昵称叫"七仙女 *"。起初，彼此都有些女孩的羞涩，随着后来慢慢深入接触，我们对秀的了解也越来越多。她热心善良、责任心强，所以我们都推选她当舍长。她也总会安排好宿舍的各种活动，在舍友们需要帮助的时候伸出援手，帮忙打水打饭打扫卫生，还会在烧水壶里煮鸡蛋给我们吃。秀的兴趣爱好很广泛，她喜欢写毛笔字，喜欢弹吉他，喜欢看电影，而且是一个不折不扣的行动派，喜欢什么就立刻去做去学，还时不时在宿舍给我们展示，很是骄傲呢！

**（画外音）黄文秀：**（骄傲）艳，快看，这是我新学的曲子，我弹给你听听……

**秦栋艳：**（心疼）秀的大学生活有很重要的一部分是勤工俭学，为了减轻父母的负担，在学业之余，她做过家教，发过传单，推销过牛奶，在咖啡厅做过服务员等。尽管生活不易，可秀始终乐观对待，她很少叫苦叫累，反而是我们宿舍最风趣幽默的那一个。她总能出其不意地讲一些有趣的笑话逗得大家捧腹大笑，我们称她为"301 开心果"，有她在的时候，宿舍总会欢乐不断、笑声不断。

**秦栋艳：**时间总会改变很多，大学四年，我们一起参加社团活动，一起表演新年晚会节目，一起去教室、泡图书馆，一起去孤儿院关爱那些可怜的孩子。到了懵懵懂懂的恋爱时候，我们一起笑过哭过，我们从陌生到熟悉，从羞涩的问候到无话不谈的好闺蜜，留在我心中永远不变的是秀炽热的爱心和爽朗的笑声。临近毕业了，她作为我们的舍长，于是号召我们宿舍全体同

---

* "七仙女"中有一位是住在 305 宿舍，她后来也跟文秀一起考研。

学一起备战考研！

**（画外音）黄文秀：**（兴奋）301宿舍"七仙女"，我们一起考研吧！

**秦栋艳：**（激动）原本我根本没有这个积极性的，是她点燃了我的梦想，受她影响，我们宿舍相互帮助、互相鼓励。特别是考研复习期间，秀每天天没亮就出去学习，一个"考研杯"和一个"考研包"成为她的"标配"，图书馆、石凳上、路灯下……都留下了秀备考的身影。她不是在自习室就是在校园里的石凳上，你去那儿找准没错。她总是第一个起床，还主动为我们打早餐……后来，我们宿舍集体考研成功，成为学校"明星宿舍"！

**秦栋艳：**（忧伤转遗憾）毕业那年，我们一起出去玩，路过一条小路的时候，秀给我们拍了好多照片。我至今记得那条小路是那么幽静美丽，弯弯曲曲地延伸着，仿佛没有尽头……

大学毕业后我们各奔东西，开始了我们的研究生深造之路。大家各自忙碌着，见面的机会虽然不多，可始终彼此联络着牵挂着，秀依旧是微信群里最活跃最有趣的那个。后来，我们组织过几次短暂的聚会，秀会来南京找我玩，我也会去北京看望她。再后来，我们研究生毕业出来参加工作，就这样，时光如白驹过隙般飞快地流逝。

**秦栋艳：**（悲痛）我怎么也没想到，我们宿舍几人一起去百色，参加的却是秀的葬礼。我始终不敢回忆刚走进殡仪馆的那一幕，我看见秀的黑白照片被各种鲜花簇拥着，一股巨大的悲痛瞬间浸透全身，我的脑袋仿佛被炸开一样，眼泪喷涌而出。一旁的姐妹们也早已泣不成声，我试图寻找各种安慰自己的理由，终究是徒劳。

她真的离开了，我再也听不到她的笑声，收不到她的信息，等不到她的婚礼了，太多美好的期待随着她的离开而变成遗憾。

**秦栋艳：**（悲伤）

亲爱的秀，很久没有收到你的信息了。好几次梦里你回来看我，都是微笑着的，你说你一切都好，让我别难过别担心。我时常想起我们曾经那些美好的瞬间，并坚信终有一天我们会再次相遇。

秀，若有来生，我们还睡上下铺，我们还做无话不谈的好闺蜜；

秀，若有来生，不想你再做英雄，只希望你可以穿着漂亮的鱼尾裙，与心爱的男孩子结婚生子，一辈子平淡却满足。

秀，我亲爱的秀，我太想你了！

（本文采访时间为 2019 年 12 月）

扫码听文秀的故事

# 姐妹情

## 陪你一起成长
### ——姐姐黄爱娟的讲述

| 出场人物 | 性别 | 人物形象 |
|---|---|---|
| 旁白 | 女 | 知性姐姐 |
| 黄爱娟 | 女 | 37岁，文秀姐姐，沉稳 |
| 黄文秀 | 女 | 28岁，热心、开朗 |
| 黄忠杰 | 男 | 70岁，文秀爸爸，憨厚 |

**旁白：**（柔和）在田阳县田州镇郊区文秀的老家，文秀的姐姐黄爱娟在家里照顾着两位老人。这一天和过去寻常的日子没什么不同，厨房里的玉米粥还在咕嘟咕嘟地冒着泡，黄爱娟和她父亲黄忠杰聊起了一些往事……

**黄爱娟：**（讲述）我是文秀的姐姐黄爱娟，今年37岁，比文秀大7岁。我记得当年爸爸带我们全家从巴别大山里搬迁出来，除了是要改善生活外，更主要的还是考虑到要改变我们三兄妹的学习环境，让我们能在好的环境里读书，所以我们都很感激我们的父母。

**黄忠杰：**（回忆）是啊，那是个非常重要的决定，当时我去县城看过后，就马上做出决定了。

**黄爱娟：**（敬佩）对啊，就这样，我们搬去了县城。家附近的绢纺厂子弟学校，是当时县里最好的小学，但我们是外来户，要多交 1000 元的借读费才能入校。为了让我们三兄妹能受到良好的教育，爸爸从不吝啬这笔钱，毫不犹豫地去交了。事后我们才知道，爸爸不是变有钱了，而是变得更加辛苦了。再加上妈妈经常生病，她患先天性心脏病，双脚几乎瘫痪，行走不便需要坐轮椅，需要常年吃药来控制病情。因此全家的生活重担就压在父亲身上，他一个人不论什么苦的、脏的、累的活都抢着去干。

**黄忠杰：**（坚强）我是家里的顶梁柱，就要想办法去解决这些问题。我身体很好，你们不用担心我。

**黄爱娟：**（回忆）我和妹妹从小就帮家里挑水、做饭，妹妹放学后也抢着干家务活。有一次，文秀挑水走在回家的山坡上，却一不小心滑倒，整个人滚落下坡，弄得一身都是泥水。

后来爸爸去开荒种植芒果。每到周末，我和文秀就去帮忙，到开荒的地里去干活，文秀还学会了使用矮马来驮运化肥这些货物。我们两姐妹一起干农活，虽然很累，但也是很开心的。

**黄忠杰：**（回忆、心疼）是啊，阿秀那次滚下山去了，我还是后面才知道，真的吓到我了。

**黄爱娟：**（较兴奋）我们的生活慢慢地好了起来，最难忘的是我们家能吃上大米饭了！

现在想起来，当时奶奶煮出来的米饭真香啊！因为我们以前住在巴别大山里是没有水田的，只能种玉米。我们总是喝玉米粥，很少吃到大米饭，也只有等到过年的时候才能吃上。现在搬出来以后，这里都是种水稻的，但我们家没有水田，只有开荒的地，所以要吃大米还得花钱去买。

**黄爱娟：**（较兴奋）等到稻子成熟的时候，我们也放假了。那时，我和文秀发现附近的水田收割后，总会有一些遗留的稻穗。于是黄昏的时候，我和文秀就跟着妈妈、奶奶一起去别人家的稻田里捡漏下的稻谷，然后拿回家里晒干、脱粒、去壳，最后就能变成白花花的米粒，煮成了米饭。哇！香喷喷的，全家人吃起来很开心！

**黄忠杰：**哈哈哈，你们这群小机灵鬼。

**黄爱娟：**（回忆）我记得爸爸跟我们讲过，人以善和孝为主，做人要正直，要向善。作为一个人，要为社会多做贡献，才有自己的人生价值和意义。要多读书才能长本领。

所以从小到大，我们三兄妹的感情都很好。文秀小的时候非常乖巧可爱，长着一双乌溜溜、水灵灵的大眼睛，她聪明伶俐、文静秀气，就像她的名字"文秀"。父母希望她长大以后成为一个有文化、有修养的人。妹妹从小就勤奋学习，刻苦努力，她读小学、念初中、上高中时，领回的奖状都贴满了家里的墙壁。看到妹妹取得的成绩，我们一家人都很为她高兴。

**黄爱娟：**（不舍）现在，妹妹离开我们两个多月了，每每想起她灿烂的笑容、爽朗的声音，我的心还是忍不住地疼。

**（画外音）黄文秀：**（大喊）姐，芒果成熟啦，快来摘吧！

**黄爱娟：**（回忆）文秀从小就很勤奋、很刻苦，很少让父母操心。无论是上高中，还是上大学，除了学费，妹妹很少问家里要零花钱，因为她知道家里的经济困难。

记得在 2008 年，她考上了长治学院的本科。爸爸本想亲自送她去学校的，可是一想到路费是一笔不小的开销，就没有去送她。从未出过远门的文秀，一个人背着背包，拖着行李箱，几经周折去到山西求学。

**黄忠杰：**（悲伤）是啊，我就算是借钱，也应该送她去学校的。没能亲自送文秀去大学报到是我的一大遗憾啊！

**黄爱娟：**（心疼）在妹妹读研究生期间，妈妈突然病倒了。妹妹在电话里哭着跟爸爸说。

**（画外音）黄文秀：**（哭腔）阿爸，要尽量给妈妈治病，借钱也要治。钱你们别管，等我毕业参加工作挣钱了，我来还。

**黄爱娟：**（心疼）文秀参加工作这三年，无论再苦再累，她都没有忘记关心家人。特别是在教育孩子的问题上，她非常用心。她经常买课外书给侄子和外甥，还手把手教他们练毛笔字和画画，悉心辅导他们的学习，关心他们的成长。

**（画外音）黄文秀：**（兴奋）阿伟，快来看看，我这次回来给你们带来什么，哈哈哈哈。

**黄爱娟：**（心疼）文秀那阳光灿烂的笑容，深深地感染和打动着每一个和她相处的人。她也是一个很有想法、很有主见的人，认定的事情就一定会尽心尽力地做好。

2019 年 4 月 18 日是妹妹 30 岁的生日，但我们却没能给妹妹办一个像样的生日会，因为就在这一天爸爸生病住院了，需要动手术。

**黄忠杰：**（心疼）是啊，我查出了肝癌，医生让我住院做手术。

**黄爱娟：**（哽咽）文秀的 30 岁生日，是在医院陪护爸爸的过程中度过的。真是苦了我的妹妹啊！当时我和哥哥都在外地工作，妹妹只好在市里的医院和百坭村两头跑。她既挂念爸爸的病情，又放不下村里的工作。

**黄忠杰：**（心疼）那一段时间，文秀经常陪着我，带我去理发，陪我散步谈心，还很耐心地安慰和鼓励我。甚至她在村里工作时，还不忘通过手机在网上帮我订餐。

**黄爱娟：**（哽咽）妹妹深深地爱着我们这个家，总是希望这个家变得越来越好。她也深深地热爱着她的工作，再苦再累，她都是自己一个人扛着，很少和家里人说……

**黄爱娟：**（克制）6月14日那天，文秀因为牵挂爸爸的病情，专门开车回田阳给爸爸送药。6月16日父亲节下午，她的心里又惦记着村里的工作，还没来得及吃晚饭，就嘱咐我们照顾好爸爸，叮嘱爸爸要按时吃药，然后就匆匆忙忙地开车往村里赶。

**黄爱娟：**（哭腔）没想到，这一走，竟是文秀和家人永远的离别！

**黄爱娟：**（克制）妹妹走了以后，党和政府以及社会各界给了她很高的荣誉和评价，相识的或不相识的人都纷纷为她痛惜；也给了我们家无微不至的关怀和照顾，让我们在失去亲人的悲痛中，得到了莫大的安慰。

**黄爱娟：**（充满希望）我知道，妹妹对一切美好事物都充满着好奇、充满着热情，她总是希望这个世界变得更加美好，她是带着这个美好的心愿离开这个世界的。我会和我的家人把对文秀的思念永远埋藏在心里，勇敢地走向未来。

**黄爱娟：**（回忆）文秀生前一直有一个心愿。

**（画外音）黄文秀：**（兴奋）姐，我有一个心愿，将来要在我们家乡办一个幼儿园，培养孩子们的传统文化修养和艺术兴趣。我来教他们写毛笔字和画画，你说好不好啊。哈哈哈。

**（画外音）黄爱娟：**（高兴）好啊，我也可以教他们画画。哈哈哈。

**黄爱娟：**（隔空对话）文秀，你的心愿，我一直都记得。就让我来帮你

坐落在百坭村的文秀幼儿园（广西乐业县新化镇百坭村供图）

完成这个心愿，教育好我们的下一代吧！

旁白：（柔和）2021年9月14日，黄文秀生前未竟的愿望，实现了。新建的文秀幼儿园占地面积2160平方米，设小班、中班、大班各2个班级的规模。现在已经有一百多人入读，都是来自百坭村周边的谐里、中合、百寸4个村。园内，孩子们嬉戏玩耍、学习，笑容在脸上绽放。文秀，你生前的愿望正在大家的努力下，一点点地成为了现实。

（本文采访时间为2019年9月）

# 01

## 战友情

# 并肩战斗的队友
## ——百坭村村支书周昌战的讲述

| 出场人物 | 性别 | 人物形象 |
| --- | --- | --- |
| 旁白 | 女 | 知性姐姐 |
| 周昌战 | 男 | 43岁，百坭村村支书，热心 |
| 黄文秀 | 女 | 28岁，热心、开朗 |
| 贫困户 | 男 | 60岁，憨厚 |

**旁白：**（柔和）初到百坭村时，文秀给人的印象就像她的名字一样，文文弱弱，十分秀气。大家心想，驻村第一书记的扶贫工作任务那么繁重，又十分辛苦，她看起来手不能提、肩不能扛，能干好第一书记的工作吗？百坭村支书周昌战跟文秀说。

**周昌战：**（关心）文秀啊，驻村很艰苦，你能坚持吗？

**旁白：**（柔和）文秀只是用一个微笑回答了他。

精准扶贫的第一个难关是"入户难"，有些贫困户常常给文秀吃闭门羹或者刁难她，态度不是很友好。文秀刚来的时候，是周支书带着她一起走村入户开展工作的，但有的群众对他们不理不睬。记得有位贫困户冲出来直接说。

**贫困户：**（生气）支书，我要求很简单，我一定要享受低保！

**周昌战：**（耐心）你是贫困户，但没达到纳入低保的条件。

**贫困户：**（恼火）那我要你的贫困户名号干什么？

**旁白：**（柔和）说完就把门关起来，不让工作队员进家里。谈不拢，扶贫手册填不了，工作没法开展。

**黄文秀：**（温柔）我来和他谈谈吧！

**旁白：**（柔和）可是这位贫困户连门都不开，文秀吃了闭门羹。一次不行就两次，两次不行就三次。她终于把这户贫困户的门敲开了，但人家还是黑着脸说。

**贫困户：**（威胁）我要享受低保，要小额信贷、产业奖补，你不给我，我就不签字。

**黄文秀：**（温柔）老哥，我们认个兄妹好吗？你年龄大些，你做哥，我做妹。哥，我知道的，你很勤快，你也很会打算，一定能奔小康的。

**旁白：**（柔和）这样一说，这位贫困户脸上的冷霜融化了，慢慢地露出了笑容。文秀趁热打铁，接着说。

**黄文秀：**（温柔）老哥，请你相信我，只要是政策有的，你符合的，我一定帮你申请，帮你办理。

**旁白：**（柔和）文秀和这位贫困户以兄妹相称，逐渐拉近了彼此的距离，从此文秀入户开展工作顺风顺水。后来，这户贫困户也光荣脱贫了。文秀就是靠着这股干劲和耐心，把全村在精准识别工作中确立的195户贫困户逐一走遍了，也把所有贫困户的名字和贫困情况记在了扶贫工作本子里，记到她的心里，同时也都标注在她亲手绘制的百坭村"地图"里。看到文秀的这股拼劲和这份认真，村干部们十分佩服。

**旁白：**（柔和）文秀进村入户，都是开自己的车，这又遇到了另一大难关——行路难！

百坭村各屯很分散，最远的屯离村部有20多公里，交通不便真是难为文秀了。其实那时候，文秀刚学会开车，刚拿到驾驶证，车也是刚刚贷款买的。

**黄文秀：**（坚强）为了工作，我要自己锻炼一下开车的技能。

**旁白：**（柔和）起初，开车行驶在百坭村的山路上，文秀也感到很慌。有一次，周支书看到文秀与对面

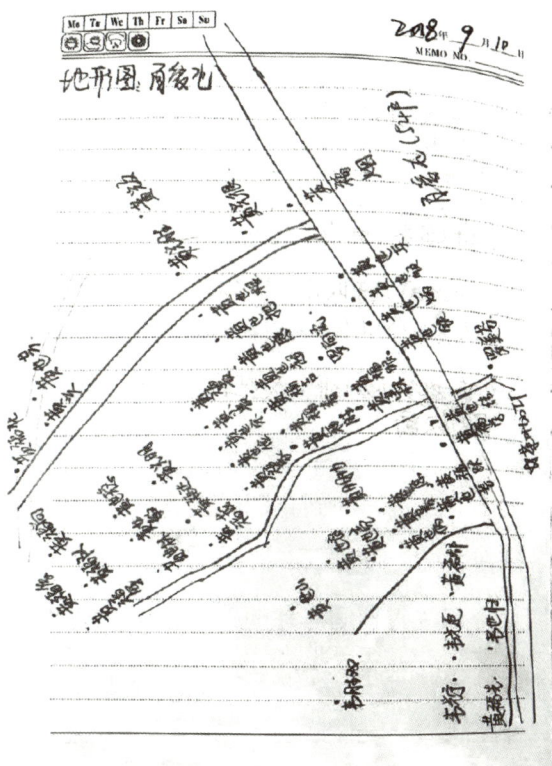

黄文秀手绘的贫困户分布图（中共百色市委宣传部供图）

会车，远远看到对面有一辆车过来，由于山里路面狭窄，文秀就提前选比较宽的路段靠边停车，让对面的车先走，她才开过去。

那个时候周支书才发现她确实没有开车走过山路，这里的山路又弯又窄，而且正在修建，路面坑坑洼洼的。在窄的地方转弯，会车难度大，所以文秀很怕对面的来车。如果碰到泥泞路段，车子也难免深陷其中，车轮空转打滑。

但是不到 1 个月的时间，文秀就克服了困难，她可以在百坭村一个屯之

间开着车来回地跑。有需要大家一起进村入户开展工作的时候，她既是第一书记又是司机，因为她的车底盘稍微高一点，所以大家基本上都是用她的车。

**黄文秀：**（直爽）来，今天的山路比较难走，大家上我的车吧！

**旁白：**（柔和）周支书发现，这位小姑娘每一天都是这么斗志昂扬，这让他感觉文秀不仅是个大能人，而且更像一个"大男人"。周支书寻思道。

**周昌战：**（疑惑）这是不是城里人说的"女汉子"呢？

**旁白：**（柔和）有一次夜访令周支书印象深刻，他清楚地记得那是 2018 年 8 月 23 日，文秀和他们到偏远的那坤屯做入户调查。晚上，他们在回来的路上遇到了突发的暴雨，暴雨造成道路塌方，把他们死死地堵在了路中间。为了安全，他们决定徒步回村部，文秀和他们一起钻树林、爬泥坡、蹚大水……直到凌晨 2 点才回到村部。文秀担心他们走路回家太辛苦了，又开着自己的车分别送大家回家。

说到驻村期间居住的条件，文秀也经受了一番考验。文秀生前居住的房间，就在村部办公楼第一层的一个小房间里，不到 10 平方米，狭小、简陋，但很整洁，一桌一椅一床。炎炎夏日，连空调也没有，她就靠一把纸扇散热。房间里摆放的是每天下地戴的草帽、夜巡用的手电筒、防止蚊虫叮咬的花露水，以及应对各种泥泞路况的高、中、低帮雨靴和运动鞋。文秀一个人住在这里，晚上安静得能听到四周的任何声响。

**旁白：**（柔和）记得文秀刚来的时候，百坭村发生了一起交通事故，路过的一辆大货车在村口意外碾压了村里 70 多岁的五保户韦大妈。在交警到来之前，为了防止群众跟肇事司机之间发生集体性的过激行为，文秀和村干部们第一时间赶到现场，维护好秩序，稳住群众的情绪，尤其是受害人家属的情绪。

文秀和村干部们来到现场的时候，由于事故刚刚发生，尸体还没来得及用布盖住，还是血淋淋的场面，周支书就找到了文秀。

**周昌战：**（劝说）文秀书记，你不要去看，毕竟你是女孩子。

**黄文秀：**（坚强）周支书，我不怕，大家不用特意照顾我。

**旁白：**（柔和）说完，文秀就跟着村干部们一起冲到最前面，及时跟聚集来的群众做调解，把群众的情绪稳住了。后来交警跟保险公司的人过来，协调处理好事故之后已经是晚上 10 点多。

**周昌战：**（劝说）今天你看到了那个场面，晚上你就回镇上找女同伴一起住吧，就不要一个人住了。

**黄文秀：**（坚强）不用，我不怕的，请大家放心，我要一个人住在村子里。

**旁白：**（柔和）第二天早上，周支书来到村部上班的时候，看到文秀连声打哈欠，显得有些疲倦。

**周昌战：**（关心）文秀书记，昨天晚上，是不是没休息好啊？

**黄文秀：**（装作坚强）周、周支书，当我闭上眼睛时，就会想起那个画面，我就有点害怕了。（难过）那个被车轮压扁的老人太可怜了……

**旁白：**（柔和）文秀这才实话实说，她为老人的意外死亡伤心了一夜。到了深夜都没法睡着，一闭上眼睛就是那个血淋淋的事故现场，有任何风吹草动都心惊胆战，风从窗外吹过来，都感觉像有什么异样的声响，甚至连一只蚂蚁从旁边爬过都能听得出声音！

**周昌战：**（关心）文秀书记，你怎么不回镇上住呢？

**黄文秀：**（装作坚强）不，我一定要向习近平总书记学习，习近平总书记当年到延安梁家河插队时住过窑洞，而且知青生活要过"四关"。

**周昌战：**（疑惑）哪"四关"？

**旁白：**（柔和）文秀认真地拿起了那本《习近平的七年知青岁月》，读给周支书听。

**黄文秀：**（坚定）一是"跳蚤关"。在城里，习近平总书记年轻时从未见过跳蚤，而梁家河的夏天，几乎是躺在跳蚤堆里睡觉，一咬一挠，浑身发肿。但他两年后就习惯了，无论跳蚤如何叮咬，他照样睡得香甜。二是"饮食关"。他之前在北京城里吃的都是精米细面，插队后来到农村，吃的是粗粝的杂粮，可不久便咽得下、吃得香了。直到今日，习近平总书记对陕北乡村的饭菜还很有感情，就拿酸菜来说，多时不吃还真想它。三是"劳动关"。刚开始干活时，他一个人挣 6 个工分，还没有妇女高。两年后，他就拿到壮劳力的 10 个工分，成了种地的好把式。四是"思想关"。这是最重要的，习近平总书记学到了农民实事求是、吃苦耐劳的精神。同时，乡亲们也逐渐把他看作他们中的一份子。

**黄文秀：**（憨憨笑）哈哈，我要挑战自己，突破自己，克服困难。相比习近平总书记当年插队时住的延安窑洞，我们这里算好的了，起码没有跳蚤来叮咬我啊！

**周昌战：**（内心独白）文秀书记，一个姑娘远离家乡来到村里，真的很不容易啊。

**旁白：**（柔和）虽然说文秀的面前有千千万万的困难，但是她却能够在百坭村里那么艰苦的环境下，勇敢地挑战自己、战胜自己、战胜困难。这也是文秀留给我们当地人最为宝贵的精神品质。

（本文采访时间为 2019 年 8 月）

# 01

扫码听文秀的故事

## 师生情

# 文秀和研究生导师
## ——郝教授的讲述

| 出场人物 | 性别 | 人物形象 |
|---|---|---|
| 旁白 | 女 | 知性姐姐 |
| 男同学 | 男 | 25 岁，阳光 |
| 女同学 | 女 | 26 岁，善良、青春 |
| 郝海燕 | 女 | 52 岁，文秀研究生导师，善良、慈祥 |

**旁白：**（悲痛）生日，总是伴随着欢快的祝福和喜庆的场面，可有谁的生日，会是在追悼会上度过的呢？

谁都不愿意啊！

可是，她愿意！

**旁白：**（陈述）她，从北京直接飞到广西，又马上乘车到百色，直奔自己学生的追悼会会场，在一片哭声中度过了她的 52 岁生日。

她是谁？她，就是郝海燕，文秀就读北京师范大学时的硕士研究生导师。6月22日是郝教授的生日，这本是一个充满喜悦、收获祝福的日子。以往的这一天，郝教授一定会收到文秀和其他学生送的贺卡、鲜花，还有各种贴心的小礼物，耳边也会传来大家美好的祝福声。

（画外音）男同学：郝老师，生日快乐！

（画外音）女同学：生日快乐！

旁白：（悲伤）然而，2019年6月22日，对郝教授来说却是一个痛苦的日子，因为这一天，恰恰是她的学生黄文秀的追悼会。

一喜一悲，恰好是同一天！

自己的生日在追悼会上度过，这是怎样的悲痛啊！这一辈子，郝教授做梦都想不到自己52岁生日这一天竟然如此地悲伤！

旁白：（悲伤）这时的她面对着学生的遗像感慨万千——文秀的遗像被百合、玫瑰和白菊围绕着，照片上的黄文秀身穿正装，戴着一副黑框眼镜，露齿笑着——此情此景，让郝教授禁不住失声痛哭起来……

郝海燕：（痛哭）呜呜呜，文秀啊，我的好文秀，呜呜呜……

旁白：（悲伤）这一天，过生日的郝教授眼前看到的不是笑容灿烂、活生生的文秀，而是在鲜花丛中化为骨灰的爱徒；耳边听到的也不是文秀唱起的生日歌，而是追悼会上的哀乐和众人的痛哭声！亦师亦母的她，何其伤感，何其悲痛！

旁白：（悲伤）2019年6月17日之后的日子，郝教授每每想起文秀，满眼都是泪水，心如刀割，她感觉周围的光顿时都暗了下来，五彩的世界褪成了灰色……

郝教授自然也会想到文秀的家人，此时他们的心中会经受怎样的悲伤和痛楚？！

**郝海燕：**（抽噎，内心独白）文秀走了？我要去看看文秀的家人。

**旁白：**（悲伤）得知文秀遇难的消息后，郝教授做的第一件事就是赶紧从北京赶往文秀的家乡百色，去看看文秀的家人。正巧，学校派人参加文秀的追悼会的名单中就有她……

深夜里，她含泪写下了当时的心情，诉说自己对文秀的所思、所想、所念、所盼。

**郝海燕：**（哽咽）文秀，我来了，来到了你的家乡。

广西、百色、百坭村，这些原来只是地图上的一个个坐标，霎时在我心中有了色彩，有了温度，有了情感……

我心中暗暗感叹，几年中的寒来暑往，你回趟家是多么不容易啊！我们是坐飞机来的，下了飞机有专人接送。而你当年，形单影只，提着笨重的行李，火车、汽车、三轮车，再到步行，一路奔波……这路途遥远漫长、劳乏艰辛，但一头连着你的父老乡亲，一头连着托载你的梦想和希望的高校——北京师范大学。

几年前，你从这里走了出来，学成后你又义无反顾地回到家乡，勇敢地投身到连男孩子都望而却步的扶贫攻坚第一线。

**郝海燕：**（希望）来到这，我居然幻想还能再见见你，再抱抱你，再搂搂你的肩，再握握你的手……

**旁白：**（悲伤）2019年6月22日，这一天郝教授正在参加文秀的追悼会，此时的她望着自己学生的遗像而感到痛彻心扉，因为她们此刻已是阴阳两隔。郝教授写下了自己悲痛的心情。

**郝海燕：**（哽咽）文秀，我曾有过很多再见面时的场景设想，但唯有这种方式是永远也不会想到的，再见亦是隔世。泪眼依稀中看到的是一面鲜红的党旗覆盖下的盛着你骨灰的白底兰花的瓷瓶。

你的同事们介绍，你遇难后已根本无法辨认，太惨烈了！只能靠指纹比对才能确认是你。我顿时感到撕心裂肺的痛，为何是你？为何你要遭受如此大的灾难？

问天？问地？问人？

你的人生虽然短暂，还没有享受到物质生活的舒适与丰足，也没有领略到爱情的甜蜜与绚烂，但正如你在入党申请书中所写："一个人要活得有意义，生存得有价值，就不能光为自己而活，要用自己的力量为国家、为民族、为社会做出贡献。"

**旁白：**（悲伤）郝教授非常牵挂文秀的亲人，参加追悼会后，她马上赶到文秀的老家，看望文秀的父母。

**旁白：**（悲伤）来到文秀的家里一看，这位北京来的教授惊呆了——山坡上，这一砖一瓦垒起来的简陋的房子，真的是家徒四壁，什么也没有。屋子里是泥土、石灰和盖房时剩下的建筑材料，还有几把破椅子、旧凳子。

**郝海燕：**（难过）文秀，我见到了你高大清瘦还患有肝癌的父亲，我能感觉得到你的老父亲带领着你们全家老小辛辛苦苦撑起这个家的不容易，还有身有残疾、患有先天性心脏病的母亲把你们兄妹抚养成人的艰辛。你的父母手上、脚上全是老茧、开裂的老皮和辛勤劳作中留下的一道道伤痕……

文秀，你遇难后，党和国家给了你各种荣誉，把你作为时代楷模，尤其是作为广大党员和青年人的榜样。这是因为你本就是他们中的一员，和他们息息相通，惺惺相惜，你做过的事，他们也都可以学习，可以做到……

**旁白：**回忆文秀的点点滴滴，郝教授经常陷入悲伤的情绪之中。2019 年 8 月 19 日，郝教授发来了一段文字信息。

**郝海燕：**（惋惜）今天是 8 月 19 日——医师节，看到网上有人说："怀非凡的爱，做平凡的事。"

说得多好，秀啊，你不也是如此吗？

怀非凡的爱、非凡的志，做平凡的事、琐碎的事、日常的事。这非凡的爱是包含着你对父母家人和父老乡亲的深深大爱，对家乡山山水水的无限眷恋，对中国传统民族文化的热爱与自豪……

这非凡的志是你想尽自己微薄之力，报效家乡，报效祖国的鸿鹄之志……而也正是这些平凡的事、琐碎的事、日常的事铸就了你的非凡与伟大，你用质朴的初心和热血，谱写了一首新时代的青春之歌。

**旁白：** 在北京师范大学的老师和同学们的眼里，文秀其实是很平凡的学生，平凡到人们不太会注意到人群中的她。她像其他年轻人一样爱美、爱时尚、爱幽默搞怪、爱在朋友圈里晒日常。作为来自大山中贫困家庭里的平凡女孩，文秀普通得不能再普通了，但是在她身上又有着中华优秀传统文化中善良、正直、积极上进和为公、为国、为民的无私奉献精神，以及"天下兴亡，匹夫有责"的责任与担当。

**旁白：**（赞扬）所以，她从不抱怨、不逃避、不退缩，坚定勇敢地返回家乡、建设家乡、努力改变家乡贫困落后的状况和面貌，积极乐观地带领乡亲脱贫致富，把对父老乡亲的爱，对家乡和祖国的爱都融入平凡的生活和踏踏实实的工作之中。对此，郝教授强烈呼吁。

**郝海燕：**（呼吁、坚强）这正是现在的一些年轻人所欠缺的品质和精神，也正是我们国家兴旺发达、实现伟大民族复兴中国梦所急需的！我们都应该努力学习文秀宝贵的精神和品质。

（本文采访时间为 2019 年 7 月）

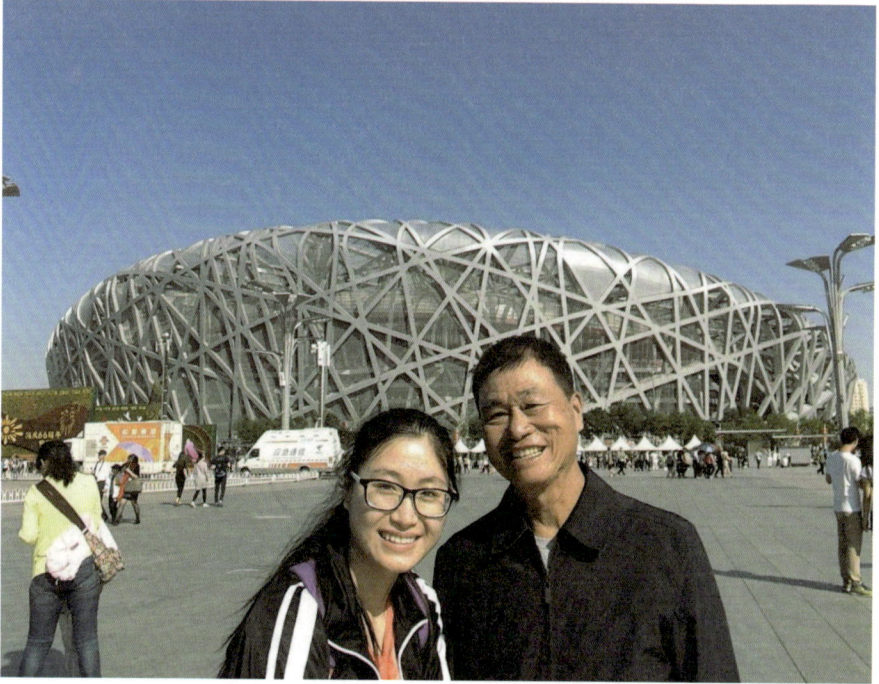

黄文秀（左）和父亲黄忠杰在北京参观游玩（黄爱娟供图）

# 尾 声 / 蝶之梦
## ——唱给文秀的歌

蝶之梦——唱给文秀的歌！
她就那么悄悄地走了，
一只美丽的大蝴蝶，
却翩翩飞来，
在村委办公楼久久徘徊，
最后落定在村委门口的牌匾上，
久久不肯离去，
……

# 01

## 蝶之梦——唱给文秀的歌

### 你从哪里来

你从哪里来，我神秘的朋友？是从那冰封的土层下破土而出？是从庄子的逍遥梦里翩然飘落？是从故园开满鲜花的路上飞奔而来？

你是那只在春天的阳光里破茧成蝶的幼蛹，在风雨中长成如今的翩翩美少女。

你来了，飞进我的窗口，映入我的视野。

你着一袭紫色的鱼尾裙，款款而来，那么神秘、那么深邃、那么脱俗，一如冥冥中的某种神奇邂逅。

可是，忽然有一天，你从我梦中飞走，弃我而去。醒来后，我竟已泪流满面。

蝶之梦，从此翅膀被撕碎，被噩梦折断……啊，我神秘的紫蝴蝶！

### 圆梦，总是艰辛的

圆梦，总是艰辛的。

因此，你总是那么忙碌吗，我的朋友？

　　你深深地眷恋着春天，因为你是春天孕育的生命，你就用整个生命热爱着春天，用美丽的衣裳和纯净的心，为春天编织美丽的日子，装扮七彩生活。

　　你的忙碌是默默的、悄悄的，没有蜜蜂的嗡鸣，没有秋蝉的喧嚣，更没有百灵鸟的歌唱——在花丛中你无声地忙碌着，扇动一对紫黑色的羽翼，奔波于泥土之上。

　　对于奉献鲜花的大地，对于撒播阳光的春天，你就这样心怀一份感恩之情，尽管许多生灵已淡漠，甚至抛弃了这份情愫——感恩，可你对于养育你的一切，你眷恋如故，感恩有加。

　　没有困惑，没有迷失方向，因为你心里装着你美丽的梦想！

## 你累了吗

　　你累了吗，我亲爱的朋友？

　　颤动的翅膀微微收拢，双脚轻落于花蕊，在缓缓的柔波里，你小心翼翼地握住鲜花，整颗心都陶醉了，花儿也为你陶醉得满园流香溢彩。

　　这春天真好呀，你喜欢飞翔，就给你明媚的天空；你喜欢舞蹈，就给你芬芳的大地；你喜欢寻找，就给你一双顽强的翅膀……

　　每一天，你都在编织你五彩的梦，精致的翅膀驮着美丽的梦，不停地飞呀、找呀，从来不知道什么叫作疲倦，不知道什么叫作享乐和满足……

　　你飞呀舞呀，多少次的物换星移，多少次的生命轮回，不知要穿越多少风雨雷电，不知要跨越过多少生死门槛，但只要有一丝芬芳，你就一直在寻找，再累也情愿，再苦心也甜，一直到生命的尽头……

## 你找到生命的花朵了吗

你找到生命的花朵了吗，我的朋友？

谁说生命轻如鸿毛？你的执着，你的专注，你下的苦功，足以让其他人为你感动、为你喝彩！

即使生命短暂，毕竟真实地、勇敢地、闪亮地活过一回，像闪电、像火把照亮夜空，像一滴水奔向大海。

即使命运坎坷，但生命却只有一次，勇敢地飞过去，就能寻找到那朵生命中的鲜花，她在高山那边悄悄为你开放……

## 你想过生命的尽头了吗

你想过生命的尽头了吗，我的朋友？

从蛹化为蝶，美丽的生命就诞生了。生命的过程其实很简单，简单得短暂，短暂得来不及一声叹息。

而你，自破壳而出之时到羽化仙逝，竟这么短促。短暂的时光里你仍一刻都不停歇，享乐对于你竟是如此奢侈。

假如没有那场突如其来的洪水，假如没有那个雷电交加的黑夜，假如没有大雨滂沱的雨季……

但我知道，只要你意识到前方的需要，一贯勇往直前的你，一定会向前冲，甚至奋不顾身。

在那个风雨交加的夜晚，你走了，像一朵鲜花随风飘逝；在那个自己熟悉的家乡，你走了，像一滴水回归大海；在那个脱贫攻坚主战场的第一线，你走了，像一名勇敢的战士，义无反顾，勇往直前……

你与伙伴们一起，勇敢地冲破黑暗，投入这个没有硝烟的战场，痛痛快快地去拼搏，用自己美丽的身体，用全部的爱来报答爱，用你满腔的青春热血，为生命画一道亮丽的彩虹。

## 其实，你怎么舍得走呢

其实，你怎么舍得走呢？你怎么舍得离开呢？

然而你并未留恋这世上的功名利禄，留恋唾手可得的物质享受，你只爱这火热的生活，热爱自己的家乡和亲人，热爱脱贫攻坚战线上和你朝夕相伴、共同冲锋的伙伴们、战友们……

所以，你生命的尽头是什么？

是鲜花？是风儿？是天空？是大地？是精魂！

是舍弃一切利益的纯净，是返璞归真的朴实的美！因为美，你成为一种永恒。

许多生灵都想让自己的生命不朽，而唯有你，真正拥有世间这份稀罕和不朽，真正的永垂不朽！

## 有梦和追梦的人生

有梦和追梦的人生，才有永恒的美丽和魅力。我亲爱的朋友，你的生命不会有尽头！

那个洪水滔滔的夏夜，人们无法接受这样残酷的现实，这个世界都在为你流泪。你年仅 30 岁的年轻生命，永远定格在了扶贫路上！

30 岁，人生最美好的时光才刚刚开始，而你却与我们阴阳两隔，生命的刻度就永远停在 30 岁的时空上。你的青春虽然短暂，却带给我们长久的震撼和永恒的感动，你"以青春之我，创建青春之家庭，青春之国家，青春之民族，青春之人类，青春之地球，青春之宇宙，资以乐其无涯之生"。

以生命奉献于国家，国家不会忘记你，人民不会忘记你，历史不会忘记你，我们更不会忘记你！

你牺牲后不久，有一只美丽的大蝴蝶飞到你工作和居住过的村部办公楼，久久徘徊，最后落定在村委门口的牌匾上……

而如今，梦想的原野上又飞来一群美丽的蝴蝶，它们也像你一样，找呀，寻呀……

你将爱心的种子，撒播到人间的每一个角落！

你是爱的化身，是美的精魂，是真正的人间天使！

你将最美的年华，献给大地，献给了你深爱的故乡和亲人！

你是那只勇敢的蝴蝶，用生命的芳华，去践行初心与诺言，用尽一生的热血，去追求心中梦想……

正如中央广播电视总台《感动中国 2019 年度颁奖盛典》典礼上，献给你的颁奖辞：

有些人从山里走了，就不再回来；
你从城里回来，却再没有离开。
来的时候惴惴，怕自己不够勇敢；
走的时候匆匆，留下最美的韶华。
百色的大山，你是最美的朝霞；
脱贫的战场，你是醒目的黄花。

# 代 跋／

## 两个"八零后"的故事[*]

兆 原

题记："八零后"之一的他——"全国扶贫状元"陈开枝，响应"东西部扶贫协作"号召，情倾百色，124 次前往百色帮扶，并与壮乡优秀女儿黄文秀一同倾力扶贫一线。2021 年，陈开枝被授予"广西扶贫工作特别贡献者"称号。如今，耄耋之年的陈开枝忆往昔，依然关注着这片红土地……且来聆听两个"八零后"的故事——

黄文秀（左）与陈开枝在田阳那满镇广新家园前留影（中共百色市委宣传部供图）

他曾给她发过奖学金，
贫困孩子的她在学校攻读。
美丽的百色祈福高中校园，
朝阳照着绿叶迎风的小树。

再见时她已是挂职的镇委副书记，

京城毕业她对高楼大厦并不羡慕；
从山里飞出去的金凤凰，
又飞回芳草萋萋的右江边落户。

在田头，她诚恳地向他讨教，
交谈像脚下的渠水淙淙流向远处；

---

[*] 此诗 2022 年 8 月 23 日发表于广西日报花山副刊

扫码听文秀的故事

丝丝细雨飘洒在四周的原野，
旁边是棵舒枝展叶亭亭玉立的树。

后来她主动请缨担任村第一书记，
立志让贫困山村像画一样美而富。
夜里，星星伴她到村民家探访；
白天，蜜蜂追随她田间的脚步。

她请来母校的学弟妹到村里讲课，
为了孩子们的视野不被大山挡住。
惦记村庄她在暴风雨前连夜驾车，
却被暴发的山洪卷入冰冷的河谷。

他千里迢迢来到她驻村的住地，
当年她购来的两坛米酒引人注目。
她曾说脱贫时与全村人开怀畅饮，
乡亲们说喝你的喜酒连同一处。

而今这一切如风吹过、水流过，
凝视两坛米酒他泪眼模糊。
他驰车去看望她的双亲，

三双手紧握万千言语难以倾诉。

当各地纷纷摘去贫困的帽子，
她洒下汗水的村庄引起他关注：
新路新桥笑拥喜庆新村，
绿遍山野是砂糖橘和杉木。

秋风送来中学办"文秀班"的消息，
他带着热心人又踏上百色的路。
他像报春鸟在右江两岸校园呼唤，
期望文秀精神化作春风，化作雨露。

面对"文秀班"一张张朝气蓬勃的脸庞，
欣慰的潮水在他心头激荡起伏；
他仿佛看见明天广袤的中华大地，
云蒸霞蔚出现一排排顶天立地的大树。

（作者原名姚泽源，兆原是其笔名，
系广东省作家协会会员、广东省老区
建设促进会常务副会长兼秘书长）

# 附　录／

扫码阅读电子书